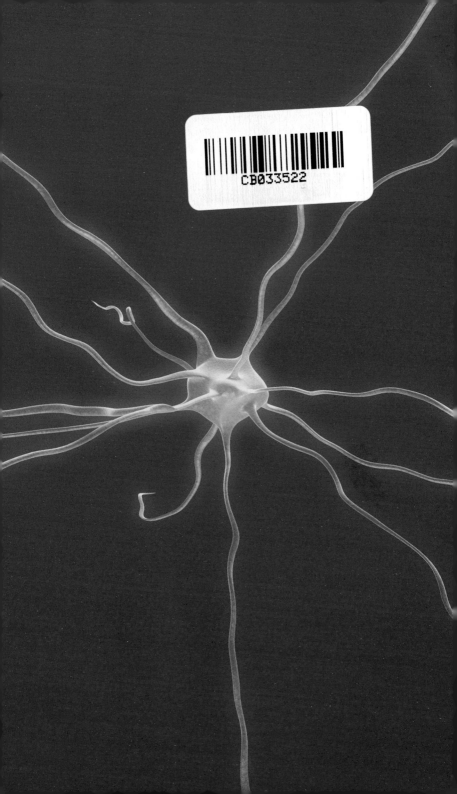

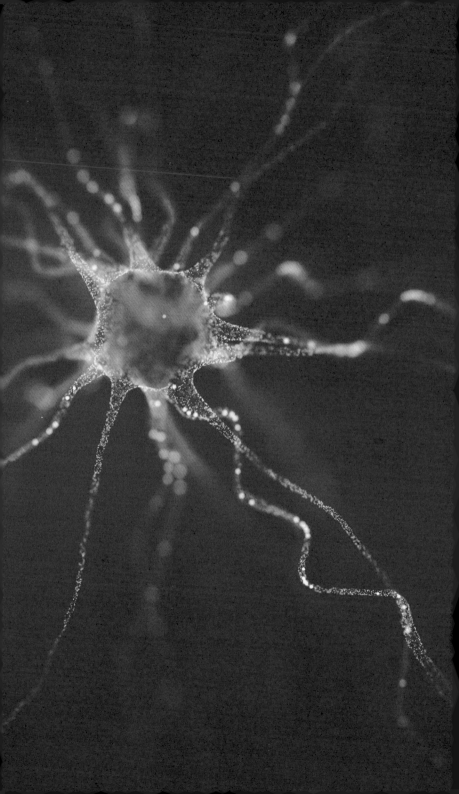

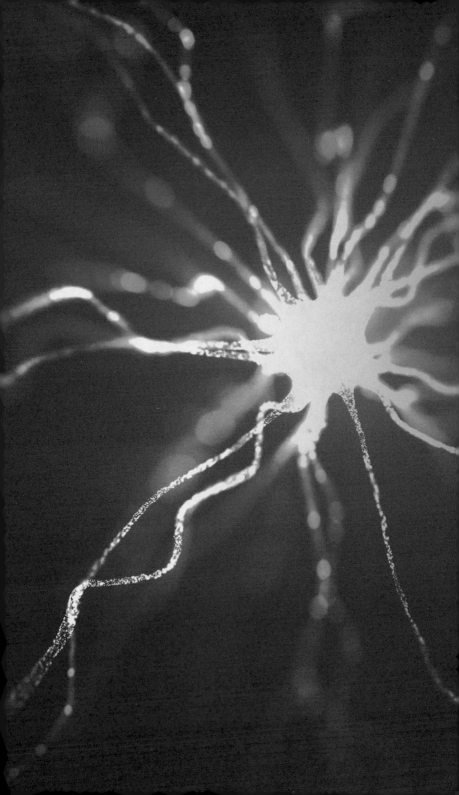

OCTAVIA E. BUTLER

ELOS DA MENTE

O PADRONISTA VOL. 2

TRADUÇÃO
HECI REGINA CANDIANI

Copyright © 1977 by Octavia E. Butler
Publicado em comum acordo com © John Mark Zadnick e Ernestine Walker Living Trust, c/o Writers House LLC.

Título original: Mind of my Mind

Direção editorial: Victor Gomes
Coordenação editorial: Aline Graça
Acompanhamento editorial: Mariana Navarro
Tradução: Heci Regina Candiani
Preparação: Marina Constantino
Revisão: Karine Ribeiro
Design de capa: © Hachette Book Group
Adaptação de capa, projeto gráfico e diagramação: Eduardo Kenji Iha
Projeto gráfico: Beatriz Borges
Imagens de miolo: © Usplash e © Shutterstock

Esta é uma obra de ficção. Nomes, personagens, lugares, organizações e situações são produtos da imaginação do autor ou usados como ficção. Qualquer semelhança com fatos reais é mera coincidência.

Todos os direitos reservados. Proibida a reprodução, no todo ou em partes, através de quaisquer meios. Os direitos morais do autor foram contemplados.

Dados Internacionais de Catalogação na Publicação (CIP)

B985e Butler, Octavia Estelle
Elos da mente/ Octavia E. Butler; Tradução Heci Regina Candiani. –
São Paulo: Editora Morro Branco, 2022.
p. 288; 14x21 cm.
ISBN: 978-65-86015-47-8
1. Literatura americana — Romance. 2. Ficção científica. I. Candiani,
Heci Regina. II. Título.
CDD 813

Todos os direitos desta edição reservados à:
EDITORA MORRO BRANCO
Alameda Santos, 1357, 8º andar
01419-908 – São Paulo, SP – Brasil
Telefone (11) 3373-8168
www.editoramorrobranco.com.br

Impresso no Brasil
2022

Para Octavia, M., Harlan e Sid.

PRÓLOGO	10
PARTE UM	
CAPÍTULO UM	27
CAPÍTULO DOIS	43
CAPÍTULO TRÊS	63
PARTE DOIS	
CAPÍTULO QUATRO	83
CAPÍTULO CINCO	113
CAPÍTULO SEIS	132
CAPÍTULO SETE	157

CAPÍTULO OITO	172
PARTE TRÊS	
CAPÍTULO NOVE	200
CAPÍTULO DEZ	236
CAPÍTULO ONZE	251
CAPÍTULO DOZE	266
EPÍLOGO	281
QUESTÕES PARA DISCUSSÃO	283

PRÓLOGO

DORO

A viúva de Doro na cidade de Forsyth, no sul da Califórnia, tornou-se prostituta. Ele a abandonara havia dezoito meses. Era muito tempo. Em consideração à filha que ela lhe dera, o homem deveria tê-la visitado com mais frequência. Mais um pouco e seria tarde demais.

Doro a observou sem deixar que soubesse que ele estava na cidade. Via os homens que chegavam e saíam do novo apartamento dela na periferia. Percebeu que ela passava a maior parte do tempo longe de casa, nos bares das redondezas.

Durante esses dezoito meses de ausência, ela se mudou da casa que ele lhe comprara: uma casa que custou caro, em um bairro bom. E, embora ele tenha providenciado com um banco de Forsyth para que recebesse uma pensão mensal generosa, ela ainda precisava dos homens. E da bebida. Ele não ficou surpreso.

Ao bater na casa, o que ele mais queria era ver se a filha estava bem. Quando a mulher abriu a porta, ele a afastou para o lado, entrando no apartamento sem dizer nada.

Ela estava meio bêbada e gaguejou um pouco ao reclamar.

— Ei, espere um pouco. Que diabo, quem você pensa que...

— Cale a boca, Rina.

Ela, é claro, não o tinha reconhecido. Ele estava usando um corpo que ela nunca vira antes. Mas como todas as pessoas do povo dele, ela o reconheceu assim que ele falou. Olhou-o fixamente, com os olhos arregalados, calada.

Havia um homem sentado no sofá, bebendo um vinho de Santa Fé direto da garrafa. Doro o fitou de relance e depois disse para Rina:

— Livre-se dele.

O homem logo começou a protestar. Doro o ignorou e, seguindo seu senso de rastreamento até Mary, sua filha, foi até o quarto. A criança estava dormindo; sua respiração era suave, serena. Doro acendeu a luz e olhou para ela com mais atenção. Já estava com três anos, era pequena e magra, não aparentava ser muito saudável. Seu nariz escorria.

Ele tocou-lhe a testa com delicadeza e não sentiu nenhum sinal de febre. O quarto tinha uma cama e uma cômoda com três pernas. Em um dos cantos, havia um monte de roupas sujas no chão. A madeira estava à mostra no resto do piso, sem tapetes.

Doro conferiu tudo aquilo sem surpresas, sem que a expressão neutra de seu rosto se alterasse. Descobriu a criança, viu que ela estava dormindo nua, viu as contusões e manchas nas suas costas e nas pernas. Sacudiu a cabeça e suspirou, cobriu a menina com cuidado e voltou para a sala. Rina e o homem estavam ali trocando insultos. Doro esperou em silêncio até ter certeza de que Rina estava tentando, de forma sincera, desesperada até, livrar-se do "convidado", mas o homem estava se recusando a sair. Então, Doro caminhou na direção dele.

O homem era baixo e frágil, pouco mais do que um garoto, na verdade. Rina talvez conseguisse expulsá-lo à força, mas não fez isso. Agora era tarde demais. Ela se afastou cambaleando, calada, tomada por um medo repentino quando Doro se aproximou.

O homem se levantou, titubeante, para encarar Doro, que percebeu quando ele colocou a garrafa de lado e puxou um grande canivete. Ao contrário de Rina, ele não gaguejou nem um pouco ao falar.

— Agora, escute… Calma aí! Eu disse calma!

Ele se desvencilhou bruscamente e o apunhalou quando Doro se lançou sobre ele. Doro não fez esforço algum para escapar da lâmina. Ela rasgou a carne de sua barriga com facilidade, mas ele nem sequer sentiu dor. Abandonou seu corpo no mesmo instante que o canivete o tocou.

Surpresa e raiva foram as primeiras emoções que Doro experimentou na mente daquele homem. Surpresa, raiva e, em seguida, medo. Sempre havia medo. Depois, rendição. Nem todas as vítimas de Doro cediam tão depressa, mas aquele homem estava meio anestesiado pelo vinho. Então, aturdido, entregou a vida quase sem lutar. O imortal o devorou, uma refeição fácil, ainda que não exatamente satisfatória.

Rina ofegou e começou a levar a mão à boca quando o homem feriu Doro. A mão mal tocara os lábios quando Doro terminou o abate.

Ele ficou parado, incomodamente desorientado e com um ligeiro enjoo, a mão do corpo recém-adquirido agarrada ao canivete ensanguentado. O que Doro usava quando chegou estava abandonado no chão. Era um corpo forte, saudável, em excelente forma física. Nem se comparava ao que tinha agora. Lançou um olhar para Rina, contrariado. Ela se encolheu junto à parede.

— Qual é o seu problema? — perguntou ele. — Você acha que aí está mais segura?

— Não me machuque — respondeu ela. — Por favor.

— Por que você bateria em uma criança de três anos, Rina?

— Não fui eu, eu juro! Foi um homem que veio comigo para casa, umas duas noites atrás. Mary acordou gritando por causa de um pesadelo ou algo assim e ele...

— Inferno — disse Doro, enojado. — Por acaso isso é desculpa?

Rina começou a chorar baixinho. Lágrimas escorriam por seu rosto.

— Você não sabe… — respondeu ela, em voz baixa. — Você não entende como é, para mim, ficar com essa criança aqui. — Ela não arrastava mais as palavras, apesar das lágrimas. O medo a deixou sóbria. Enxugou os olhos. — Eu não bati nela, de verdade. Você sabe que não tentaria mentir para você. — Ela fixou os olhos em Doro por um instante, depois sacudiu a cabeça. — Mas já quis bater nela… muitas vezes. Agora mal consigo chegar perto dela quando não estou bêbada… — Olhou para o corpo que esfriava no chão e começou a tremer.

Doro se aproximou. Ela se petrificou de terror quando ele encostou nela. Depois de um tempo, ao perceber que o homem estava apenas envolvendo-a com o braço, deixou que a levasse de volta para o sofá.

Ela se sentou ao lado dele e começou a relaxar, a tensão abandonando seu corpo. Quando ele falou, seu tom foi gentil, sem ameaças.

— Posso levar Mary comigo, se você quiser, Rina. Encontrarei um lar para ela.

Por um longo tempo, ela não disse nada. Ele não a apressou. Ela o olhou, depois fechou os olhos e sacudiu a cabeça. Por fim, encostou a cabeça no ombro dele e murmurou:

— Estou doente — afirmou. — Diga que vou ficar bem se você levar a menina.

— Você vai ficar como estava antes de Mary nascer.

— Antes? — Ela estremeceu recostada nele. — Não. Naquela época eu já estava doente. Doente e sozinha. Se você levar a Mary embora, não vai mais voltar para mim, não é?

— Não. Não vou.

— Você me disse: "quero que tenha um bebê". E eu avisei: "detesto crianças, principalmente bebês". E você falou: "não tem importância". E não teve.

— Devo levar a garota, Rina?

— Não. Você vai se livrar deste cadáver para mim? — Ela empurrou o corpo anterior dele com o pé.

— Vou arrumar alguém para cuidar disso.

— Eu não consigo fazer nada — disse ela. — Minhas mãos tremem e, às vezes, escuto vozes. Fico suada e minha cabeça dói, quero chorar ou gritar. Nada resolve, só beber... ou encontrar um homem.

— Você não vai mais beber tanto de agora em diante.

Houve um longo silêncio.

— Você sempre pede demais. Tenho que abrir mão dos homens, também?

— Se eu voltar a encontrar Mary cheia de roxos de novo, vou levá-la comigo. Se algo pior acontecer com ela, mato você.

Ela o encarou sem medo.

— Quer dizer que posso ficar com os meus caras se não deixar que cheguem perto da Mary. Tudo bem.

Doro deu um suspiro e fez menção de falar algo, mas deu de ombros.

— Não consigo evitar — explicou ela. — Tem alguma coisa errada comigo. Não consigo evitar.

— Eu sei.

— Você me tornou assim. Deveria te odiar pelo que fez comigo.

— Você não me odeia. E não precisa se justificar para mim. Não condeno você. — Ele a acariciou, perguntando-se quanto ela poderia desejar viver para lutar tanto como lutava para preservá-la. Ao gerar a filha, ela desempenhou a função que nasceu para desempenhar. Doro exigiu isso dela como muito antes exigira de outras pessoas, ancestrais dela. Houve um tempo em que descartava pessoas como ela assim que geravam a prole que desejava. Eram, inevitavelmente, pais e mães pobres, e as crianças cresciam de forma mais confortável com famílias adotivas. Mas agora, se essas pessoas quisessem viver, depois de lhe serem sido úteis, ele deixava. Tratava-as com gentileza, como trataria criados fiéis. A gratidão fazia delas excelentes serviçais, apesar da fraqueza que aparentavam. E a fraqueza não o incomodava. Rina tinha razão. A culpa era dele, uma consequência do programa de reprodução que criou. Na verdade, até que gostava um pouco dela quando estava sóbria.

— Vou tomar cuidado — disse ela. — Ninguém vai machucar a Mary outra vez. Você vai ficar comigo por um tempo?

— Só por uns dias. O tempo necessário para ajudar você a sair daqui.

Ela pareceu chocada.

— Não quero me mudar. Não posso ficar onde estava, sozinha.

— Não vou mandar você de volta para a casa antiga. Só vou levar você para alguns quarteirões de distância daqui, na rua Dell, onde você tem uma parente. Ela tem uma casa geminada, e você vai morar do lado dela.

— Não tenho mais nenhuma parente morando por aqui.

Ele riu.

— Rina, essa parte de Forsyth é cheia de pessoas que são suas parentes. Na verdade, foi por isso que voltei. Você não as conhece e, se conhecesse, não iria gostar da maioria, mas precisa estar perto delas.

— Por quê?

— Digamos que é para você não ficar sozinha.

Ela deu de ombros, sem compreender nem se importar de fato.

— Se as pessoas daqui são minhas parentes, também são do seu povo?

— É claro.

— E... essa mulher de quem vou ser vizinha... é o quê?

— Sua avó, transferida várias vezes.

O pavor de Rina retornou com intensidade.

— Quer dizer que ela é como você? Imortal?

— Não, não como eu. Ela não mata... não como eu, pelo menos. Ainda usa o mesmo corpo em que nasceu. E não vai machucar você. Mas pode ser capaz de ajudar com Mary.

— Tudo pela Mary. Ela deve ser importante, que pena da menina.

— Ela é muito importante.

De repente, Rina se mostrou uma mãe zelosa, olhando para ele com uma ruga de preocupação na testa.

— Ela não vai ficar como eu? Doente? Louca?

— No começo, ela será como você, mas vai superar. Na verdade, não é uma doença, sabe?

— Para mim, é. Mas vou ficar com a menina e me mudar para a casa dessa avó, como você mandou. Qual é o nome dela?

— Emma. Ela começou a chamar a si mesma assim há uns 150 anos, por brincadeira. Significa avó, ou ancestral.

— Isso significa que é alguém em quem pode confiar para me vigiar e garantir que eu não machuque a Mary.

— Sim.

— Não vou fazer isso. Vou aprender a ser mãe dela, pelo menos... um pouco. Posso fazer isso, criar uma criança que é importante para você.

Ele a beijou, acreditando nela. Se a criança não fosse um elemento tão importante do programa de reprodução, ele não a colocaria sob vigilância. Depois de um tempo, ele se levantou e telefonou para que alguém de seu povo viesse remover seu corpo anterior do apartamento.

EMMA

Emma estava na cozinha preparando o café da manhã quando ouviu alguém na porta. Mancando, atravessou a sala de jantar até a entrada, mas antes de alcançá-la, a porta se abriu e um jovem franzino entrou.

Emma parou onde estava, endireitou o corpo, normalmente encurvado, e dirigiu ao jovem um olhar questionador. Não estava com medo. Uns dois meninos tinham invadido a casa para roubá-la nos últimos tempos e ela os surpreendeu.

— Sou eu, Em — disse o jovem, sorrindo.

Emma relaxou e sorriu de volta, mas não permitiu que seu corpo voltasse a se curvar.

— O que está fazendo aqui? Deveria estar em Nova York.

— Percebi de repente que fazia muito tempo que não visitava uma pessoa do meu povo.

— Não está falando de mim.

— Uma parente sua, uma menininha.

Emma ergueu uma sobrancelha, depois deu um suspiro profundo.

— Vamos nos sentar, Doro. Peça o favor que vai me pedir em uma cadeira confortável.

De fato, ele parecia um pouco acanhado. Os dois se sentaram na sala de estar.

— Então? — perguntou Emma.

— Vi que tem alguém morando na outra casa — disse ele.

— Da família — respondeu Emma. — Um bisneto cuja esposa acaba de falecer. Ele sai para trabalhar e eu olho as crianças quando voltam da escola.

— Em quanto tempo consegue tirá-lo dali?

Emma fitou-o com olhos inexpressivos.

— A pergunta é se o quero fora dali. Por que deveria?

— Tenho uma filha que dará muito trabalho para a mãe em alguns anos. Mas, no momento, a mãe está dando muito trabalho a si mesma.

— Doro, as crianças do vizinho precisam mesmo de mim. Mesmo com orientação, você sabe que vão passar por dificuldades.

— Mas quase todo mundo pode ajudar essas crianças, Em. Além disso, você é praticamente a única em quem confio para ajudar a criança de que estou falando.

Emma franziu a testa.

— A mãe a maltrata?

— Por enquanto, ela só permite que os outros a maltratem.

— Parece que a criança ficaria melhor se fosse adotada por outra família.

— Não quero fazer isso, se conseguir evitar. É provável que ela terá muita necessidade de ficar entre familiares. E você é a única parente dela a quem gostaria de confiá-la. Ela é parte de um experimento importante para mim, Em.

— Importante para você. Para você! E o que devo fazer com meu bisneto e os filhos dele?

— Com certeza, um de seus condomínios tem um apartamento livre. E você pode pagar uma babá para as crianças. Já está sustentando só Deus sabe quantos parentes indigentes. Este caso deve ser bem fácil.

— A questão não é essa.

Ele se recostou e ficou olhando para ela.

— Você vai me deixar nessa situação?

— Qual a idade da criança?

— Três.

— Vai se transformar em que quando crescer?

— Em uma telepata. Com mais controle da própria habilidade do que qualquer outra que já criei até agora, espero. E também espero que tenha herdado outras habilidades do corpo que usei para gerá-la.

— Que outras habilidades?

— Em, não posso contar tudo para você. Se eu fizer isso, em alguns anos ela será capaz de ler seus pensamentos.

— Que diferença faria? Por que ela não poderia saber o que é?

— Porque ela é um experimento. Será melhor que descubra a natureza das próprias habilidades aos poucos, com a experiência. Se for só um pouco parecida com os que vieram antes dela, quanto mais devagar entender, melhor será para quem está ao redor dela.

— Quem foram os que vieram antes?

— Fracassos. Fracassos perigosos.

Emma suspirou.

— Fracassos que morreram. — Perguntou-se o que ele diria se ela se recusasse a ajudar. Não gostava de participar dos projetos dele, se pudesse evitar. Sempre envolviam crianças, sempre estavam relacionados a programas de reprodução. Durante todos os seus 4 mil anos de vida, exceto pelos primeiros séculos, ele vinha se esforçando para construir uma estirpe em torno de si. Aparentemente, ele era resultado de uma mutação de milênios antes. O povo dele surgira como resultado de quase 4 mil anos de reprodução controlada. Agora ele tinha diversas linhagens mutantes, que combinava e separava como queria. E carregava consigo um número incontável de fracassos, perigosos ou apenas lamentáveis, que destruía com a tranquilidade que outras pessoas abatiam animais de rebanho.

— Você precisa me contar *alguma coisa* sobre suas expectativas para a menina — disse Emma. — Qual é exatamente o tipo de perigo a que está me expondo?

Ele pousou uma mão no ombro esquelético dela.

— Muito pequeno, Em. Se tiver pulso firme na criação da menina, ela deve crescer razoavelmente controlável. Na verdade, estava pensando em deixar toda a criação dela por sua conta.

— Não! De jeito nenhum. Já eduquei crianças suficientes. Mais do que suficientes.

— Foi o que pensei que você iria dizer. Tudo bem. Só deixe que eu traga a menina e a mãe para o apartamento ao lado, onde você pode ficar de olho nelas.

— O que vai fazer depois que ela estiver crescida? Se ela for um sucesso, quero dizer.

Ele deu um suspiro.

— Bom, acho que posso contar o seguinte: ela faz parte de minha última tentativa de reunir telepatas ativos. Vou tentar que ela acasale com outro telepata sem que eu mate nenhum dos dois. E espero que ela e o rapaz que tenho em mente sejam estáveis o bastante para ficarem juntos sem se matarem. Isso será um começo.

Emma sacudia a cabeça enquanto ele falava. Quantas vidas ele havia desperdiçado ao longo dos anos perseguindo aquele sonho?

— Doro, essas pessoas nunca ficaram juntas. Por que não as deixa em paz? Deixe que fiquem longe. Elas se evitam naturalmente, e você não vai obrigar que fiquem juntas.

— Quero que fiquem juntas. Achou que eu tinha desistido?

— Guardo a esperança de que vai desistir, pelo bem de seu povo.

— E me contentar com a série de clãs guerreiros que tenho agora? Não que a maioria possa ser considerada tão unida. São apenas famílias de pessoas que não gostam umas das outras, embora precisem estar próximas. Famílias que nem sequer são capazes de tolerar membros de outras de minhas famílias. Mas todas toleram pessoas comuns. Teriam se misturado à população geral há muito tempo se não as vigiasse.

— Talvez devessem. Seriam mais felizes.

— Você seria mais feliz sem seus dons, Emma? Gostaria de ser uma pessoa comum?

— É claro que não. Mas quantas pessoas têm total controle das próprias habilidades como eu tenho? E quantas passam a vida em desespero porque têm "dons" que não podem controlar ou até mesmo compreender? — Ela inspirou longamente. — De qualquer forma, você não pode levar o crédito pela minha existência. Sou quase um mero acaso, como você. As pessoas do meu povo se separaram de uma de suas famílias centenas de anos antes que eu nascesse. Elas se misturaram com o povo que as protegeu e ainda assim conseguiram me gerar.

E Doro vinha tentando replicar aquele feliz nascimento fortuito desde então. Ela o conhecia havia trezentos anos, gerara para ele trinta e sete crianças ao longo de suas várias encarnações. Nenhuma das crianças teve uma vida particularmente longa. As que poderiam vir a ter, tinham sido pessoas atormentadas, instáveis. Cometeram suicídio. As demais tiveram vidas de duração comum e mortes naturais. Emma garantiu esse fim. Ela não fora capaz de acompanhar os muitos netos e netas, mas protegeu filhos e filhas. Desde o início de seu relacionamento com Doro, alertou-o de que se matasse um filho ou uma filha dela, nunca mais daria uma criança a ele.

No início, Doro dava a ela e à sua linhagem valor suficiente para não a punir por "arrogância". Depois que se habituou a ela, à ideia de sua imortalidade, começou a valorizá-la mais do que como apenas reprodutora. Ela se tornou uma companheira, uma esposa para a qual sempre retornava. Ambos se casavam com outras pessoas de tempos em tempos, mas esses parceiros eram temporários.

Por um período, Emma chegou a acreditar no sonho dele de produzir uma estirpe. Mas o entusiasmo diminuiu à medida que ele foi permitindo que conhecesse melhor os métodos para sua realização. Sonho algum valia as coisas que ele fazia com o próprio povo.

Foram seus hábitos assassinos que a fizeram se cansar, depois de quase dois séculos de relacionamento. Ela fugiu, repugnada, quando ele matou uma jovem que lhe gerara as três crianças que exigira. Para Emma, aquilo foi a gota d'água.

Mas, a essa altura, Doro já fazia parte da vida dela havia muito tempo, tornara-se importante demais. Ela não conseguia simplesmente abandoná-lo, mesmo se ele permitisse. Precisava dele, mas não o queria mais. E não queria ser mais uma entre as pessoas do povo de Doro que apoiavam sua carnificina. Só havia uma escapatória, e ela começou a se preparar para agir. Começou a se preparar para morrer.

E Doro, surpreso, assustado, começou a tentar corrigir o próprio comportamento. Prometeu a Emma que não mataria mais as pessoas que já não lhe serviam como reprodutoras. Depois, pediu que continuasse a viver. Por fim, dirigiu-se a ela como um ser humano se dirige a outro, e pediu que não o deixasse. Ela não o deixou. Ele nunca mais a dominou.

— Você aceita receber a mãe e a criança, Em?

— Sim. Você sabe que aceito. Dá pena.

— Não vai dar se eu for bem-sucedido.

Ela soltou um murmúrio de repulsa.

Ele sorriu.

— Também vou ver você mais vezes, com a menina morando na casa ao lado.

— Bom, já é alguma coisa. — Ela estendeu o braço e segurou a mão de Doro entre as suas, observando o contraste. A dele era lisa e macia, de um jovem que claramente nunca tinha feito nenhum trabalho manual. As dela eram garras duras, esqueléticas, com veias e tendões salientes. Ela começou a preenchê-las, desenrugando-as, endireitando os longos dedos até que fossem as mãos de uma jovem, atraentes, mas incompatíveis com os braços atrofiados, muito velhos. — Queria que a criança fosse um menino, e não uma menina — disse. — Receio que ela não vá gostar muito de mim por algum tempo. Pelo menos não até ter idade suficiente para compreender com clareza.

— Não queria um menino — respondeu ele. — Tive problemas com rapazes… no papel especial que quero que ela desempenhe.

— Ah. — Ela se perguntava quantos garotos ele tinha abatido por conta desses problemas.

— Eu quis uma menina e quis que fosse uma das primeiras da geração dela. Esses dois fatores vão ajudar a mantê-la na linha. É menos provável que se rebele contra os planos que tenho para ela.

— Acho que você subestima as meninas — disse Emma. Ela preenchera os braços, tornando-os arredondados, delgados, e não esqueléticos. Levou a mão ao rosto. Passou os dedos pela testa e pela face. A pele se tornava lisa e perfeita conforme continuava falando. — Mas, pelo bem dessa menina, espero que não a subestime.

Doro a observava com o interesse que sempre demonstrava quando ela assumia uma nova forma.

— Não consigo entender por que você passa tanto tempo como uma idosa — comentou.

Ela pigarreou.

— Eu sou uma idosa. — Falava, agora, com uma voz baixa e jovem de contralto. — E a maioria das pessoas fica feliz em deixar uma senhora idosa em paz.

Ele tocou o rosto dela, agora macio. Parecia preocupado.

— Você precisa desse projeto, Em. Mesmo que não queira. Deixei você sozinha por tempo demais.

— Na verdade, não. — Ela sorriu. — Terminei de escrever a trilogia que estava planejando na última vez que vivemos juntos. História. A minha história. A crítica admirou meu realismo. Minha obra é poderosa, cativante. Sou uma contadora de histórias nata.

Ele riu.

— Depressa, acabe de se transformar que darei mais alguns temas para suas histórias.

PARTE UM

1
MARY

Eu estava no meu quarto lendo um livro quando alguém bateu na porta, fazendo muito barulho; parecia a polícia. Achei que fosse a polícia até me levantar, olhar pela janela e ver um dos clientes da Rina parado ali. Não me incomodaria em abrir, mas o idiota estava chutando a porta como se quisesse arrombá-la. Fui até a cozinha e peguei uma das pequenas frigideiras de ferro fundido, com capacidade para até dois ovos. Depois, fui até a porta. O desgraçado estúpido estava bêbado.

— Ei — resmungou. — Cadê a Rina? Fala que quero me encontrar com ela.

— A Rina não está aqui, cara. Volte lá pelas cinco da tarde.

Ele cambaleou um pouco e olhou para mim.

— Eu mandei falar para a Rina que quero encontrar com ela.

— E eu disse que ela não está aqui! — Teria batido a porta na cara dele, mas sabia que ele apenas começaria a chutá-la de novo se não conseguisse entender o que eu estava dizendo.

— Não está aqui?

— Isso mesmo.

— Bom. — Ele apertou um pouco os olhos e me espreitou. — E você?

— Eu não, cara. — Comecei a fechar a porta. Detesto mesmo esse tipo de cena. O idiota me empurrou junto com a porta para abrir caminho e entrou. É isso que eu ganho por ser baixa e magra. Com 45 quilos, parecia ter treze anos aos dezenove. Os homens se enganavam.

— Cara, é melhor você sair daqui — avisei. — Volte às cinco. A Rina é a prostituta, não eu.

— Talvez seja a hora de você aprender. — Ele fixou os olhos em mim. — O que é isso na sua mão?

Não falei mais nada. Minha dose de não violência tinha acabado.

— Perguntei que diabos é isso na sua...

Ele se atirou em minha direção. Desviei e golpeei aquela cabeça oca. Larguei-o deitado bem onde caiu, peguei minha bolsa e saí. Rina ou Emma que cuidassem dele.

Não sabia para onde ir. Só queria sair de casa. Estava com dor de cabeça e, às vezes, ouvia vozes: uma palavra, um grito, alguém chorando. Escutava essas coisas dentro da minha cabeça. Doro disse que isso significava que minha mudança, minha transição, estava próxima. Disse que era bom. Eu queria poder passar um pouco da dor e da loucura daquilo para ele ver como era bom. Eu me sentia péssima o tempo todo e ele chegava com um sorrisinho.

Andei até a avenida Maple. Estava passando um ônibus. Um ônibus de Los Angeles. Por impulso, entrei. Não que houvesse alguma coisa para mim em l.a. Não havia nada para mim em lugar nenhum, exceto talvez onde Doro estivesse. Se eu tivesse sorte, Rina e Emma o chamariam quando encontrassem aquele idiota deitado em nossa sala. Sempre ligavam para ele quando achavam que eu estava prestes a explodir. Do jeito que as coisas iam, eu estava sempre prestes a explodir.

Desci do ônibus no centro de l.a. e fui a uma drogaria. Só quando já estava lá dentro me lembrei que só tinha dinheiro para a passagem de ônibus. Então, enfiei um frasco de aspirina na bolsa e saí. Doro me falara, anos antes, que me daria uma surra se eu fosse pega roubando. Eu roubava desde os sete anos de idade e nunca me pegaram. Costumava roubar presentes para a Rina no passado, quando ainda tentava fingir que o fato de ela ser minha mãe tinha algum significado. Enfim, agora eu sabia o que faria em Los Angeles. Iria "às compras".

Não me esforcei muito, mas consegui algumas coisas. Peguei um radinho portátil da Sony, daqueles minúsculos. Simplesmente saí da lojinha de 1,99 com ele enquanto o vendedor que me atendeu foi impedir uma criança de derrubar uma pilha de pratos de plástico. Consegui um perfume. Mas não gostei do cheiro e joguei fora. Tomei quatro aspirinas e minha dor de cabeça diminuiu um pouco. Roubei uma blusa, um colete e umas bijuterias baratas. Também joguei as bijuterias fora, depois de olhar melhor para elas. Lixo. Peguei uns dois livros de bolso. Sempre pego livros. Se não tivesse nada para ler, ficaria realmente doida.

No caminho de volta para Forsyth, alguém gritou feito louco dentro da minha cabeça. Além disso, senti que estava apanhando no rosto. Às vezes, eu confundia as coisas, não sabia dizer o que estava acontecendo comigo de verdade e o que eu estava captando por acaso da mente de outras pessoas. Dessa vez, eu estava subindo no ônibus quando aconteceu e apenas congelei. Tive controle suficiente para me deter ali, sem gritar ou cair no chão com o golpe que senti me atingindo. Mas não se para meio dentro e meio fora de um ônibus, na rua Sete com a Broadway, às cinco da tarde. Vai acabar se matando.

Não fui exatamente pisoteada. Só continuei sendo empurrada para fora do caminho. Alguém me empurrou para longe da porta do ônibus. Outras pessoas me empurraram para sair da frente delas. Não consegui reagir. Só consegui aguentar, esperar.

E então acabou. Mal consegui entrar no ônibus antes que ele partisse. Precisei ir em pé por todo o trajeto até Forsyth. Fiz o possível para derrubar algumas pessoas quando desci.

Eu não queria ir para casa. Mesmo que Rina e Emma tivessem ligado para Doro, ele ainda não poderia ter chegado. Não queria ouvir a voz de Rina. Mas depois comecei a pensar sobre o cliente, sobre quanto o tinha machucado, se estava morto. Decidi ir para casa e descobrir.

De qualquer forma, não tinha mais nada para fazer. Forsyth é uma cidade morta. Gente rica, velha e, principalmente, branca. Nem mesmo o sudoeste, onde morávamos, era um gueto, pelo menos não um gueto racial. Estava cheio de gente pobre desgraçada de todas as raças que você quiser citar, todo mundo trabalhando feito doido para sair de lá. Menos nós. Rina tinha saído, Doro me disse, mas voltou. Nunca achei minha mãe muito inteligente.

Nós morávamos em uma casa de esquina, na rua Dell com a avenida Forsyth. Então voltei pelo outro lado da rua Dell. Queria ver se tinha algum carro da polícia na esquina antes de virar. Se tivesse, eu continuaria andando. Sabia que Doro ia me livrar de qualquer encrenca em que me metesse. Mas meio que ia me matar. Não valia a pena.

Rina e Emma estavam esperando por mim. Não fiquei surpresa. Havia um draminha que tínhamos que encenar.

Rina: você percebe que poderia ter matado o homem? Quer que a gente vá para a cadeia?

Emma: você não consegue pensar pelo menos uma vez na vida? Por que o largou aqui? Por que não me chamou, pelo menos? Pelo amor de Deus, menina…

Rina: por que você bateu nele? Vai contar para a gente?

Elas não tinham me dado chance de explicar nada.

Rina: ele era só um sujeito de meia-idade que não faria mal nenhum. Inferno, ele não teria machucado…

Emma: Doro está vindo para cá agora, Mary, e é melhor você ter um bom motivo para o que fez.

E, enfim, consegui falar.

— Ou eu batia nele ou trepava com ele.

— Ai, Deus — Rina murmurou. — Você não consegue falar de um jeito decente nem na frente da Emma?

— Eu falo do jeito decente que você me ensinou, mãe! Além disso, o que quer que eu fale? "Fazer amor com ele"? Eu não sentiria amor nenhum. E se ele tivesse conseguido, eu com certeza o mataria.

— Você fez o suficiente — disse Emma. Ela estava se acalmando.

— Em todo caso, o que vocês fizeram com ele? — perguntei.

— Levamos para o hospital. — Ela deu de ombros. — Traumatismo craniano.

— Não disseram nada no hospital?

— Com aquele cheiro? Só me enruguei um pouco mais e contei que meu neto bebeu além da conta e caiu de cabeça.

Eu ri. Ela usava aquele disfarce de senhorinha idosa para conquistar a simpatia de pessoas estranhas, ou pelo menos para fazê-las baixar a guarda. Na maioria das vezes, quando Doro não estava por perto, ela era uma velha de aparência frágil. Mas não passava de encenação. Vi um sujeito tentando roubar a bolsa dela uma vez, enquanto ela descia a rua, mancando. Ela quebrou o braço dele.

— Aquele sujeito era mesmo seu neto? — perguntei.

— Temo que sim.

Lancei um olhar para Rina, enojada.

— Você não consegue encontrar ninguém que não seja parente para trepar? Deus!

— Não é da sua conta.

— Eu não fingiria estar tão enojada com a ideia de incesto se fosse você, Mary. — Emma meio que mostrou os dentes para mim. Não era um sorriso. Não nos dávamos bem na maioria das vezes. Ela achava que sabia tudo. E pensava que Doro era propriedade privada dela. Eu me levantei e fui para o meu quarto.

Doro chegou no dia seguinte.

Eu me lembro de uma vez, quando tinha mais ou menos seis anos de idade e estava sentada no colo dele, fazendo uma careta para seu rosto mais recente.

— Eu não devia chamar você de "papai"? — perguntei. Até então, eu o chamava de Doro, como todo mundo.

— Eu não faria isso se fosse você — disse ele. E sorriu. — Mais para a frente, você não vai gostar.

Não entendi e, em todo caso, era uma criança teimosa. Eu o chamei de "papai". Ele pareceu não se importar. Mas depois, é claro, eu não gostei. Aquilo ainda me incomodava um pouco; Doro e Emma sabiam. Tinha a sensação de que os dois riam disso quando estavam juntos.

Doro era negro dessa vez. Isso foi um alívio, porque, nas últimas duas visitas, fora branco. Ele simplesmente entrou no meu quarto de manhã cedo e se sentou na minha cama. Isso me acordou. Só vi aquele estranho alto sentado ao meu lado na cama.

— Diga alguma coisa — falei depressa.

— Sou eu — disse ele.

Soltei a faca de bife com que dormia e me sentei.

— Posso beijar você ou vai me atacar também?

Ele puxou as cobertas e passou a mão pela lateral da cama ao lado da parede. E, é claro, encontrou a faca. Eu a escondera na alça pequena que se usa para carregar o colchão. Ele a atirou pela porta.

— Deixe as facas e as frigideiras na cozinha, onde é o lugar delas.

— Aquele sujeito ia me estuprar, Doro.

— Você vai acabar matando alguém.

— Não a menos que precise matar. Se as pessoas me deixam em paz, eu as deixo em paz.

Ele pegou uma calça jeans do chão, onde eu a havia deixado, e jogou na minha cara.

— Vista-se — falou. — Quero te mostrar uma coisa. Quero esclarecer algo de um jeito que até você consiga entender.

Ele se levantou e saiu do quarto.

Joguei a calça jeans de volta no chão e fui até o armário pegar uma limpa. Minha cabeça já estava doendo.

Ele dirigiu até a prisão municipal. Estacionou do lado de fora dos muros e ficou sentado ali.

— E agora? — perguntei.

— Diga você.

— Doro, por que me trouxe aqui?

— Como disse, para esclarecer uma coisa.

— Que coisa? Que se eu não for uma boa menina, é aqui que vou acabar? Deus! Vamos embora daqui. — Algo estava errado comigo. Ou algo estava prestes ficar muito errado. Realmente errado. Eu estava captando sombras de emoções desatinadas.

— Por que precisaríamos ir? — perguntou ele.

— Minha cabeça! — Percebi que estava perdendo o controle. — Doro, por favor... — Gritei. Tentei suportar. Tentei apenas desligar, como tinha feito no dia anterior. Congelar. Mas fui arrebatada por um pesadelo. Do tipo em que as paredes vão se juntando e você não consegue sair. Do tipo em que se está presa em algum lugar escuro e estreito e não consegue sair. Do tipo em que se está em um zoológico trancada como os animais *e não consegue sair*!

Nunca tive medo do escuro. Nem mesmo quando era pequena. E nunca tive medo de lugares pequenos, fechados. E o único lugar em que já tinha visto as paredes de um cômodo funcionarem como um torno foi um filme ruim. Mas gritei, descontrolada, do lado de fora daquela prisão. Comecei a espernear, e Doro me agarrou para impedir que eu pulasse do carro. Quase o fiz sofrer um acidente enquanto ele dirigia para longe dali.

Por fim, quando estávamos bem distantes da prisão, eu me acalmei. Fiquei encurvada no assento, segurando minha cabeça.

— Por quanto tempo acha que poderia se manter sã, pelo menos tanto quanto ainda é, em meio a uma concentração de emoções como aquela? — perguntou ele.

Eu não disse nada.

— A maioria das pessoas presas ali não sente, com os próprios pensamentos e medos, nem um terço do que sentiu — continuou ele. — Elas não gostam de estar ali, mas conseguem se acostumar. Você não. Você não escolheria ser estuprada a acabar em um lugar como aquele, mesmo que por um curto período?

— Você tem aspirina? — perguntei. Minha cabeça latejava tanto que mal conseguia ouvi-lo. E, por algum motivo estúpido, tinha deixado o frasco novinho de remédio em casa, na mesa de cabeceira.

— No porta-luvas — disse ele. — Mas não tem água.

Abri o porta-luvas com dificuldade, encontrei a aspirina e tomei quatro. Ele estava parado em um sinal vermelho, me observando.

— Vai ficar doente fazendo isso.

— Graças a você, já estou doente.

— Você não escuta, garota. Eu falo e você não me escuta. Para o seu próprio bem, tenho que provar para você.

— De agora em diante, vou ouvir. É só falar. — Eu me recostei no banco e esperei a aspirina fazer efeito. Então, percebi que ele não estava me levando para casa.

— Para onde estamos indo? Você não tem outra surpresa para mim, tem?

— Sim. Mas não do jeito que imagina.

— O que é? Aonde estamos indo?

— Aqui.

Estávamos na avenida South Ocean, na região mais nobre do distrito comercial de Forsyth. Ele estava entrando no estacionamento da Orman's, uma das melhores lojas da cidade.

Parou, desligou o motor e se recostou.

— Quero que abandone o personagem por um tempo — disse. — Pare de se esforçar tanto no papel de filha malvada da Rina.

Olhei-o de lado.

— Geralmente faço isso quando você está por perto.

— Talvez não o suficiente. Acha que podemos entrar naquela loja e comprar, não roubar, algo além de jeans azuis?

— O que, por exemplo?

— Vamos. — Ele saiu do carro. — Vamos ver o que fica bem em você.

Eu sabia o que ficava bem em mim. Ou pelo menos aceitável. Mas por que me preocupar quando o único cara em quem estava interessada era Doro e nada do que eu fazia parecia atraí-lo? Ou ele tinha tempo para mim ou não tinha. E se não tivesse, eu poderia andar por aí nua sem que ele notasse.

Mas, como ele quis, escolhi uns vestidos, umas calças bem bonitas e mais outras coisas. Não roubei nada. Minha dor de cabeça pareceu ter voltado ao normal e meu reflexo de bruxa no espelho do provador voltou a ser apenas uma aparência estranha. Doro havia dito uma vez que, exceto por meus olhos e minha cor, eu me parecia muito com Emma, com a versão jovem de Emma, quer dizer. Meus olhos, verdes como a luz de um semáforo, como Rina dizia, e minha pele, uma espécie de tom café-claro, eram dotes do corpo do homem branco que Doro usava quando engravidou Rina. Um sujeito infeliz de uma colônia religiosa que Doro controlava na Pensilvânia. Doro tinha pessoas por toda parte.

Quando ele decidiu que eu tinha pegado o suficiente, pagou com cheque uma soma maior do que todo o dinheiro que eu já tinha visto na vida. Ele tinha algum tipo de acordo postal com os bancos. Muitos bancos. Pediu que tudo fosse entregue no hotel onde estava hospedado. Esperei até estarmos fora da loja para lhe perguntar por que tinha feito aquilo.

— Quero que fique comigo por alguns dias — respondeu ele.

Fiquei surpresa, mas apenas o encarei.

— Tudo bem.

— Você tem que se acostumar com uma coisa. E, para o seu próprio bem, quero que faça isso no seu tempo. Grite e berre agora, enquanto isso não pode te machucar.

— Ai, Deus! O que você vai fazer para eu gritar e berrar?

— Você vai se casar.

Olhei para ele. Ele havia dito aquelas palavras, ou outras parecidas, para Rina, certa vez. Para Emma, só Deus sabia quantas vezes. Obviamente, chegara a minha vez.

— Você quer dizer que é com você, não é?

— Não.

Eu não estava com medo até ele dizer aquilo.

— Com quem, então?!

— Um dos meus filhos. Sem nenhum parentesco com você, aliás.

— Um estranho? Um completo estranho, e você quer que me case com ele?

— Você vai se casar com ele. — Ele não costumava usar aquele tom comigo; com ninguém, acho. Era reservado para os momentos em que dava uma ordem que, se não a obedecesse, ele poderia matar você. Um tom de voz baixo e frio.

— Doro, por que você não poderia ser ele? Apodere-se dele e deixe eu me casar com você.

— Mate-o, você quer dizer.

— Você mata pessoas o tempo todo.

Ele balançou a cabeça.

— Eu me pergunto se você vai superar isso.

— Isso o quê?

— Esse total desprezo pela vida humana. Com exceção da sua, é claro.

— Ah, fala sério! Merda, o diabo em pessoa vai me pregar um sermão!

— Talvez a transição mude seu jeito de pensar.

— Se isso acontecer, não sei como vou conseguir suportar você.

Ele sorriu.

— Você não percebe, mas isso pode ser um problema, de verdade. Você é um modelo experimental. Seus predecessores tiveram problemas comigo.

— Não fale de mim como se eu fosse um carro novo ou algo assim. — Fiz uma careta e o encarei. — Que tipo de problema?

— Esquece. Não vou falar de você como se fosse um carro novo.

— Espere um pouco — falei, mais séria. — Quero saber de verdade, Doro. Que tipo de problema?

Ele não respondeu.

— Algum ainda está vivo?

Ele continuou sem responder.

Respirei fundo e olhei pela janela.

— Tudo bem, então como faço para evitar problemas com você?

Ele colocou um braço em volta de mim e, por algum motivo, em vez de recuar, me aproximei dele.

— Não estou te ameaçando — disse ele.

— Está, sim. Fale sobre esse seu filho.

Ele me levou até a avenida Palo Verde, onde moravam os ricos. Parou em frente a uma mansão de três andares, de estuque, branca. Tinha telhas espanholas, uma grande entrada em arco, canteiros de palmeiras e arbustos bem aparados, hectares de gramado na frente, um quarteirão entre casa e terreno.

— Esta é a casa dele — disse Doro.

— Droga — resmunguei. — Ele é o dono? Da coisa toda?

— E sem hipoteca.

— Ai, Deus. — Algo me ocorreu de repente. — Ele é branco?

— Sim.

— Ah, Doro. Cara, o que está tentando fazer comigo?

— Conseguir ajuda. Você vai precisar.

— Que diabos ele pode fazer por mim que você não possa? Deus, ele vai dar uma olhada em mim e... Doro, o simples fato de ele morar nesta parte da cidade me diz que é o cara errado. Na primeira estupidez que ele disser para mim, vamos nos matar.

— Eu não arranjaria uma briga com ele se fosse você. Ele é um dos meus ativos.

Um ativo: alguém do povo de Doro que já passou pela transição e se transformou na espécie de monstro qualquer para a qual Doro o concebeu. Emma era um determinado tipo de ativo. Rina, apesar da "boa" família, era apenas latente. Ela nunca conseguiu chegar à transição, então sua habilidade não estava desenvolvida por completo. Ela não era capaz de controlá-la ou usá-la intencionalmente. Tudo o que conseguiu fazer foi transmiti-la para mim e suportar o lixo mental a que era exposta de vez em quando. Doro disse que era por isso que estava louca.

— Que tipo de ativo ele é? — perguntei.

— O tipo mais comum. Um telepata. Meu melhor telepata, ao menos até você passar pela transição.

— Você quer que ele leia a minha mente?

— Ele não terá muita escolha quanto a isso. Se você e ele estiverem na mesma casa, ele fará isso mais cedo ou mais tarde, assim como você também acabará lendo a dele.

— Quer dizer que ele não tem mais controle da habilidade dele do que eu tenho da minha?

— Ele tem muito mais controle do que você. E por isso poderá ajudar durante e depois da sua transição. Mas nenhum de meus telepatas pode blindar-se totalmente contra o resto do mundo. Às vezes, coisas que não querem sentir se infiltram neles. Na maioria das vezes, no entanto, viram apenas intrometidos e bisbilhotam os pensamentos das outras pessoas.

— Você não se apodera dele porque ele é um ativo? Sem lição de moral desta vez.

— Sim. Ele é muito raro e valioso para ser morto com tanta facilidade. Você também é. Você e ele não são exatamente o mesmo tipo de criatura, mas acho que se parecem o bastante para serem complementares.

— Ele sabe a meu respeito?

— Sim.

— E?

— Sente-se igualzinho a você.

— Ótimo. — Afundei no assento. — Doro… Você vai me explicar o porquê do casamento? Não preciso me casar para que ele me dê qualquer ajuda de que eu supostamente precise. Inferno, não preciso me casar nem para ter um bebê com ele, se é isso que quer.

— Talvez eu queira isso depois de ver como você passará pela transição. Tudo o que quero agora é fazer os dois perceberem que talvez possam aceitar um ao outro. Quero vocês vinculados de uma maneira que ambos vão respeitar, contra a própria vontade.

— Quer dizer que teremos menos chance de nos matarmos se formos casados.

— Bem... Haverá menos chance de ele matar você. A competição será bem desigual por um tempo. Se eu fosse você, evitaria encrenca.

— Não tem nenhuma maneira de eu me livrar disso?

— Não.

Tive vontade de chorar. Não conseguia me lembrar da última vez em que isso tinha acontecido. E o pior de tudo: sabia que, por pior que me sentisse no momento, não se comparava ao que eu sentiria quando realmente conhecesse aquele filho. De certa forma, nunca pensei em mim mesma como apenas mais uma reprodutora de Doro, apenas mais uma maldita égua de procriação. Rina era uma. Emma com certeza era uma. Mas eu... eu era especial. Com certeza. O próprio Doro disse isso. Um experimento. Aparentemente, um experimento que já falhara muitas vezes. E Doro estava tentando melhorá-lo me acasalando com um desconhecido.

— Qual o nome dele?

— Karl. Karl Larkin.

— Certo. Quando tenho que me casar com ele?

— Em uma ou duas semanas.

Teria me empenhado mais em brigar se soubesse como brigar com Doro. Nunca tive tanta vontade de brigar com ele antes. Eu me lembro que, em uma das vezes que ele estava ficando com a Rina, um dos negócios que ele controlava, uma empresa de eletrônicos de Carson, estava dando prejuízo. Doro fez o sujeito que administrava a companhia para ele vir até nossa casa para conversarem. Já naquela época eu sabia que aquilo era uma terrível humilhação para o sujeito. Nossa casa era um barraco em comparação ao que ele estava acostumado. Enfim, Doro queria descobrir se o homem estava roubando, enfrentando algum problema sério ou era só incompetente. Pelo que viu, ele estava roubando. Tinha um belo salário, uma esposa jovem e bonita, uma mansão em Beverly Hills, e estava roubando dinheiro de Doro. Burro.

O sujeito era de Doro, nascera dele, como eu. E cada centavo de seu investimento inicial pertencia a Doro. Ainda assim, praguejou, reclamou e encontrou motivos para justificar, por todo o trabalho que fizera, que merecia mais dinheiro. Então, fugiu.

Doro deu de ombros. Jantou conosco, levantou-se, espreguiçou-se e finalmente saiu atrás do sujeito. No dia seguinte, voltou usando o corpo dele.

Ninguém traía Doro. Ninguém o roubava nem mentia para ele. Ninguém o desobedecia. Ele o encontraria e depois o mataria. Como alguém escaparia? Ele não era telepata, mas nunca vi ninguém conseguir mentir para ele. E nunca vi ninguém escapar dele, que tinha algum tipo de senso de rastreamento. Ele se ligava às pessoas. Conseguia encontrar de novo qualquer um que visse uma única vez. Ele pensava na pessoa e sabia que caminho seguir para alcançá-la. E assim que chegasse perto, a pessoa não teria nenhuma chance.

Coloquei minha cabeça no ombro dele e fechei os olhos.

— Vamos sair daqui.

Ele me levou até o hotel e pagou o almoço. Eu não tinha tomado café da manhã, por isso estava com fome. Depois subimos para o quarto dele e fizemos amor. Mesmo. Eu chamaria de trepar quando tivesse que fazer aquilo com o maldito e idiota do filho dele. Eu amava Doro desde os doze anos. Ele me fez esperar até os dezoito. Agora ia me casar com outra pessoa. Provavelmente o amava como uma forma de autodefesa. Odiá-lo era perigoso demais.

Passamos uma semana juntos. Ele decidiu me levar até Karl quando comecei a desmaiar por causa das porcarias mentais que eu estava captando. Na primeira vez que aconteceu, ele ficou surpreso. Evidentemente, eu estava mais próxima da transição do que ele imaginara.

2
DORO

tivos eram quase sempre problemáticos, Doro pensou enquanto dirigia pelo longo acesso para carros da propriedade de Karl Larkin. Já sabia que Karl não estava dentro da casa, mas em algum lugar do quintal, provavelmente na piscina. Deixou-se guiar por seu senso de rastreamento. Achou que seria mais seguro visitar Karl mais uma vez antes de deixar Mary junto com ele. Os dois eram valiosos demais para serem colocados em risco. Se sobrevivesse à transição, Mary poderia demonstrar um valor incalculável. Ela nunca precisaria saber todo o motivo por trás de sua existência, a coisa que Doro esperava descobrir por meio dela. Bastaria apenas que amadurecesse e que seu acasalamento com Karl fosse bem-sucedido. Um dia, seria possível contar aos dois uma parte da verdade: que eram um experimento, que Doro nunca tinha sido capaz antes de manter um casal de telepatas ativos junto sem matar uma das pessoas e assumir o lugar dela. Essa explicação bastaria. Pois quando os dois já estivessem juntos há algum tempo, saberiam o quanto era difícil para duas pessoas ativas ficarem juntas sem se perderem, integrando-se uma à outra de forma incontrolável. Compreenderiam por que, nas vezes anteriores, ativos se mostraram tão relutantes a aceitar essa integração: por que sempre defenderam a própria individualidade, por que matavam uns aos outros.

Karl estava na piscina. Doro conseguiu avistá-lo do outro lado do gramado arborizado semelhante a um parque. Antes de conseguir se aproximar, no entanto, o jardineiro, que aparava o jardim, foi até Doro montado no trator cortador de grama.

— Senhor? — chamou ele, hesitante.

— Sou eu — respondeu Doro.

O jardineiro sorriu.

— Imaginei. Bem-vindo de volta.

Doro assentiu e dirigiu-se até a piscina. Karl era dono de quem trabalhava para ele, mais até do que Doro costumava ser. Ele era dono da mente delas. E eram apenas pessoas comuns que tinham respondido a um anúncio no *Los Angeles Times*. Karl não recebia ninguém, era quase um eremita, exceto pela série de mulheres que trazia para casa e mantinha até enjoar delas. Os funcionários e funcionárias serviam mais para cuidar da casa e do terreno do que de Karl. Mesmo assim, ele as escolhera menos pela competência e mais pelo fato de que tinham poucos ou nenhum parente vivo. Menos gente a ser apaziguada caso acidentalmente fosse muito bruto com elas. Ele não as machucaria por vontade própria. Já havia condicionado-as, programado-as com cuidado para fazerem seu trabalho e lhe obedecerem de todas as formas. Ele as havia programado para ficarem satisfeitas com seus empregos. E até pagava bem. Mas seu poder o tornava perigoso para pessoas comuns, especialmente as que trabalhavam perto dele todos os dias. Em um momento de raiva descontrolada, poderia matar todas elas.

Karl saiu da água quando viu Doro se aproximar. Então se abaixou e deu a mão para uma outra pessoa, cuja presença Doro não tinha notado. Vivian, é claro. Uma mulher pequena, bonita, de cabelos castanhos, com quem Doro impedira Karl de se casar. Karl lançou a ele o olhar questionador:

— Tive receio de que estivesse trazendo minha futura noiva.

— Amanhã — respondeu Doro, sentando-se na extremidade seca de um trampolim baixo.

Karl sacudiu a cabeça e se sentou no piso de concreto, de frente para ele.

— Nunca pensei que faria algo assim comigo.

— Parece que você aceitou.

— Você não me deu muita escolha. — Olhou de relance para Vivian, que foi se sentar ao seu lado. Assim como era dono dos funcionários, era dono dela. Doro ficou surpreso ao descobrir que Karl queria se casar com ela, pois normalmente não sentia muito mais que desprezo pelas mulheres que possuía.

— Pretende manter a Vivian aqui? — perguntou Doro.

— Pode apostar que sim. Ou vai me impedir de fazer isso também?

— Não. Isso só vai deixar as coisas mais difíceis para você, mas o problema é seu.

— Você parece se sair muito bem lidando com haréns.

Doro deu de ombros.

— A garota vai reagir mal à presença dela. — Ele olhou para Vivian. — Qual foi a última vez que esteve em uma luta?

Vivian fez uma careta.

— Uma luta? De socos?

— Socos, puxões.

— Meu Deus! Na terceira série. Ela luta?

— Quebrou a cabeça de um homem na semana passada com uma frigideira. Óbvio que ele mereceu. Estava tentando estuprá-la. Mas ela é conhecida pelo uso de violência diante de provocações bem menores.

Vivian arregalou os olhos para Karl, que sacudiu a cabeça.

— Você sabe que não vou deixar que ela faça uma coisa dessas por aqui.

— Por um tempo, talvez tenha que deixar — Doro avisou.

— Ah, por favor. Seja razoável. Temos de nos proteger.

— Com certeza têm. Mas não mexendo com a cabeça dela. Ela está muito perto da transição. Já vi ativos em potencial serem induzidos a uma transição prematura dessa forma. Geralmente morrem.

— O que devo fazer, então?

— Espero que conversar bastante com ela seja o suficiente. Fiz o que pude para que fique alerta com você. E ela não é burra. Mas é tão instável quanto você era quando estava se aproximando da transição. Além disso, ela vem de um lar onde a violência era bastante comum.

Karl fixou o olhar no chão de concreto por um instante.

— Você deveria ter feito com que fosse adotada. Afinal, eu mesmo estaria em péssimas condições se você tivesse me deixado com a minha mãe.

— Você não teria sobrevivido até a idade adulta se tivesse deixado você com a sua mãe. A dela não era tão má. E a família dela tem a tendência de se unir, mais do que a sua. São pessoas que precisam estar perto umas das outras, e algumas convivem de forma mais pacífica do que na sua família... Não que gostem mais umas das outras. Não gostam.

— O que a garota vai fazer sobre a necessidade de estar com a família quando a trouxer para cá?

— Espero que ela transfira essa necessidade para você.

Karl resmungou.

— Também espero que, depois de um tempo, você não ache isso tão ruim. Deveria tentar aceitá-la, para seu próprio conforto.

— E se conversar com ela não a acalmar? Você nunca deu uma resposta para isso.

Doro encolheu os ombros.

— Aí, use os métodos dela. Bata nela. Mas, depois, não deixe que chegue perto de nada com que possa te atingir ou cortar.

MARY

Fiz vinte anos dois dias antes de Doro me levar até Karl. Depois, decidi que Vivian deveria ter sido meu presente de aniversário. De alguma maneira, Doro se esqueceu de me falar sobre ela até o último minuto. Não tinha passado pela cabeça dele.

Portanto eu não ia apenas me casar com um completo estranho, um homem branco, um telepata que não me deixaria pensar com privacidade, mas ia me casar com um cara que pretendia manter a namorada ali comigo, na mesma casa. Filho da puta!

Tive um acesso de raiva. Acabei dando todos os gritos e berros que Doro me avisou para dar. Não conseguia evitar, simplesmente perdi o controle. A coisa toda foi uma tremenda humilhação! Doro me bateu e eu arranquei um pedaço da mão dele na mordida. Meio que nos afastamos. Ele sabia que se eu o machucasse muito mais, seria obrigado a sair do corpo que estava usando e entrar no meu. Ele se apoderaria de mim, e todos os seus esforços para me fazer chegar até ali teriam sido em vão. Eu também sabia, mas já não me importava mais. Eu me sentia como uma cachorra que alguém estava levando para cruzar.

— Agora, escute — começou ele. — Isso é estupidez. Você sabe que vai…

Nós dois nos movemos ao mesmo tempo. Ele tentou me bater. Tentei me esquivar dele e chutá-lo. Mas ele foi um pouco mais rápido do que imaginei e me deu um murro, não com força o bastante para me deixar inconsciente, mas com força o suficiente para me impedir de fazer qualquer coisa contra ele por um tempo.

Ele me levantou do chão, me atirou na cama e me segurou ali. Por um minuto, ficou apenas me olhando com firmeza.

O rosto dele parecia a máscara que de fato era. Geralmente não havia nada assustador na aparência dele, nada que o denunciasse. Mas naquele momento ele parecia um cadáver que um coveiro não tinha enterrado direito. Como se a coisa que ele de fato era tivesse se retraído dentro de seu corpo e não estivesse se dando ao trabalho de animar nada além dos olhos. Tive de me forçar a encará-lo.

— A única coisa que posso fazer — disse ele, em voz baixa — é impedir que as pessoas de meu povo cometam suicídio. — Tudo o que havia na voz dele que a tornava reconhecível, independentemente do corpo de onde vinha, estava muito mais forte. Eu me senti como uma vez, aos dez anos, em uma piscina pública. Não sabia nadar e algum idiota me empurrou no buraco de quatro metros de profundidade. Lembro que apenas prendi minha respiração e esperei. Uma vez, alguém me falou para fazer isso e, apesar de apavorada, foi o que fiz. De fato, subi à superfície, onde consegui respirar e alcançar a beira da piscina. Agora estava deitada, ainda sob o corpo de Doro, esperando. Ele estendeu o braço até a mesa de cabeceira e pegou um canivete.

— Isso veio com o corpo que estou usando — disse ele. Virou para o lado, saindo de cima de mim e se deitando de costas. Apertou uma trava do canivete e uma lâmina de uns quinze centímetros saltou para fora. — Pelo que me lembro, você gosta facas — disse. Ele pegou minha mão e fechou meus dedos em volta do cabo do canivete. — Não importa muito onde você me cortar. Apenas enfie toda a lâmina em qualquer parte deste corpo, e o susto vai me forçar a saltar.

Atirei o canivete para o outro lado do quarto. Quebrei o espelho da penteadeira.

— Você poderia, pelo menos, fazer com que ele se livrasse da maldita mulher! — falei em tom amargo. Ele simplesmente continuou deitado no mesmo lugar. — Um dia, vou encontrar um jeito de machucar você, Doro. Não duvide disso.

Ele deu de ombros. Não acreditava naquilo. Nem eu, na verdade. Quem conseguia machucá-lo?

— Eu amava você. Por que está me humilhando desse jeito?

— Olha só — começou ele —, se ele tiver uma mulher a quem recorrer, é menos provável que você o irrite e que ele te machuque.

— E seria menos provável que eu o irritasse se você se livrasse da Vivian.

— Você se dá pouco valor — disse ele, pouco amistoso. — Além disso, ele está apaixonado pela Vivian. Se eu o fizesse se livrar dela, garanto que ele descontaria em você.

— Só queria achar um jeito de descontar em você.

Ele se levantou e me olhou de cima.

— Troque de roupa — falou. — E depois nós vamos.

Vi que minhas calças e minha blusa estavam manchadas com o sangue da mão dele. Troquei de roupa e depois fiz a mala com o resto das minhas coisas. Enfim, fomos de carro para a avenida Palo Verde.

Enquanto Doro nos apresentava, Karl e Vivian ficaram juntos, parecendo irmã e irmão, olhando nos meus olhos. O que dava a eles pelo menos uma coisa em comum com todo mundo que me encontrava pela primeira vez. Tinha vezes que eu desejava um par de olhos castanhos, bonitos e comuns. Como os de Karl, ou de Vivian. Enfim.

Observei Vivian, reparei em como ela era bonita, em como estava nervosa. Ela não era mais forte do que eu, graças a Deus, e parecia assustada, o que era promissor. Doro me disse que Karl não deixaria que ela ficasse ressentida com a minha presença, nem que se irritasse ou se sentisse humilhada. *Não deixaria!*

Ela era um maldito robô e nem sabia disso. Ou melhor, sabia, mas não tinha permissão para se importar com isso.

Karl parecia um daqueles sujeitos brancos de quem eu me lembrava do ensino médio: brilhantes, ambiciosos, que gostam de ler. Intenso, com os cabelos já escasseando. Doro tinha dito que ele tinha vinte e oito anos, mas parecia mais velho. E quando abria a boca... Bom, falava exatamente como eu esperaria que um sujeito bem-criado falasse quando estava tentando ser educado com alguém que não suportava. Parecia forçado.

Depois das apresentações breves e formais, Doro pegou a mão de Vivian como se não fosse a primeira vez e disse:

— Vamos deixar eles se conhecerem. Quer nadar?

Vivian olhou para Karl, que assentiu. Ela e Doro saíram juntos. Observei os dois irem, pensando sobre coisas que não eram exatamente da minha conta. Olhei para Karl, mas seu rosto estava fechado e frio. Então, me esqueci de Vivian e Doro e me perguntei que diabos Karl e eu devíamos fazer agora. Estávamos em um salão do tamanho de uma quadra de tênis, com painéis de madeira e uma grande lareira branca. Estávamos sentados perto da lareira e olhávamos para ela em vez de olharmos um para o outro.

Então, finalmente decidi começar.

— Você acha que tem alguma maneira de fazermos isso e ainda nos restar um pouco de dignidade?

Karl pareceu surpreso. Imaginei o que Doro lhe havia dito a meu respeito.

— Estava me perguntando se tem alguma forma de resolver isso de uma vez — respondeu ele.

Dei de ombros.

— Você sabe tão bem quanto eu que não temos escolha quanto a isso. Sabe que tipo de ajuda deve me dar?

— Tenho que blindá-la contra os pensamentos e emoções que captar quando forem pesados demais para você. Doro parece achar que serão.

— Para você, foram?

— De certo modo. Desmaiei algumas vezes.

— Merda, isso já acontece comigo. Mas ainda estou viva. Alguém te ajudou?

— Não dessa maneira. Tudo o que tive foi alguém para impedir que eu arrebentasse de forma muito grave.

— Então, por que diabos...? Sem ofensa, mas por que eu preciso de você?

— Não sei.

— Ah, enfim. Acho que não importa. É a decisão dele, e não temos escapatória. Tudo que podemos fazer é tentar encontrar o jeito menos desconfortável de conviver com isso.

— Vamos dar um jeito. — Ele se levantou. — Deixe-me apresentar a casa para você.

Ele me mostrou primeiro a fantástica biblioteca, o que me ajudou a me interessar um pouco por ele. Um sujeito com um cômodo daqueles em casa não poderia ser de todo ruim. Assim como a sala de estar, a biblioteca também era enorme, também tinha aqueles belos painéis de madeira. A lareira e as janelas eram os únicos pontos das paredes que não estavam cobertos de livros. Grande parte do chão estava coberta pelo maior tapete persa que eu já tinha visto. Havia uma mesa de leitura comprida de madeira, sólida e pesada, uma grande escrivaninha, várias poltronas. O teto, alto, era de madeira entalhada em um padrão octogonal regular e dele pendiam quatro lustres pequenos, simples. Quando eu era criança, a biblioteca pública de Forsyth era minha segunda casa. Um lugar para onde podia ir e ficar sozinha. Por um tempo, podia me livrar da Rina, dos lamentos e clientes dela, e da Emma. Na verdade, eu gostava um pouco das senhorinhas que trabalhavam lá, e elas, de certa forma, me adotaram. Foi lá que adquiri o hábito de ler tudo o que caía minhas mãos. E quando cresci... Bem, bibliotecas antigas de madeira e pedra e livros ainda eram como um lar para mim. A prefeitura tinha demolido a biblioteca pública havia alguns anos e construíra uma nova, de aço, vidro e concreto, com ares-condicionados sempre ligados no máximo. Era uma caixa fria. Fui lá duas ou três vezes, depois desisti. Mas a biblioteca de Karl era perfeita. Eu me afastei dele para ver alguns dos títulos.

— Você gosta de livros?

Dei um pulo. Não tinha ouvido ele se aproximar de mim.

— Adoro. Espero que não se importe se eu passar muito tempo aqui.

Karl pressionou os lábios e olhou para a escrivaninha. A escrivaninha dele, certo. Onde ele trabalhava.

— Certo, então não vou passar muito tempo aqui. Pode me mostrar meu quarto?

— Você pode usar a biblioteca sempre que eu não estiver trabalhando aqui — disse ele.

— Obrigada. — Pude perceber que também haveria certa frieza naquela biblioteca.

Ele me mostrou o resto do primeiro andar antes de me levar para o quarto que seria meu. Cozinha grande que parecia profissional. Cozinheira grande e profissional. Mas era uma mulher amigável, e era negra. Isso ajudou. Sala de jantar formal. Um escritório pequeno e bonito, por que diabos Karl não poderia trabalhar ali? Salão de jogos com mesa de bilhar. Grande varanda com área de serviço. Mas por maior que fosse a casa, era menor do que parecia vista de fora. Achei que talvez acabasse sendo mais aconchegante do que eu tinha imaginado.

Karl e eu ficamos na varanda olhando para o quintal que parecia um parque. Quadra de tênis. Piscina e vestiário. Conseguimos ver Doro e Vivian mergulhando na piscina. Grama. Árvores. Na lateral, havia uma garagem para vários carros, e vislumbrei uma cabana quase escondida entre as árvores.

— O jardineiro e a esposa moram lá — explicou Karl. — Ela é a arrumadeira. A cozinheira também ajuda com o trabalho doméstico, quando não está ocupada na cozinha. Ela mora no andar de cima, na ala de funcionários.

— Você herdou tudo isso ou algo assim? — perguntei. Não teria ficado surpresa se ele tivesse respondido: "Não é da sua conta".

— Fiz uma pessoa próxima cedê-la para mim — disse ele. — Ele ia vendê-la mesmo, e não precisava do dinheiro.

Olhei para ele. A expressão em seu rosto magro e anguloso não se alterou nem um pouco. Assoviei e ri. Não consegui evitar.

— Você a roubou! Meu Deus! Que beleza, você é humano, afinal. Eu tenho que me virar roubando lojas.

Ele deu um sorriso forçado.

— Agora vou mostrar onde fica o seu quarto.

— Tudo bem. Posso fazer outra pergunta?

Ele deu de ombros.

— Como você se sente em relação a pessoas negras?

Ele me olhou com uma sobrancelha levantada.

— Você viu a minha cozinheira.

— Certo. Então, como você se sente em relação a pessoas negras?

— Conhecia exatamente duas até agora pouco. Elas são o.k. — Ênfase no "elas".

Fiz uma careta olhando para ele.

— O que isso pode significar?

— Que não deve supor que não gosto de você porque é negra.

— Ah.

— Eu não ia querer você aqui, qualquer que fosse sua cor.

Suspirei.

— Você vai tornar as coisas ainda mais difíceis do que têm que ser, não vai?

— Foi você que perguntou.

— Bem… Não estou gostando mais de estar aqui do que você de me receber, mas ou nos acostumamos um com o outro ou teremos que ficar fora do caminho do outro. O que não vai ser fácil, nem em uma casa tão grande quanto esta.

— Por que você e o Doro brigaram?

— O quê? — Meu primeiro pensamento foi que ele estava lendo minha mente. Então, percebi que, mesmo que ele não tivesse visto a mão de Doro, havia uma grande mancha rocha no meu queixo.

— Você sabe muito bem por que brigamos.

— Me conte. Eu respondi suas perguntas.

— Por que um telepata se dá ao trabalho de fazer perguntas?

— Por educação. Devo parar?

— Não! Nós brigamos… porque Doro só me contou sobre a Vivian faz umas duas horas.

Houve uma longa pausa. Então:

— Entendo. Como você se sentia em se casar comigo antes de saber sobre a Vivian?

— Minha avó se casou com Doro — falei. — E, é claro, minha mãe se casou com ele. Estava esperando para me casar com ele desde que tive idade suficiente para entender o que estava acontecendo. Queria isso. Eu o amei.

— No pretérito perfeito?

Quase não respondi. Percebi que estava com vergonha.

— Não.

— Mesmo depois de ele decidir te casar com um estranho?

— Eu o amo faz anos. Acho que vou demorar um pouco para mudar meus sentimentos.

— Provavelmente você nunca vai conseguir. Conheci várias pessoas do povo dele desde a minha transição. Ele me usa para mantê-las na linha sem matá-las. E fez coisas terríveis com algumas delas. Mas nunca conheci ninguém que o odeie. As que não se matam ao atacá-lo logo que ele as prejudica sempre parecem perdoá-lo.

De alguma forma, isso não me surpreendeu.

— Você o odeia?

— Não.

— Apesar de… tudo? — Lembrei de Vivian saindo de mãos dadas com Doro.

— Apesar de tudo — afirmou ele, em voz baixa.

— Você consegue ler a mente dele?

— Não.

— Mas por que não? Ele diz que não é telepata. Como ele poderia barrar você?

— Você vai descobrir depois da transição. Este será o seu quarto. — Estávamos no segundo andar. Ele abriu a porta diante da qual havia parado.

O quarto era branco, e acho que era possível chamá-lo de elegante. Tinha um lustre pequeno, de cristal. Uma cama enorme e uma penteadeira grande com um espelho bonito. Eu precisaria ter cuidado ao jogar coisas. Tinha um armário que pareceria vazio mesmo depois que eu pendurasse as roupas novas que Doro tinha comprado para mim. Tinha poltronas, mesinhas…

Era um quarto muito agradável. Dei uma olhada na minha mancha roxa no espelho. Depois me sentei em uma poltrona perto da janela e fiquei olhando para o jardim da frente enquanto conversava com Karl.

— O que farei depois da minha transição?

— Fazer?

— Bom, serei capaz de ler mentes. Serei capaz de roubar melhor sem ser pega, se eu ainda quiser. Serei capaz de bisbilhotar os segredos de outras pessoas, até fazê-las de robôs. Mas...

— Mas?

— O que devo fazer, além de, talvez, ter bebês? — Virei-me para encará-lo e vi por sua expressão que ele queria que eu não tivesse dito aquela última palavra. Não me importei.

— Tenho certeza de que Doro vai achar trabalho para você — disse ele. — Provavelmente já tem alguma coisa em mente.

Naquele exato momento, alguém foi atropelado por um carro. Senti o suficiente para saber que tinha sido nas proximidades, a poucos quarteirões da casa de Karl. Senti o impacto. Talvez tenha dito algo. Depois senti a dor. Uma avalanche de dor em câmera lenta. Sei que gritei nesse instante. Foi mais forte do que qualquer coisa que eu já tinha captado. Eventualmente, a dor acabou sendo demais para a vítima do acidente. Ele perdeu a consciência. Quase perdi a consciência com ele. Eu me vi toda contorcida na cadeira, com os pés para cima e minha cabeça para baixo, latejando.

Ergui os olhos para ver se Karl ainda estava lá e o encontrei me observando. Ele parecia interessado, mas não preocupado, nem inclinado a me oferecer um pouco da ajuda que deveria dar. Tive a sensação de que, caso eu sobrevivesse à transição, o faria sozinha.

— Tem aspirina no banheiro — disse ele, apontando para uma porta fechada. Depois se virou e saiu.

***

Cinco dias depois, nos casamos na prefeitura. Durante aqueles cinco dias, teria sido melhor ter ficado sozinha naquele casarão. Doro foi embora no dia em que me trouxe e não voltou mais. Via Karl e Vivian nas refeições ou, eventualmente, esbarrava com eles pela casa. Eles sempre eram educados. Eu não.

Tentei conversar com os funcionários, mas eram escravos silenciosos e satisfeitos. Trabalhavam ou ficavam em seus quartos assistindo a televisão e esperando as ordens do senhor.

Um dia, me juntei a Karl e Vivian na piscina e a conversa entre eles, que parecia realmente interessante, acabou de repente.

As únicas horas em que me sentia confortável eram quando estava no meu quarto com a porta fechada ou na biblioteca, quando Karl não estava em casa. Ele passou muito tempo em Los Angeles, de olho nos negócios que gerenciava para Doro e naqueles que assumira para ganho pessoal. Evidentemente, ele fazia mais pelos negócios do que apenas roubar parte dos lucros. Por mim, ele não fez nada.

Doro apareceu para o casamento. Não que houvesse qualquer tipo de cerimônia além do essencial. Ele voltou para casa conosco, ou melhor, comigo e com a Vivian. Karl nos deixou lá e partiu de carro para Los Angeles. Doro desafiou Vivian para uma partida de tênis. Andei três quarteirões até um ponto de ônibus, peguei um ônibus e segui nele.

Eu sabia para onde estava indo. Tinha de fazer baldeação para chegar lá, então não havia como fingir que fui parar ali por acaso. Desci na Maple com a Dell e fui direto para a casa de Rina.

Ela estava em casa, mas acompanhada. Da calçada, consegui ouvir o acompanhante e ela gritando um com o outro. Virei a esquina e bati na porta de Emma. Ela abriu, olhou para mim, se afastou da entrada. Entrei e me sentei na grande cadeira estofada perto da porta. Fechei os olhos por um instante e a casa velha e feia pareceu me envolver como um cobertor, bloqueando o frio. Inspirei fundo, me senti aliviada, expirei.

Emma colocou a mão na minha testa e olhei para ela. Ela estava jovem. Aquilo significava que tinha recebido Doro havia pouco tempo. Eu não me parecia em nada com ela em sua juventude. Doro era louco. Quem me dera ser tão bonita.

— Você deveria se casar — disse ela.

— Eu me casei. Hoje.

Ela franziu a testa.

— Onde está seu marido?

— Não sei. Nem me importo.

Ela deu tipo um meio sorriso com aquele jeito de sabe-tudo de que sempre me ressenti antes. Agora não me importava. Ela poderia despejar sobre mim todo seu sarcasmo se simplesmente me deixasse ficar ali sentada por um tempo.

— Fique aqui um pouco — disse ela. Olhei-a, surpresa. — Fique até que alguém venha buscar você.

— Eles podem nem saber que saí de casa. Não falei nada. Só saí.

— Querida, você está falando sobre Doro e um telepata ativo. Eles sabem, acredite em mim.

— Acho que sim. Mas eu vim de ônibus. Não me importo em voltar do mesmo jeito. — Nunca gostei de depender das outras pessoas e de suas caronas, mesmo. Quando andava de ônibus, eu saía quando e para onde queria.

— Fique aqui. Doro pode não ter ouvido você ainda.

— O quê?

— Você disse algo vindo para cá. Agora, o jeito de ter certeza de que Doro a ouviu é incomodá-lo um pouco. Apenas fique onde está. Está com fome?

— Sim.

Ela me trouxe frango frio, salada de batata e uma Coca-Cola. Me serviu como se eu fosse uma visita. Nunca na vida ela me trouxera alguma coisa que pudesse me mandar pegar.

— Emma.

Ela havia voltado a fazer o que quer que fosse em sua escrivaninha na sala de jantar. A mesa estava meio encoberta por uma papelada que parecia burocrática. Ela olhou em volta.

— Obrigada — falei baixinho.

Ela apenas acenou com a cabeça.

Karl veio atrás de mim naquela noite. Atendi a porta, o vi e me virei para me despedir de Emma, mas ela ficou parada olhando para ele.

— Você está se fazendo de superior, Karl — disse ela, calmamente. — Você se esqueceu de onde veio.

Ele a encarou e depois desviou o olhar. A expressão dele não mudou, mas, quando respondeu, sua voz estava mais branda do que de costume.

— Não é isso.

— Na verdade, não importa. Se tiver algum problema, sabe com quem reclamar ou em quem descontar.

Ele respirou fundo, olhou-a nos olhos outra vez, deu seu sorriso estreito.

— Entendi, Em.

Não falei nada para ele até estarmos no carro. Então:

— Ela é uma das duas?

Ele me lançou um olhar meio confuso, depois pareceu se lembrar. Concordou com a cabeça.

— De onde você a conhece?

— Ela cuidou de mim uma vez, quando eu estava entre lares adotivos. Isso foi antes de Doro encontrar uma casa permanente para mim. Ela cuidou de mim de novo depois, quando eu estava perto da transição. Meu pai e minha mãe adotivos não conseguiam me controlar. — Ele sorriu outra vez.

— O que aconteceu com seus pais verdadeiros... Quer dizer, com sua mãe verdadeira?

— Ela... morreu.

Eu me virei para encará-lo. A expressão dele se tornara sombria.

— Pelas próprias mãos — perguntei — ou teve ajuda?

— É uma história horrível.

Dei de ombros.

— Tudo bem. — Olhei pela janela.

— Mas você já está acostumada a histórias horríveis. — Ele fez uma pausa. — Ela era alcoólatra, a minha mãe. E não ficava exatamente normal, sã, nos raros momentos em que estava sóbria. Doro diz que ela era muito sensível. De qualquer forma, quando eu tinha cerca de três anos, fiz alguma coisa que a deixou furiosa. Não me lembro o quê. Mas me lembro com muita clareza o que aconteceu depois. Como punição, ela segurou minha mão em cima da chama do fogão. E a segurou ali até que estivesse completamente queimada. Mas tive sorte. Mais tarde, naquele mesmo dia, Doro chegou para vê-la. Nem percebi quando ele a matou. Eu me lembro que não tive consciência de nada, só da alternância de dor e cansaço, do momento em que ela me queimou até o momento em que a curandeira de Doro chegou. Talvez você a conheça. É uma das netas da Emma. Ao longo de semanas, ela regenerou o toco que sobrou em uma mão nova. Mesmo agora, dez anos após minha transição, não entendo como ela fez isso. Ela faz com outras pessoas coisas que a Emma só consegue fazer em si mesma. Quando ela terminou, Doro me deixou com pessoas mais sãs.

Assobiei.

— Então foi isso que a Emma quis dizer.

— Sim.

Eu me revirei no banco, desconfortável.

— E quanto ao resto que ela disse, Karl…

— Ela estava certa.

— Eu não quero nada de você.

Ele encolheu os ombros.

Não falou muito mais comigo naquela noite. Doro ainda estava em casa, dando muita atenção a Vivian. Jantei com todos eles, depois fui para a cama. Com certeza, poderia suportá-los até a minha transição. Depois, quem sabe, para variar, eu seria uma das proprietárias, em vez de uma das propriedades.

Estava quase dormindo quando Karl entrou no meu quarto. Nenhum de nós acendeu a luz, mas havia iluminação suficiente entrando por uma das janelas para que eu o visse. Ele tirou o robe, jogou-o em uma cadeira e veio para a cama comigo.

Eu não disse nada. Tinha muito a dizer e era tudo muito cáustico. Não tinha dúvidas de que poderia ter me livrado dele se quisesse. Mas não me importei. Não o desejava, mas estava presa a ele. Para que fazer um joguinho?

Mas ele foi correto. Gentil e, graças a Deus, silencioso. Não sabia se ele tinha me procurado por caridade ou curiosidade, e não queria saber. Sabia que ele ainda estava ressentido comigo, ao menos isso. Talvez tenha sido por isso que, quando terminamos, ele se levantou e foi pegar o robe. Ia voltar para o quarto dele.

— Karl.

Pude ver que ele olhou em minha direção.

— Passe a noite aqui.

— Você quer? — Não o culpei por parecer tão surpreso. Eu estava surpresa.

— Sim. Volte. — Eu não queria ficar sozinha. Não poderia colocar em palavras quanto, de repente, não queria mais ficar sozinha, quanto não poderia suportar ficar sozinha, quanto isso me assustava. Relembrei como Rina andava para lá e para cá à noite, às vezes. Eu a observava chorando, andando de um lado para o outro, com as mãos na cabeça. Depois de algum tempo, ela saía e voltava com algum vagabundo que geralmente se parecia um pouco com ela, conosco. Ela ficava com ele o resto da noite mesmo se ele não tivesse um centavo no bolso, mesmo se estivesse bêbado demais para fazer qualquer coisa. E, às vezes, até mesmo se ele batesse e a xingasse usando palavras que um lixo como aquele não tinha o direito de dizer a ninguém. Eu me perguntava como Rina conseguia suportar a si mesma. Agora, aparentemente, eu iria descobrir.

Karl voltou para a cama sem dizer mais nada. Eu não sabia o que ele estava pensando, mas ele poderia ter me machucado muito com poucas palavras. Não fez isso. Tentei agradecê-lo por isso.

3
KARL

O depósito era enorme. O Edifício de Serviços da Whitten Coleman atendia 33 lojas de departamento em três estados. Doro havia começado a rede setenta anos antes, quando comprou uma loja para uma família pequena e estável de seu povo. O trabalho do grupo era simplesmente crescer, prosperar e um dia se tornar uma das fontes de renda de Doro. Os descendentes da família original ainda detinham o controle da companhia. Eram obedientes e autossuficientes, e, na maioria das vezes, Doro os deixava em paz. Ao longo dos anos, os pedidos de ajuda da família diminuíram. À medida que cresciam em tamanho e experiência, eles se tornaram mais capazes de lidar com os próprios problemas. Mas Doro ainda os visitava de vez em quando. Às vezes, era ele quem lhes pedia favores. Às vezes, eram eles que pediam. Aquela foi uma das últimas. Karl, Doro, o gerente do depósito e o chefe da segurança atravessaram o depósito em direção às docas de carregamento. Karl nunca tinha estado dentro do armazém antes, mas foi na frente, abrindo caminho pelo labirinto empoeirado de caixas e as movimentadas zonas marcadas. Ele, por sua vez, era conduzido pelos pensamentos de vários trabalhadores que estavam se preparando para roubar milhares de dólares em mercadorias da Whitten Coleman. Eles haviam se safado em vários roubos anteriores, apesar da equipe de segurança que os vigiava e das câmeras apontadas para eles.

Silenciosamente, Karl indicou os ladrões, incluindo dois guardas, e explicou os métodos que usaram para o chefe da segurança. E contou-lhe onde o grupo havia escondido o que restava da mercadoria já roubada. Estava prestes a concluir o assunto quando percebeu que havia algo errado com Mary.

Ele mantinha uma conexão mental com a garota agora que se casara com ela. E agora que Doro tinha deixado claro o que aconteceria com ele se Mary morresse na transição.

Karl interrompeu o que estava dizendo ao chefe da segurança. De repente, foi tomado pela experiência que Mary estava tendo. Ela estava correndo, gritando...

Não. Não era Mary quem estava correndo. Era outra mulher, a mulher de quem Mary estava captando. As duas eram uma só. Uma mulher corria por corredores totalmente brancos. Uma mulher fugia de homens que também estavam vestidos de branco. Ela gaguejava, balbuciava e chorava. De repente, percebeu que o próprio corpo estava coberto de vermes amarelos viscosos. Ela puxava os vermes freneticamente para tirá-los. Eles mudavam de amarelo para amarelo com listras vermelhas. Começaram a se infiltrar em sua pele. A mulher caiu no chão rasgando-se, vomitando, urinando.

Ela mal sentiu as mãos controladoras daqueles que a perseguiam, nem a picada da agulha. Não tinha consciência suficiente do mundo fora de sua própria mente para ser grata pelo esquecimento que viria.

Karl retornou à realidade do armazém com um solavanco. Viu-se agarrado ao suporte de aço de algumas prateleiras altas. Suas mãos doíam de tanta força com que segurava. Balançou a cabeça, viu Doro e os dois funcionários do depósito olhando para ele. Os funcionários pareciam preocupados. Doro parecia ansioso. Karl disse para Doro:

— Tenho que ir para casa. Agora.

Doro concordou com um aceno de cabeça.

— Eu dirijo. Vamos.

Karl o seguiu para fora do prédio, então, automaticamente, sem prestar atenção, entrou pelo lado do motorista. Doro falou com ele de forma brusca. O homem deu um pulo, franziu a testa e passou para o outro lado. Doro estava certo, o outro homem não estava em condições de dirigir. Karl não estava em condições de fazer nada. Era como se estivesse mergulhando em sua própria transição novamente.

— Você está muito próximo dela — disse Doro. — Afaste-se um pouco. Veja se consegue sentir o que está acontecendo com ela sem ser arrebatado.

Afastar-se. Como? Como ele tinha chegado tão perto, aliás? Nunca tinha sido arrebatado por uma das experiências da pré-transição de Mary.

— Você sabe o que esperar — disse Doro. — Nessa fase, ela vai procurar as piores coisas possíveis. É isso que é familiar para ela. Isso que vai atrair a atenção dela, ao entrar em uma avalanche de violência, dor, medo, o que for. Não quero que você seja arrebatado por isso, a menos que ela precise claramente de ajuda.

Karl não disse nada. Já estava tentando se separar de Mary. A ligação mental que tinha estabelecido com ela havia ido além do que ele pretendia que fosse. Se duas mentes pudessem se enredar uma na outra, era o que acontecera com a dele e a de Mary.

Além disso, percebeu que ela tomara consciência dele e o observava enquanto ele tentava se desvencilhar. Ele nunca tinha permitido, antes, que ela notasse a sondagem mental dele. Parou o que estava fazendo, preocupado em tê-la assustado. Ela teria medo suficiente para combater durante as próximas doze horas sem a contribuição dele.

Mas ela não estava com medo. Estava feliz em tê-lo por perto. Ficou aliviada ao descobrir que não enfrentaria as piores horas de sua vida sozinha.

Karl relaxou por alguns minutos, agora não tinha tanta pressa em deixá-la. Ainda conseguia se lembrar de como ficou feliz em ter a companhia de Emma durante a sua própria transição. Emma não podia ajudar mentalmente, mas era uma companhia humana, trazendo-o de volta à sanidade, à realidade. Ao menos isso, ele poderia fazer por Mary.

— Como ela está? — perguntou Doro.

— Bem. Ela entende o que está acontecendo.

— É provável que algo a arrebate de novo a qualquer momento.

— Eu sei.

— Quando acontecer, deixe acontecer. Observe, mas não se envolva. Se perceber uma maneira de ajudá-la, não ajude.

— Pensei que era para isso que eu servia. Para ajudá-la.

— E é, mas depois, quando ela não conseguir lutar sozinha. Quando ela estiver prestes a desistir.

Karl olhou para Doro ao mesmo tempo que mantinha grande parte de sua atenção em Mary.

— Você perde muita gente da estirpe dela?

Doro deu um sorriso pouco amistoso.

— Ela não é de uma "estirpe". Ela é única. Você também, embora não seja tão incomum quanto espero que ela seja. Tenho me esforçado para produzir vocês dois há muitas gerações. Mas, sim. — O sorriso dele desapareceu. — Vários fracassos que a antecederam morreram na transição.

Karl assentiu.

— E aposto que a maioria dessas pessoas levou alguém junto. Alguém que estava tentando ajudá-las.

Doro não disse nada.

— Foi o que pensei — continuou Karl. — E já sei, pelos pensamentos de Mary, que você matou aquelas que conseguiram sobreviver à transição.

— Se sabe, por que mencionar isso?

Karl suspirou.

— Acho que é porque ainda me surpreende que você seja capaz de fazer coisas assim. Ou talvez só esteja me perguntando se ela e eu ainda estaremos vivos amanhã, mesmo se sobrevivermos à transição dela.

— Ajude-a a passar por isso, Karl, por mim, e você ficará bem.

— E ela?

— Ela é um tipo perigoso de experimento. Acredite em mim, se ela for mais um fracasso, você, mais do que eu, vai querê-la morta.

— Queria entender que diabos você está fazendo. Além de brincar de Deus, quero dizer.

— Você sabe o suficiente.

— Eu não sei de nada.

— Sabe o que eu quero de você. É o bastante.

Nunca adiantava discutir com Doro. Karl se recostou e terminou de se desenredar de Mary. Estaria fisicamente com ela em breve. E mesmo sem o alerta de Doro, ele não teria desejado passar por muito mais da transição junto com ela. Antes de romper a conexão, fez com que ela soubesse que ele estava a caminho, que não ficaria sozinha por muito tempo. Fazia duas semanas desde o casamento, duas semanas desde que ela o chamou de volta para a cama; ele não fizera nada para machucá-la desde então.

Ele observou Doro manobrar o carro até a pista da direita para que pudessem seguir pela via expressa para Forsyth. Doro cortou as pistas e avançou, descuidadamente, o semáforo, correndo como de costume. Tinha tanto respeito pelas leis de trânsito do que por quaisquer outras leis. Karl se perguntava quantos acidentes Doro já provocara ou nos quais estivera envolvido. Não que isso importasse para Doro. A vida humana já valera alguma coisa para ele além de seu interesse em procriá-la? Será que uma criatura que via as pessoas comuns literalmente como casa e comida poderia compreender a força com que valorizavam a vida? Mas sim, é claro que poderia. Ele entendia essa força tão bem a ponto de usá-la para manter seu povo na linha. Provavelmente a compreendia tão bem a ponto de saber como Karl e Mary se sentiam naquele momento. Só que isso não fazia a menor diferença. Ele não se importava.

Quinze minutos depois, Doro estacionou na garagem de Karl, que já estava fora do carro, indo em direção à casa, antes de Doro parar completamente o carro. Karl sabia que Mary estava enfrentando outra experiência. Sentiu o seu começo. Observava Mary de forma cautelosa e distante mesmo depois de cortar a ligação entre eles. Mas agora, mesmo sem uma conexão deliberadamente estabelecida, tinha dificuldade de evitar se infiltrar na experiência dela. Mary estava trancafiada na mente de um homem que morreria queimado. Ele estava preso dentro de uma casa em chamas. Mary estava experimentando cada uma de suas sensações.

Karl subiu as escadas dos fundos de dois em dois degraus e correu pela ala dos funcionários até a frente da casa. Sabia que Mary estava no quarto dela, deitada; sabia que, por algum motivo, Vivian estava com ela.

Entrou no quarto e olhou primeiro para Mary, deitada no meio da cama, com o corpo contorcido, em posição fetal. Ela emitia pequenos ruídos guturais, como gritos sufocados ou gemidos, mas não se movia. Karl se sentou na cama ao lado dela e olhou para Vivian.

— Ela vai ficar bem? — perguntou Vivian.

— Acho que sim.

— *Você* vai ficar bem?

— Se ela ficar, eu ficarei.

Vivian se levantou e pousou a mão no ombro dele.

— Quer dizer que, se ela sobreviver a isso, Doro não vai te matar.

Ele olhou para ela admirado. Uma das coisas que gostava nela era que ainda conseguia surpreendê-lo. Ele lhe conferia privacidade mental suficiente para isso. Lera as mulheres que teve antes mais do que tinha feito com Vivian, e elas logo se tornaram desinteressantes. Ele mal havia lido Vivian até que ela lhe pedira para condicioná-la e a deixasse ficar com ele, a ajudasse a ficar, a despeito de Mary. Ele não queria fazer isso, mas também não queria perdê-la. A condição que ele lhe impôs a impedia de sentir ciúme ou ódio de Mary. Mas não a impedia de enxergar as coisas com clareza e tirar suas próprias conclusões.

— Não se preocupe — disse ele. — Tanto eu quanto Mary vamos sair bem dessa.

Ela olhou para Mary, que ainda se contorcia, na agonia de sua experiência.

— Há algo que possa fazer para ajudar?

— Nada.

— Posso… posso ficar. Fico fora do caminho. Só…

— Vee, não.

— Só quero ver pelo que ela tem de passar. Quero ver que o preço que ela tem de pagar para… ser como você é alto demais.

— Você não pode ficar. Sabe que não pode.

Ela fechou os olhos por um momento, deixou a mão cair ao lado do corpo.

— Então me deixe ir embora. Terminar com você.

Ele olhou para ela, surpreso, chocado.

— Você sabe que é livre para ir, se é isso o que realmente quer. Mas peço que não faça isso.

— Vou me tornar uma intrusa se não deixar você agora. — Ela encolheu os ombros, em um gesto resignado. — Ficarei sozinha. Você e Mary serão iguais, e eu ficarei sozinha. — Ele sentia que não havia raiva ou ressentimento nela. O condicionamento estava funcionando bem. Mas ela estava muito mais consciente da solidão de Mary do que ele tinha percebido. E quando Karl passou a dormir ocasionalmente com Mary, Vivian começou a ver a vida dela como um presságio da própria vida. — Você não vai precisar de mim — disse ela, com brandura. — Só vai me procurar de vez em quando para ser amável.

— Vee, você fica até amanhã?

Ela não disse nada.

— Fique pelo menos até amanhã. Precisamos conversar. — Ele reforçou o pedido com um comando mental sutil. Ela não tinha nenhuma habilidade telepática. Não teria consciência do comando, mas o obedeceria. Ficaria até o dia seguinte, como ele havia pedido, e pensaria que ficar fora uma decisão própria. Ele prometeu a si mesmo que não a coagiria além disso. Já estava ficando muito fácil tratá-la como apenas mais um animal de estimação.

Ela respirou fundo.

— Não sei o que pode haver de bom nisso — disse. — Mas sim, vou ficar mais esse tempo.

Ao virar-se para sair do quarto, ela se chocou com Doro, que a pegou quando ela começou a cambalear e a abraçou.

Doro olhou para Mary, que finalmente estava esticada na cama. Ela o encarou, exausta.

— Boa sorte — disse ele, em um tom sereno.

Ela continuou a observá-lo, sem falar nada.

Ele se virou e saiu com Vivian, ainda segurando-a enquanto ela chorava.

Karl olhou para Mary.

Ela continuava olhando para Doro e Vivian. Falou em voz baixa:

— Por que Doro é sempre tão gentil com as pessoas depois de arruinar a vida delas?

Karl pegou um lenço de papel de caixa na mesinha de cabeceira e enxugou o rosto dela. Estava ensopado de suor.

Ela deu um sorriso breve, cansado.

— Você está sendo "gentil" comigo, cara?

— Não foi isso que prometi — respondeu Karl.

— Não?

— Olha — disse ele —, você sabe como vai ser de agora em diante. Experiências ruins, uma depois da outra. Por que não aproveita esse tempo para descansar?

— Quando isso acabar, se ainda estiver viva, vou descansar. — E depois, explodindo: — Merda!

Ele a sentiu sendo enredada pelo medo, pelo terror absoluto de outra pessoa. Depois, ele também foi enredado. Estava muito perto dela outra vez.

Por um instante, deixou o terror estranho se desenrolar sobre ele, engoli-lo. Começou a suar frio. De repente, estava em outro lugar: parado ao ar livre, no quintal de uma casa construída à beira de um dos cânions. Subindo a encosta havia uma cobra, a mais longa e grossa que já vira. Estava se aproximando. Ele não conseguia se mexer. Tinha medo de cobras. De repente, virou-se para correr. Prendeu o pé em um irrigador de gramado, caiu gritando, com o corpo se retorcendo, agitando-se. Sentiu a perna quebrar ao atingir o chão. Mas prestou menos atenção na fratura do que na cobra. E a cobra se aproximava.

Karl não aguentava mais. Recuou, colocando para fora todo o terror do homem. Nesse instante, Mary gritou.

Observada por Karl, ela se virou de lado, retorcendo-se de novo, pressionando o rosto contra o travesseiro para que os sons que fazia fossem abafados.

Ele também a observava mentalmente, ou melhor, observava o ofidiofóbico cuja mente a prendia. Agora, pensava ter compreendido uma coisa. Algo sobre o que vinha se perguntando. Sabia que o talento crescente de Mary, descontrolado, estava abrindo trilhas e mais trilhas para as emoções cruas de outras pessoas. E agora percebia que, quando se deixava ser enredado por essas emoções, estava parado no meio de uma trilha aberta. Ele servia como blindagem para o alvoroço infantil da habilidade dela ao aceitar enfrentar ele mesmo as consequências desse alvoroço. Foi por isso que Doro lhe disse para recuar. Quando ficava muito próximo a Mary, ele a ajudava. Ele a impedia de passar pelo sofrimento que era normal para alguém em transição. E já que o sofrimento era normal, talvez fosse, de alguma forma, necessário. Talvez ativos não amadurecessem sem ele. Talvez por isso Doro o tenha alertado para ajudar Mary somente quando ela não conseguisse mais.

— Karl?

Ele olhou para ela, percebendo que havia deixado sua atenção vagar. Não sabia o que acabara acontecendo com o homem apavorado. Não se importava.

— O que você fez? — perguntou ela. — Senti que estava sendo enredada em alguma outra coisa. Então, em um instante, ela desapareceu.

Ele lhe contou o que havia descoberto e o que havia adivinhado.

— Pelo menos agora sei como ajudar você — concluiu ele. — Isso lhe dá uma boa chance.

— Achei que Doro lhe diria como me ajudar.

— Não, acho que metade do prazer dele vem de nos observar, de nos fazer correr por labirintos, como ratos, e ver como descobrimos as coisas.

— Com certeza — concordou ela. — O que são as vidas de uns poucos ratos? — Ela inspirou fundo. — E, por falar em vidas, Karl, não me ajude a menos que eu esteja prestes a perder a minha. Deixe-me tentar resolver isso sozinha.

— Vou fazer o que parecer necessário à medida que você avança — disse ele. — Você vai precisar confiar no meu julgamento. Já passei por isso.

— Sim, você já passou por isso… — respondeu ela. Ele viu os punhos dela se fecharem conforme algo agarrava a sua mente antes que conseguisse terminar a frase. Mas ela conseguiu dizer mais algumas palavras: — E você passou por conta própria. Sozinho.

Ela batalhou durante todo o anoitecer, durante toda a madrugada, até a manhã seguinte. Nos poucos momentos em que esteve lúcida, ele tentou ensiná-la a interpor, entre ela e o mundo exterior, sua própria blindagem mental, como controlar sua habilidade e recuperar a paz psíquica que ela não tinha havia meses. Foi o que ele precisou aprender para pôr fim à própria transição. Se ela não queria a proteção dele, talvez ele pudesse ao menos mostrar-lhe como se proteger.

Mas ela não parecia ser capaz de aprender.

Estava ficando cada vez mais fraca e exausta. Perigosamente exausta. Parecia prestes a afundar no esquecimento junto com os infelizes cujos pensamentos a dominavam. Já havia desmaiado algumas vezes. Agora, no entanto, ele estava com medo deixá-la prosseguir. Ela estava muito fraca. Ele tinha medo de que ela não conseguisse mais recuperar a consciência.

Ele se deitou na cama ao lado dela, ouvindo sua respiração irregular, sabendo que estava com um garoto de quinze anos em algum lugar de Los Angeles. O garoto estava sendo incessantemente espancado até a morte por três rapazes mais velhos, membros de uma gangue rival.

Ter que apenas observar as coisas pelas quais ela tinha que passar era repugnante. Por que ela não conseguia aprender a técnica simples da blindagem mental?

Ela começou a se levantar da cama. Seu autocontrole havia quase desaparecido. Estava se mexendo como o garoto se movia a quilômetros de distância. Ele estava tentando se levantar do chão, não sabia o que estava fazendo. Nem ela.

Karl a pegou e a segurou deitada; não era a primeira vez naquela noite que agradecia por ela ser pequena. Conseguiu prender-lhe as mãos antes que ela pudesse arranhá-lo outra vez. O sangue mal havia secado no arranhão que ela havia feito no rosto dele. Segurou-a, prendendo-a com o peso de seu corpo, esperando que aquilo chegasse ao fim.

Então, de repente, cansou-se de esperar. Abriu a própria mente à experiência e recebeu ele mesmo o espancamento até o fim.

Quando acabou, permaneceu com ela, pronto para enfrentar qualquer coisa que pudesse afetá-la. Até o momento, ela estava sendo teimosa o suficiente para não o querer por perto, mas ele não se importava mais com o que ela queria. Ignorou os protestos silenciosos e tentou lhe mostrar novamente como erigir a própria blindagem. Fracassou de novo. Ela ainda não conseguia fazer aquilo.

Mas, depois de algum tempo, ela parecia estar fazendo alguma coisa.

Acompanhando-a mentalmente, Karl abriu os olhos e se afastou do corpo dela. Algo que ele não compreendia estava acontecendo. Ela não conseguira aprender com ele, porém, de alguma maneira, estava usando-o. Havia parado de protestar contra a sua presença mental. Na verdade, a atenção dela parecia estar inteiramente em outra coisa. O corpo dela estava relaxado. Os pensamentos eram só dela, ainda que incoerentes. Ele não conseguia entender. Sentia que havia outras pessoas com ela, mentalmente, mas não conseguia se aproximar o suficiente nem sequer para identificá-las.

— O que está fazendo? — perguntou ele em voz alta. Não gostou de ter que precisar perguntar.

Ela não parecia ouvir.

Perguntei o que estava fazendo! Com o pensamento, transmitiu a ela sua irritação.

Então, Mary o notou e, de alguma forma, o atraiu para perto de si. Parecia que os braços dela se estendiam, que as mãos o agarravam, ainda que o corpo dela não se movesse. De repente, desconfiado, ele tentou interromper a conexão. Antes que conseguisse, o mundo dele explodiu.

MARY

Eu não poderia ter dito o que estava fazendo. Sabia que Karl ainda estava comigo. Ainda escutava a voz mental. Não queria agarrá-lo do jeito que fiz. Só percebi depois que já tinha feito isso. E, ainda assim, pareceu algo perfeitamente natural. Foi o que eu fiz às outras pessoas.

Outras, sim. Cinco pessoas. Pareciam distantes de mim, talvez espalhadas pelo país. Ativos como Karl, como eu.

Pessoas em quem reparei durante os últimos minutos da minha transição. Pessoas que tinham reparado em mim ao mesmo tempo. Seus pensamentos me diziam o que eram, mas tomei consciência delas, as "enxerguei", como pontos brilhantes de luz, como estrelas. Formavam um padrão mutável de luz e cor. De certa forma, as reuni. Agora as mantinha unidas, sem que quisessem.

A estrutura do padrão que formavam se alterava rapidamente, como a imagem de um caleidoscópio, à medida que tentavam se libertar de mim. Eram fragmentos brilhantes de medo e surpresa, como insetos batendo contra um vidro. Depois, viraram longos filamentos de fogo que se estendiam para longe de mim, mas, de certa forma, nunca o suficiente para escapar. Criaturas sem forma, contorciam-se, fundiam-se umas às outras, separavam-se e reuniam-se novamente como um maremoto de luz, como uma só mão em garra.

Eu era o alvo. Elas me arrastaram desesperadamente com a mão que haviam formado. Não senti nada. Tudo o que conseguia sentir eram suas emoções. Desespero, raiva, medo, ódio… Elas me arrastavam sem me afetar, arrastavam-se umas às outras, confusas. Por fim, se esgotaram.

Descansaram, agrupadas à minha volta, relaxadas. Eram fios de fogo outra vez, cada um tocando em mim, ligando-se a mim. Dessa forma, eu me sentia confortável entre elas. Não entendia como ou por que as segurava, mas não me importava em fazer isso. Parecia a coisa certa. Não queria que ficassem com medo, com raiva, ou que me odiassem. Queria-as como estavam agora, à vontade, confortáveis com a minha presença.

Percebi que tinha uma sensação verdadeira de posse em relação àquelas pessoas. Como se precisasse ser responsável por elas, e elas precisassem me aceitar. Mas também percebi que não fazia ideia de como poderia ser perigoso para mim manter as rédeas mentais sobre um grupo de telepatas ativos e experientes. Não que isso importasse, já que não conseguia encontrar uma maneira de soltá-los. Pelo menos agora estavam tranquilos. E eu estava muito cansada. Adormeci.

Era plena luz do dia quando Karl me acordou, sentando--se na cama e puxando as cobertas. Fim da manhã. Dez horas pelo relógio na minha mesinha de cabeceira. Foi um despertar estranho. Minha cabeça não doía. Pela primeira vez em meses, eu não sentia sequer uma leve dor de cabeça. Mas ao me mexer percebi que várias outras partes do meu corpo doíam demais. Meus músculos estavam tensos, eu tinha hematomas e arranhões, em grande parte causados por mim mesma, imagino. Mas nada muito sério; só iam me deixar dolorida por algum tempo.

Eu me mexi, ofeguei, gemi e fiquei imóvel. Karl me olhava sem dizer nada. Vi uma série de arranhões profundos e feios no lado esquerdo do rosto dele e soube que eu os fizera. Estendi a mão para tocar seu rosto, ignorando os protestos dos músculos de meu braço e ombro.

— Olha, me desculpe, espero que eu tenha feito só isso.

— Não foi.

— Ah, não! O que mais?

— Isto. — Ele fez algo: puxou o filamento mental que ainda o conectava a mim. Aquilo me despertou por completo. Eu tinha me esquecido das pessoas cativas, do meu padrão. O puxão repentino de Karl foi surpreendente, mas não doeu nem para mim nem para ele. E percebi que não pareceu incomodar as outras cinco pessoas. Karl poderia puxar apenas o próprio filamento. Os outros permaneciam relaxados. Sabia o que Karl queria. Falei com delicadeza:

— Eu te soltaria se soubesse como. Não foi algo que fiz por querer.

— Você tem uma blindagem contra mim — disse ele. — Abra e me deixe ver se posso fazer alguma coisa.

Eu nem sequer tinha percebido ter uma blindagem. Ele se empenhara tanto em me ensinar a formar minha própria blindagem, e eu não conseguira. Aparentemente, acabei aprendendo a técnica sem perceber... Assimilei-a quando não suportava mais o lixo mental que estava recebendo.

Então agora eu tinha uma blindagem. Examinei-a, curiosa. Era uma parede mental, um globo mental dentro do qual eu estava. Nada a atravessava e me atingia, exceto os filamentos do padrão. Eu me perguntava como poderia abri-la para ele. Enquanto isso, ela começou a se desintegrar.

Fiquei surpresa e assustada. Eu a queria de volta.

E ela voltou.

Ótimo, não era muito difícil compreender. A blindagem me mantinha segura pelo tempo que desejasse. E havia níveis de segurança.

Iniciei novamente o processo de desintegração, senti a blindagem se enfraquecer. Deixei que se transformasse em uma espécie de filtro, algo por meio do qual eu poderia receber os pensamentos de outras pessoas. Fui testando até conseguir mantê-lo denso o suficiente apenas para evitar o tipo de ruído mental que captei antes e durante a minha transição. Filtrava o ruído, mas não me prendia ali dentro. Eu podia vagar e sentir tudo o que havia para ser sentido. Como teste, percorri a casa com minha percepção.

Senti Vivian ainda dormindo na cama de Doro. E, de uma maneira diferente, senti Doro ao lado dela. Na verdade, senti apenas uma forma humana, um corpo ao lado dela. Percebi a luminária na mesa de cabeceira. Conseguia ler os pensamentos de Vivian sem nenhum esforço. Mas, de alguma forma, sem notar, desisti de tentar ler a mente daquele outro corpo. Agora, com cuidado, começava a entrar na mente de Doro. Foi como cair de um precipício.

Recuei instantaneamente, adensando meu filtro, transformando-o em uma blindagem e lutando para recuperar o equilíbrio. Assim que me afastei, tive a sensação de que quase havia caído. Ainda que soubesse que estava segura em minha própria cama, tive a sensação de que acabara de chegar muito perto da morte.

— Está vendo? — disse Karl enquanto eu ofegava. — Falei que você descobriria por que ativos não leem a mente dele. Agora abra novamente.

— Mas o que foi aquilo? O que aconteceu?

— Você quase cometeu suicídio.

Fixei os olhos nele.

— Telepatas são as pessoas que ele mata com mais facilidade — explicou ele. — Normalmente ele só consegue matar a pessoa que está mais próxima fisicamente. Mas consegue matar telepatas não importa onde estiverem. Ou melhor, consegue caso tentem ler a mente dele. É como lhe implorar para se apoderar de você.

— E você me deixou fazer isso?

— Não conseguiria deter você.

— Você poderia ter me avisado! Estava me observando, me lendo. Podia sentir você comigo. Você sabia o que eu estava fazendo antes que eu fizesse.

— Seus próprios sentidos a avisaram. Você decidiu ignorar.

Ele estava mais frio do que no dia em que o conheci. Estava sentado na cama, ao meu lado, agindo como se eu fosse uma inimiga.

— Karl, qual o seu problema? Você acaba de dar um duro danado tentando salvar a minha vida. E agora, pelo amor de Deus, ia me deixar fazer a maior idiotice sem dizer nada.

Ele respirou fundo.

— É só se abrir de novo. Não vou machucar você. Mas tenho que encontrar uma maneira de sair de onde você me prendeu.

Eu me abri. Era evidente que ele não voltaria a agir como um ser humano até que eu fizesse isso. Senti que ele entrou em minha mente, observei-o analisar minhas memórias, todas as que estavam relacionadas aos padrões. Não eram muitas.

Então, em alguns segundos, ele descobriu como era pouco o que eu sabia. Já tinha descoberto que não poderia romper o padrão. Agora, tinha certeza de que eu também não poderia soltá-lo. Soube que não havia sequer uma maneira de me obrigar a soltá-lo. Eu me perguntei por que ele pensou que teria de me obrigar, por que pensou que eu não o soltaria se pudesse. Ele respondeu minha pergunta em voz alta.

— Eu simplesmente não acreditava que alguém pudesse criar e manter uma armadilha como essa sem saber o que estava fazendo — disse. — Você está mantendo cativas seis pessoas poderosas. Como consegue fazer isso por acaso, por instinto ou seja lá o que for?

— Não sei.

Ele se distanciou de meus pensamentos com repulsa.

— Você também tem umas ideias ao estilo do Doro — falou. — Não sei como as outras pessoas se sentem quanto a isso, Mary, mas você não é minha dona.

Levei um minuto para entender sobre o que ele estava falando. Depois, me lembrei. Minha sensação de posse.

— Você vai me culpar pelo que pensei enquanto estava em transição? — questionei. — Você sabe que eu estava transtornada.

— Estava quando começou a pensar daquela maneira. Mas agora não está mais, e ainda pensa igual.

Era verdade. Eu não conseguia evitar o sentimento de Apego que tinha ao padrão, sobre as pessoas do padrão serem meu povo. Era algo que sentia com força ainda maior do que o alerta mental de distância sinalizado por Doro. Suspirei.

— Olhe, Karl, não importa o que eu sinta, se você encontrar uma maneira para eu arrebentar essa coisa, libertar você e os outros, vou cooperar como puder.

Ele se levantou. Ficou de pé ao lado da cama me observando com o que parecia ser ódio.

— É melhor que coopere — falou, em voz baixa. Virou-se e saiu do quarto.

PARTE DOIS

4
SETH DANA

Havia água. Isso era o mais importante. Havia um poço coberto por um tanque alto prateado. E além disso havia uma bomba elétrica alojada em um galpão de madeira. A eletricidade estava desligada, mas os postes de energia erguiam-se sólidos, e a fiação que vinha da estrada principal parecia em bom estado. Seth decidiu fazer com que a eletricidade funcionasse assim que possível. Caso contrário, ele e Clay teriam de transportar água da cidadezinha ou pedir em algumas casas mais próximas.

Seth procurou por Clay, viu que o irmão estava examinando a bomba. Clay parecia calmo, relaxado. Isso, por si só, fez com que a decisão de Seth de comprar-lhe aquela propriedade deserta valesse a pena. Havia poucos vizinhos e eles estavam bem espalhados. A cidadezinha mais próxima ficava a trinta quilômetros. E nem era bem uma cidadezinha. Umas 1200 pessoas monótonas, pacíficas. Clay ficou razoavelmente confortável até mesmo quando passaram por ali. Seth enxugou o suor da testa e entrou na sombra do tanque sobre o poço. Ainda era manhã e já estava quente.

— Parece tudo bem com a bomba, Clay?

— Parece. Só falta a eletricidade.

— E com você? — Ele sabia exatamente como Clay estava, mas queria ouvir do irmão, em voz alta.

— Tudo bem, também. — Clay balançou a cabeça. — Cara, é melhor que esteja. Se eu não conseguir me virar aqui, não vou conseguir em lugar nenhum. Não estou captando nada agora.

— Vai captar, mais cedo ou mais tarde — disse Seth. — Mas não muito, provavelmente. Não tanto quanto se estivesse em Adamsville.

Clay acenou com a cabeça, enxugou a testa e foi olhar a cabana que servia de abrigo ao antigo ocupante do terreno. Um velho havia morado ali quase como um eremita. Ele construíra a cabana, assim como, muitos anos antes, havia construído uma casa de verdade, um lar para sua esposa e filhos. Uma casa em que moravam havia apenas alguns dias quando a ventania derrubou os cabos de energia e precisaram recorrer a velas. Uma das crianças inventou uma brincadeira com as velas. No incêndio que resultou disso, o homem perdeu a esposa, os dois filhos e a maior parte da sanidade. Viveu na propriedade como um recluso até morrer, havia poucos meses. Seth comprou o terreno da filha dele que havia sobrevivido, agora adulta. Comprou-a na esperança de que o irmão, um latente, conseguisse finalmente encontrar paz ali.

Clay não deveria ter sido latente. Tinha trinta anos, era um ano mais velho que Seth, e deveria ter passado pela transição havia pelo menos uma década. Até mesmo Doro esperava isso dele. Doro era o pai dos dois. Na verdade, ele tinha usado o mesmo corpo por tempo suficiente para, com ele, gerar dois filhos na mesma mulher. A mãe deles ficou irritada. Ela gostava de diversidade.

Bem, ela encontrou diversidade em Clay e Seth. Um dos filhos não só era um fracasso, mas um fracasso irremediável. Clay tinha uma sensibilidade anormal, mesmo para um latente. Mas, na condição de um, não tinha controle nenhum. Sem Seth, estaria insano ou morto a essa altura. Em uma conversa particular, Doro sugerira a Seth que uma morte rápida e simples poderia ser a solução mais gentil. Seth fora capaz de ter aquela conversa com calma apenas porque já tinha enfrentado a angústia de ser um latente antes de sua transição. Sabia o que Clay teria que suportar pelo resto de sua vida. E sabia que Doro estava fazendo algo que nunca tinha feito antes: permitindo que Seth tomasse uma decisão importante.

— Não — respondeu Seth. — Vou cuidar dele. — E fez isso. Na época, ele tinha dezenove anos; Clay, vinte. Clay não se importou muito com a ideia de ser cuidado por alguém, muito menos pelo irmão mais novo. Mas a dor embotara o orgulho dele.

Eles tinham viajado pelo país juntos, contentes por não permanecer no mesmo lugar por muito tempo. Às vezes, Seth trabalhava, quando queria. Às vezes, roubava. Quase sempre defendia o irmão e aceitava a punição no lugar dele. Clay nunca pedia por isso. Preservava o orgulho que lhe restava ao não pedir. Ele era instável demais para trabalhar. Conseguia empregos, mas inevitavelmente os perdia. Algum acontecimento violento dominava a sua mente, e depois precisava mentir, dizer às pessoas que era epiléptico. Os empregadores pareciam aceitar sua explicação, mas depois encontravam outro motivo para demiti-lo. Seth poderia impedi-los, poderia garantir que considerassem Clay o funcionário mais valioso. Mas Clay não queria isso.

— Para quê? — perguntou ele, mais de uma vez. — Não consigo fazer o trabalho. Que se dane.

Clay estava lentamente tomando a decisão de se matar. Lentamente porque, apesar de tudo, não queria morrer. Simplesmente estava se tornando cada vez menos capaz de suportar a dor de viver.

Por isso estavam em um pedaço de terra solitário naquele momento. Supostamente um rancho, no meio do deserto do Arizona. Clay poderia ter alguns animais, uma horta, o que quisesse. Qualquer coisa de que ele pudesse manter tendo em vista que estaria incapacitado por parte do tempo. Receberia dinheiro de uma propriedade em Phoenix que Seth insistiu em roubar para ele, mas, em termos pessoais, seria autossuficiente. Seria capaz de suportar a própria dor, agora que haveria menos dor. Seria capaz de tornar sua terra produtiva. Seria capaz de cuidar de si mesmo. Se era para continuar vivo, teria que ser capaz de fazer isso.

— Ei, venha aqui — Clay estava chamando da cabana do eremita. — Dê uma olhada nisso.

Seth foi até lá. Clay estava no que tinha sido uma combinação de quarto, sala e cozinha. O único outro cômodo existente estava atulhado de fardos de jornais e revistas, além de ferramentas. Um depósito, aparentemente. O que Clay estava olhando era um grande fogão a lenha de ferro fundido.

Seth riu.

— Talvez possamos vender essa coisa como antiguidade e usar o dinheiro para comprar um fogão elétrico. Precisamos de um.

— Nós, quem? — indagou Clay.

— Certo, você, então. Você não quer ter de lutar com essa coisa toda vez que quiser comer, quer?

— Deixe o fogão para lá. Você parece ter mudado de ideia sobre ir embora.

— Não, não mudei. Vou assim que você estiver acomodado aqui. E… — Ele parou de falar e desviou os olhos de Clay. Havia algo que ainda não tinha comentado com o irmão.

— E o quê?

— E assim que conseguir alguém para te ajudar.

Clay o encarou.

— Você só pode estar brincando.

— Cara, você precisa de alguém.

— O diabo que preciso. Não! De jeito nenhum.

— Quer tentar você mesmo dirigir a caminhonete até a cidade? — De repente, Seth estava gritando. — Quantas pessoas imagina que vai matar no caminho? Além de você, quero dizer. — Clay não arriscara dirigir desde o último acidente, quando quase matou três pessoas. Mas era óbvio que ele não tinha pensado naquilo. Seth voltou a falar, mas desta vez em voz baixa. — Cara, você sabe que vai ter de ir à cidade, mais cedo ou mais tarde.

— Prefiro pegar carona com alguém que more por perto — resmungou Clay. — Posso ir àquele lugar por onde passamos, o que tem o moinho de vento.

— Clay, você precisa de alguém. Sabe disso.

— Mais uma maldita babá.

— Que tal uma esposa? Uma mulher para ficar com você, pelo menos.

Agora Clay parecia ofendido.

— *Você* quer me arrumar uma mulher?

— Não, que inferno. Arrume você a mulher. Mas só vou embora quando fizer isso.

Clay passou os olhos pela cabana, olhou para fora pela abertura da porta.

— Nenhuma mulher em sã consciência vai querer vir aqui dividir este lugar comigo.

— O lugar não é ruim. Conte a ela o que vai fazer aqui, ora. Fale sobre a casa que vai construir para ela. Conte como *você vai* cuidar bem *dela*. — Clay o fitou. — O que me diz?

— Ela tem que ser alguém especial para olhar para as pedras deste fim de mundo e dar atenção aos meus devaneios.

— Você vai se sair bem. Pelo que sei, você nunca teve dificuldade em encontrar alguém, quando queria.

— Ah, mas era diferente.

— Eu sei. Mas você vai se sair bem.

Seth garantiria que se saísse bem. Quando Clay encontrasse uma mulher de quem gostasse, Seth ajustaria as coisas para ele. Clay não precisaria saber. Ela "se apaixonaria" mais rápido, com mais intensidade e de forma mais duradoura do que jamais tinha se apaixonado antes. Seth não costumava manipular o irmão dessa forma, mas Clay realmente precisava de alguém por perto. E se algo dominasse sua mente enquanto estivesse preparando a comida e caísse em cima do fogão? E se... várias coisas! Seria melhor encontrar-lhe uma boa mulher e amarrá-la a ele com força. Melhor amarrar Clay a ela um pouco também. Caso contrário, Clay poderia se tornar cruel o suficiente para dispensá-la por nada.

E seria uma boa ideia garantir que alguns dos vizinhos mais próximos de Clay fossem amistosos. Clay tendia a fazer amigos com a mesma facilidade com que depois os perdia, porque suas "crises epilépticas" violentas assustavam as pessoas. Elas concluíam que ele era louco e se afastavam. Seth garantiria que, ali, os vizinhos não se afastariam.

— Acho que vou voltar para Adamsville e fazer um dos comerciantes abrir a loja — falou para Clay. — Quer vir comigo e começar a caçada? — Ele pôde sentir que, mentalmente, Clay se acovardou ao pensar na ideia.

— Não, obrigado. Não estou com pressa. Além disso, preciso dar uma olhada no lugar sozinho antes de pensar em trazer outra pessoa para cá.

— Tudo bem. — Seth conseguiu segurar o riso. Percorreu a cabana com os olhos. Havia uma geladeira antiga em um canto esperando a eletricidade ser ligada. E, no depósito, conseguiu ver, um congelador ultrapassado, do tipo que é preciso encher de gelo. Decidiu trazer um pouco para isso. A eletricidade só poderia ser restabelecida no dia seguinte à tarde, na melhor das hipóteses, e ele queria comprar um pouco de comida.

— Alguma coisa especial que você quer que eu traga, Clay?

Clay enxugou a testa com a manga e olhou para o sol forte.

— Uma dúzia de cervejas.

Seth resmungou.

— Sim. Não precisava me dizer isso. — Foi até a caminhonete e entrou. O carro era um grande forno. Quase fez bolhas na mão ao segurar o volante. E estava ficando com dor de cabeça.

Não tinha dores de cabeça desde a transição. Na verdade, aquela se parecia com as que costumava ter quando estava se aproximando da transição. Mas só se passa por isso uma vez. O sol devia tê-lo afetado. Melhor ir logo e deixar que o vento o refrescasse.

Começou a descer o acesso sinuoso de terra que conduzia ao limite da propriedade. O acesso cruzava os trilhos do trem e chegava a uma estrada de cascalho, que levava à rodovia principal. O lugar era isolado, mesmo. Um lugar ruim para ficar doente. E Seth estava ficando doente. Não era o calor (ou, se fosse, o vento que entrava pela janela da caminhonete não estava ajudando). Ele se sentiu pior do que nunca. Estava se aproximando dos trilhos quando perdeu o controle da caminhonete.

Algo invadiu seus pensamentos como se sua blindagem mental não existisse. Foi uma explosão de estática mental que obscureceu todo o resto, deixando-o incapaz de fazer qualquer coisa além de aguentar, suportar os resíduos ferozes da dor e o impacto que se seguiu.

Por algum milagre, não destruiu a caminhonete. Chocou-se com a placa que identificava a propriedade como rancho alguma coisa. Mas o letreiro de madeira seca se despedaçou com facilidade com o impacto do para-choque e caiu sem danificar o carro.

Seth perdeu a consciência por um instante. Quando voltou a si, viu que havia conseguido parar a caminhonete e que estava caído sobre a buzina. Endireitou-se no assento imaginando se havia feito barulho suficiente para alertar Clay, na cabana.

Vários segundos depois, ouviu alguém, que deveria ser o irmão, correndo em direção à caminhonete. Depois, todos os sons reais foram abafados pelo "som" dentro da cabeça dele. A estática mental estava vindo à tona outra vez, de modo angustiante. Não foi como na transição. Ele não conseguia distinguir nenhum incidente violento único. Ao contrário, sentiu que era levado, preso e, de alguma forma, separado de si mesmo. Quando tentou formar uma blindagem contra o que o estava atacando, foi como se tivesse tentado fechar uma porta enquanto sua perna ou seu braço ainda estava na soleira. Estava sendo usado contra si mesmo de alguma forma.

Teve uma vaga noção da porta da caminhonete sendo aberta, de Clay lhe perguntando o que tinha acontecido. Nem tentou responder. Se tivesse aberto a boca, teria gritado.

Quando finalmente encontrou forças para tentar se defender contra o que quer que o tenha atacado, sua defesa foi rebatida. Com isso, recebeu a única mensagem compreensível de seu agressor. Uma ordem de uma só palavra que não lhe dava nenhuma chance de discutir ou desobedecer.

Venha.

Ele estava sendo puxado para o oeste, para a Califórnia, para Los Angeles, para Forsyth, nos arredores de Los Angeles, em direção a...

Pôde ver a casa para a qual deveria ir, uma mansão de estuque branco. Mas não pôde ver quem ali o chamava, ou por que fora chamado, ou como quem o chamava era capaz de exercer tal influência sobre ele. Porque iria até Forsyth. Não tinha escolha. O puxão era muito forte.

A intensidade do chamado diminuiu, tornando-se um zunido suportável, e o impacto do ataque passou.

Ele e Clay iriam para a Califórnia. Não poderia deixar Clay ali sozinho no deserto. E não poderia ficar até garantir que o irmão estivesse instalado. Não podia ficar para absolutamente nada. A independência de Clay teria de esperar. Tudo teria que esperar.

RACHEL DAVIDSON

Rachel ficara doente por seguir a sugestão de Eli. Portanto, parecia bem razoável que ele assumisse o lugar dela e pregasse o sermão do dia. E era bem razoável que ela ficasse no hotel, relaxando, semiconsciente, para que seu corpo não tremesse por causa daquela doença contra a qual era impotente.

E já que tudo fazia tanto sentido, pensou, por que estava tentando se manter consciente, apesar do tremor? Por que estava, naquele instante, em um táxi a caminho da igreja, tendo se vestido às pressas, com os cabelos mal penteados, sem um sermão pronto? Ele diria que ela estava buscando sua heroína, feito uma viciada.

Bem, Eli podia dizer o que quisesse. Podia fazer o que quisesse. Mas quando ela chegasse à igreja, ele não podia permanecer no púlpito um minuto além do que demoraria para apresentá-la. E ele saberia disso. Veria o rosto dela e sairia do caminho.

Ele e suas ideias sobre como se realiza uma cura! Ele nunca havia realizado uma na vida. Nunca se atrevera a tentar, porque sabia que, mesmo se obtivesse sucesso uma ou duas vezes, graças à tendência a serem sugestionáveis dos doentes, nunca se igualaria a Rachel. Nunca poderia realizar um décimo das curas que ela realizava, porque ela nunca falhava. O que ele fazia com esforço, transpirando e pedindo a ajuda divina, ela fazia com facilidade. Com facilidade, mas não sem pagar um preço. A força, a energia que ela usava em uma sessão de cura precisava vir de algum lugar. Eli a chamara de parasita, uma versão de Doro. Convencera-a a abrir mão de sua "tarifa" habitual. Ela tentou e era por isso que, agora, estava doente.

Foi por isso que o taxista, que também era negro e conhecia a igreja no endereço que ela indicara, perguntou, em tom de solidariedade, se ela iria ver "aquela viajante que cura pela fé".

— Isso mesmo, vou vê-la — disse Rachel por entre os dentes. A hostilidade dela deve tê-lo surpreendido. Ele não fez mais perguntas. Alguns instantes depois, quando pararam na frente da igreja, ela lhe atirou algumas notas e entrou correndo, sem esperar pelo troco.

Ela conseguiu se lembrar de sua túnica porque usá-la se tornara um hábito. Eli, que era tão bom artista quanto pastor, insistia naquilo durante todos os seis anos em que trabalhavam juntos. Era uma túnica branca esvoaçante.

A congregação estava cantando quando ela entrou no salão. Um canto insípido, tímido, sem inspiração. As pessoas estavam emitindo sons descoordenados com a boca. E a quantidade de pessoas! Rachel estava acostumada a pessoas sentadas nos corredores em suas turnês, empurrando-se para entrar quando não cabia mais ninguém. Tinha lotado tendas de circo ao se apresentar. Mas agora havia lugares vazios.

Será que a última apresentação dela tinha sido tão ruim? Seguir o conselho estúpido de Eli a prejudicara tanto?

Ela precisava de mais gente. Respirou fundo e revelou-se por uma das entradas do coro. Naquele dia, mais do que nunca, precisava de mais gente.

— Irmã Davidson! Louvado seja o Senhor, ela está aqui! — O clamor se ergueu em meio à música, que teria se extinguido se ela não tivesse começado a cantar. Sua voz era um contralto forte, encorpado, que seu público adorava. Ela conseguiria deixar as pessoas emocionadas com seu canto, mesmo se não tivesse mais nada a oferecer. Mas tinha bem mais do que sua voz. Se ao menos houvesse mais gente!

Eli Torrey lançou-lhe um olhar demorado, amargo. Ela estava ciente de sua própria expressão ao retribuir o olhar. Podia ver o que ele via. Podia ver através dos olhos dele. O olhar ávido, exausto, que muitas pessoas confundiam com fervor religioso.

Eli começou a se afastar do púlpito quando a música terminou.

Ela o parou com um pensamento: *me apresente*!

Por quê? Ela tinha que arrancar os pensamentos da mente dele. Ele era apenas um latente. Não era capaz de projetá-los de forma controlada. *Você acha que existe uma só pessoa aqui que não sabe quem você é?*

Apresente-me, Eli, ou irei controlá-lo e eu mesma farei isso. Vou te manipular como uma marionete! Ela não se deu ao trabalho de ouvir a resposta dele.

Por mais furioso que estivesse, ele era um artista bom demais para não dar a ela a melhor apresentação possível.

O culto.

Ela poderia ter pregado para o seu público em chinês e isso não faria absolutamente nenhuma diferença. Tudo o que importava era que estava ali e possuía aquelas pessoas. Desde a primeira canção, pertenciam a ela. Nenhuma delas poderia ter se levantado e saído da igreja. Nenhuma delas desejaria isso. Seu controle sobre elas, na maioria das vezes, não era tão rígido, mas, na maioria das vezes, ela não precisava tão desesperadamente de gente como naquele momento. Aquelas mentes estavam tomadas por ela. A voz, o balanço, as palmas produzidas por seus corpos eram para ela. Quando aquelas bocas diziam: "Sim, Jesus!", "Pregue!" e "Amém!", na verdade, queriam dizer, "Rachel, Rachel, Rachel!". Ela as sorvia e as amava por isso. Exigia mais e mais.

No meio do culto, aquelas pessoas teriam cortado a própria garganta por ela. Elas a alimentaram, fortaleceram-na, expulsaram a doença dela, que nada mais era do que a necessidade da presença, da adoração delas.

Eli dizia que ela estava brincando de Deus, subvertendo a religião, transformando pessoas boas, cristãs, em pagãs que só adoravam a ela. É claro, Eli estava certo. Tinha de estar. Era um de seus primeiros e mais antigos adoradores. Mas essa consciência o incomodava e, de vez em quando, ele conseguia infectá-la com um pouco da culpa que ele mesmo sentia.

No passado dela havia uma infância vivida em uma casa que era, acima de tudo, cristã. A casa de Eli. Ele era seu primo distante. Doro fez com que ela fosse adotada pelos pais dele, que eram pastores. Ambos, o pai e mãe, eram pastores. Mas, apesar da pressão que colocaram sobre Rachel, ela rejeitou grande parte de seus ensinamentos religiosos. Tudo o que havia absorvido era suficiente para deixá-la nervosa, às vezes. Nervosa e vulnerável a Eli. Mas não naquele momento.

Agora ela estava tirando da plateia tudo o que sua coragem permitia, obrigando-se a parar antes de ficar satisfeita, para evitar causar algum prejuízo concreto às pessoas. Depois, preparou-se para retribuir. Aspirantes à cura já tinham formado uma fila no corredor principal.

E a cura começou.

De olhos fechados, ela fazia uma oração e pousava a mão sobre quem queria ser curado. Às vezes, gritava, implorando pela escuta e a resposta divinas. Outras vezes, parecia ter dificuldades e precisava tentar uma segunda vez.

Era um espetáculo! Eli e os pais dele lhe haviam ensinado parte daquilo. O resto, aprendera observando quem realmente curava pela fé. Nada daquilo importava para a cura em si.

Em seus anos de prática, aprendeu o suficiente para fazer diagnósticos rápidos, apenas deixando que sua percepção percorresse o corpo dos aspirantes uma vez. Isso era útil porque muitas das pessoas que a procuravam não sabiam qual era realmente o problema. Até mesmo algumas que chegavam com diagnósticos médicos estavam equivocadas. Assim, ela poupava alguns segundos de busca por um problema inexistente e concentrava o trabalho no verdadeiro problema. O trabalho?

Estimular o crescimento de novos tecidos, inclusive os cerebrais e nervosos que supostamente não se regeneravam. Destruir tecidos que eram inúteis e perigosos (câncer, por exemplo). Fortalecer órgãos fracos, "reprogramar" órgãos em mau funcionamento. E mais. Muito mais. Problemas psicológicos, lesões, deficiências congênitas etc. Rachel poderia ter sido ainda mais espetacular do que já era. A criança totalmente surda adquiriu a audição, mas o homem sem um braço, que fora buscar ajuda na luta contra o alcoolismo, não desenvolveu outro braço. Poderia. Levaria semanas, mas Rachel poderia ter providenciado isso. Mas, para fazer algo assim, teria que revelar que era mais do que alguém que curava pela fé. Temia o que as pessoas concluiriam a seu respeito. Tinha percebido que, aceitando ou não a história de Cristo como real, qualquer pessoa com as habilidades dele (e as dela) teria problemas se as colocasse em prática.

Eli sabia o que ela era capaz de fazer. E compreendia tudo que ela fora possível compreender sobre o que fazia. Porque ela precisou contar a alguém. Eli era a família dela agora que seus pais haviam morrido. E também exercia outras funções. Como Doro dissera que ele faria. Primo, administrador, amante, escravo. Às vezes, ela se envergonhava um pouco dessa última condição, mas nunca o suficiente para o libertar.

Naquele momento, porém, ela estava quase satisfeita. Tinha sido alimentada. Não o suficiente, mas o bastante para se manter até a noite seguinte, quando, sem dúvida, haveria uma plateia maior. Em breve, mandaria para casa aquela plateia pequena, cansada, fraca, exausta, mas ansiosa para voltar e alimentá-la novamente. E ansiosa para trazer amigos e familiares para vê-la.

Ela só aceitava um número limitado de aspirantes (de novo, por uma questão de autopreservação), e esse número estava quase sendo atingido quando houve a interrupção. Interrupção...

Foi uma explosão mental que, por incontáveis segundos, apagou todos os seus outros sentidos. Ela estava em pé, com uma das mãos sobre uma mulher em uma cadeira de rodas e a outra erguida em aparente súplica. Então, ficou apenas parada, cegada, ensurdecida, emudecida pelo choque. A única coisa que a mantinha de pé era o costume de ser rígida consigo mesma. Pequenas técnicas teatrais que sempre usava. Faziam parte de seu espetáculo. A histeria descontrolada (especialmente do tipo que ela era poderia sofrer) era absolutamente proibida.

Quando, de um jeito ou de outro, o zunido na cabeça dela diminuiu, ela terminou e dispensou a mulher, que se afastou caminhando devagar, empurrando a cadeira e chorando.

Depois, sem explicações, Rachel passou o comando do culto novamente a Eli e afastou-se, deixando a congregação confusa. Trancou-se em uma sala vazia da escola dominical para ficar sozinha e lutar contra o que estava acontecendo com ela.

Algum tempo depois, ouviu Eli no corredor, chamando-a. A essa altura, a batalha estava encerrada, perdida. A essa altura, Rachel sabia que tinha de ir para Forsyth. Alguém a chamara de uma maneira que não podia ignorar. Alguém fizera dela uma marionete. Havia certa justiça nisso, supunha. Procurou Eli e o chamou para dizer que estava indo embora.

JESSE BERNARR

Jesse e a garota (essa se chamava Tara) dormiram tarde, e quando acordaram foram de carro para Donaldton. Era um domingo e o aniversário de 26 anos de Jesse. Ele estava se sentindo generoso o bastante para perguntar à garota o que ela queria fazer em vez de lhe dar ordens.

Ela queria pegar uns sanduíches e ir ao parque, onde, embora não tenha dito isso, queria exibir Jesse. Seria invejada pela população feminina de Donaldton e sabia disso. Melhor exibi-lo enquanto podia. E ela sabia que só poderia tê-lo até que outra mulher chamasse a atenção dele. Quando isso acontecesse, ele a mandaria de volta para casa, para o marido dela, e sua outra vez poderia demorar meses, talvez nunca mais chegasse de novo.

Jesse sorriu sozinho enquanto lia os pensamentos dela. As garotas de Donaldton, mesmo as tímidas e pouco exigentes como Tara, pensavam daquele jeito quando estavam com ele. Esforçavam-se o máximo possível para segurá-lo e exibi-lo, o que era compreensível e acertado, do ponto de vista dele. Mas, às vezes, Jesse ia atrás de meninas das cidades vizinhas. Garotas que não conheciam sequer sua reputação e que não eram tão ávidas.

Ele e Tara foram até uma lanchonete pequena e pediram uns sanduíches para viagem. Havia apenas uma garçonete trabalhando e dois outros clientes esperando para serem atendidos quando Jesse chegou. Mas os clientes não se importaram em esperar um pouco mais. E lhe desejaram um feliz aniversário.

Jesse não tinha nenhum dinheiro consigo. Raramente tinha. Nunca precisava de dinheiro em Donaldton. A garçonete sorria enquanto ele e Tara pegavam o almoço e voltavam para o carro.

Tara dirigiu até o lago, como havia feito em Donaldton. Jesse tinha destruído três carros e quase se matou antes de abrir mão de dirigir. Simplesmente não havia possibilidade para alguém que, a qualquer momento, poderia ser atingido por perturbações mentais vindas de outros motoristas, de pedestres, tanto fazia. Já não era tão ruim quanto antes, durante sua transição, mas ainda acontecia. Doro disse que a blindagem mental dele era defeituosa. Jesse não ligou. As vantagens de sua sensibilidade superavam as desvantagens. E Tara era uma boa motorista. Todas as garotas dele eram.

Havia outras pessoas fazendo piquenique dominicais no parque, idosos tomando sol e famílias com crianças pequenas. E havia jovens casais e adolescentes espalhados. Donaldton era uma cidade pequena da Pensilvânia e não oferecia muito em termos de entretenimento ou recreação. Pessoas que teriam preferido algo mais emocionante acabavam no parque.

Mas as pessoas ficavam bem dispersas. Havia muito espaço. Tanto espaço, na verdade, que Tara ficou irritada, em silêncio, quando Jesse escolheu um lugar a apenas alguns metros de outro casal.

Ele fingiu não notar a irritação dela.

— Quer dar um mergulho antes de comer?

— Oh, mas... nós não temos roupas de nadar. Eu não sabia que viríamos para cá quando saímos de casa...

Jesse olhou a sua volta, de modo aparentemente casual.

— Aquela garota ali tem um maiô novinho que vai caber em você — disse, apontando com a cabeça em direção à porção feminina do casal totalmente vestido ao lado.

— Ah. — Ele estava em um daqueles estados de espírito de novo, ela estava pensando. Seria humilhada. Aquilo não era como levar comida da lanchonete. A comida tinha sido quase como um presente. Mas aquela garota tinha levado o maiô para uso próprio.

Jesse sorriu, lendo cada pensamento dela.

— Vá em frente. Pegue-o. E aproveite para pegar o calção do sujeito para mim.

Ela se contorceu por dentro, mas se levantou para fazer o que ele mandava. Ele a observou caminhar em direção ao casal.

A distância era grande demais para que Jesse ouvisse o que ela dizia ao casal com clareza, então ele captou a conversa mentalmente.

— Posso pegar emprestado... Quero dizer... Jesse quer os trajes de banho de vocês. — Ela se sentia como uma completa idiota, mas esperava que o casal lhe entregasse as roupas e a deixasse voltar para Jesse.

A garota deu uma olhada em Tara e em Jesse, que observava tudo, e pegou o maiô. O homem não se moveu. Era a reação dele que Jesse estava esperando. E não precisou esperar muito.

— Você quer *o quê* emprestado?

— Os trajes de banho. — Tara olhou para a garota. — Você é daqui, não é? Explique para ele.

— Explique você. — A garota não estava particularmente incomodada em perder seu maiô. O povo de Donaldton nunca se incomodava em dar a Jesse o que ele queria. A garota estava incomodada com Tara.

Tara não queria estar lá. Ela nem queria as malditas roupas de nadar. Se a garota não conseguia entender isso…

— Esquece. Vou pedir para Jesse vir explicar para ele. — Ela começou a se afastar.

— Tudo bem, espere. Espere! — Quando Tara se virou para encarar a garota de novo, ela estava segurando o maiô e o calção de banho do rapaz. Mas antes que Tara pudesse pegar as peças, o homem as puxou para si.

— Que diabos está fazendo?

Agora a garota estava com raiva e o rapaz era a única pessoa em quem poderia descontar essa raiva com segurança.

— Ele é Jesse Bernarr e quer nossos trajes de banho emprestados. Você poderia, por favor, me deixar entregar isso a ele?

— Não! Por que eu deveria fazer isso? — Ele lançou um olhar para Tara. — Olhe aqui, volte lá e diga a Jesse Bernarr, seja lá quem for… — Ele parou quando a sombra de Jesse o encobriu. Ele olhou para cima, confuso e, logo depois, irritado. Era um homem grande, Jesse percebeu. Em pé, era alto. Com ombros e torso enormes. Parecia ser um pouco maior do que Jesse, na verdade. E não gostava de não entender o que estava acontecendo.

— Você deve ser Jesse Bernarr — disse ele. Fez uma pausa como se esperasse a confirmação de Jesse. Só obteve silêncio. — Olhe, não sei que brincadeira é essa, rapaz, mas não tem graça. Agora, por que você não pega sua garota e vai fazer suas brincadeiras de criança em outro lugar?

— Eu até poderia. — Jesse puxou o nome do homem de sua mente. Era Tom. — Não estou mais com vontade de nadar. Mas tem algumas coisas que acho que você deveria aprender.

E havia uma maneira simples, fácil, de ensiná-las. Mas Jesse, às vezes, gostava de despender um pouco de esforço. Especialmente com tipos como aquele Tom, que intimamente tinha tanto orgulho de sua destreza física. Às vezes, Jesse gostava de se assegurar de que, mesmo sem suas habilidades extras, ainda seria melhor do que gente da espécie de Tom. Ele disse:

— Se visita um lugar pela primeira vez, Tom, precisa estar mais predisposto a ouvir quando as pessoas dali tentam avisá-lo sobre os costumes locais. — Ele sorriu para a garota de Tom. Ela sorriu de volta, um pouco insegura. — Isso pode evitar muitos problemas.

Tom se levantou, observando Jesse.

— Cara, você com certeza quer sair no braço. Eu daria tudo para saber por quê. — Eles se encararam. Tom, com sua altura ligeiramente superior, olhava para Jesse de cima.

A garota de Tom se levantou depressa e se colocou entre os dois, de costas para Tom.

— Ele vai me ouvir, Jess. Deixe que eu falo com ele. — Jesse a tirou da frente, de modo gentil e despreocupado. Se não tivesse feito isso, Tom teria. Mas Tom se incomodou porque Jesse agiu em seu lugar. Ficou incomodado o suficiente para dar o primeiro golpe. Antecipando-se, Jesse se esquivou com facilidade.

Uma criança que passava os viu, gritou, e as pessoas começaram a perceber e a se aglomerar em volta.

Apenas quem não era de Donaldton e não sabia que Tom não tinha tantas chances se aproximou para assistir à luta. As pessoas de Donaldton se aproximaram para ver Jesse Bernarr se divertir. E elas não se importavam. Nem mesmo a namorada de Tom se importava que Jesse se divertisse um pouco com ele. O que a assustava era que Tom não sabia o que ia enfrentar. Ele seria capaz de deixar Jesse com raiva suficiente para machucá-lo de verdade. Se estivesse saindo com um cara de Donaldton, não teria que se preocupar.

Mas, enquanto os dois homens lutavam, foi a raiva de Tom que cresceu, secretamente encorajada por Jesse. Mentalmente, Jesse incitou o homem a lutar como se sua vida estivesse em jogo. Então, houve uma explosão na cabeça de Jesse, e foi a oportunidade do rival.

Jesse estava vagamente consciente da surra que seu corpo estava sofrendo enquanto se esforçava para interromper a descarga mental. Mas não havia como. Não havia nenhuma maneira de aliviá-la enquanto ela ecoava em si. Tom aproveitou.

Quando o "ruído" finalmente diminuiu e não preenchia mais todas as partes da mente de Jesse, ele percebeu que estava no chão. Começou a se levantar, meio zonzo, e o homem cuja raiva ele provocara mentalmente deu um chute em seu rosto. Sua cabeça pendeu para trás (não tanto quanto Tom gostaria), e ele perdeu a consciência.

Não a recobrou de pronto. Primeiro, teve consciência apenas do chamado que o atraía, destruindo qualquer paz mental que poderia ter antes de se dar conta da condição de seu corpo. Não parecia estar gravemente ferido, mas podia sentir uma dúzia de lugares onde tinha cortes e ferimentos. Seu rosto tinha galos e já estava inchado. Alguns de seus dentes haviam caído. E tudo doía. Estava todo machucado. Cuspia sangue e dentes quebrados.

Maldito fosse áquele forasteiro desgraçado!

Pensar em Tom o impeliu a olhar em volta. Uma pessoa de Donaldton estava parada perto dele, pensando em levá-lo de volta para a cidade, para uma cama.

Não muito longe, Tom se debatia entre dois outros homens de Donaldton e não parava de xingar.

Jesse ficou em pé, cambaleando. A plateia ainda estava ali. Provavelmente alguém de fora da cidade fora chamar a polícia. Não que isso importasse. Os policiais eram amigos de longa data de Jesse.

Jesse se recusou a silenciar a própria dor. Chegou o mais próximo possível de bloquear o chamado para ir a Forsyth. E, embora ainda não tivesse analisado o que havia acontecido com ele, a convocação era clara, e obviamente algo de que não queria participar. Além disso, ele queria sofrer. Queria olhar para Tom e sofrer. Começou a sorrir, cuspiu mais sangue e falou baixinho.

— Soltem o cara.

Jesse se esquivou, antecipando-se aos golpes do rival, evitando-os. Tom não conseguia surpreendê-lo. E por mais que estivesse com raiva agora, aquilo significava que Tom não conseguia tocá-lo. De forma lenta e metódica, Jesse destroçou o homem, que era maior do que ele.

Agora, a força de Tom o traía. Mantinha-o em pé quando deveria ter caído, mantinha-o lutando depois de ter sido espancado. Quando finalmente desabou no chão, a força o mantinha atento e consciente, consciente apenas da dor.

Jesse se afastou e o deixou no chão. Deixou que a namorada tomasse conta dele.

Os habitantes da cidade também se afastaram. Viram um espetáculo bem melhor do que imaginavam. Para quem era de fora, Tom parecia ter recebido o que merecia. E assim o passeio terminou.

Alguns minutos depois, Tara estava balançando a cabeça e limpando o sangue do rosto de Jesse com um guardanapo de papel molhado e frio.

— Jess, por que deixar que ele batesse em você desse jeito? Como vai para sua festa de aniversário hoje à noite?

Ele a olhou de relance, irritado, e ela se calou. Dane-se a festa! Se conseguisse se livrar do maldito zunido na cabeça, ficaria bem.

Então, em algum lugar da Califórnia, havia uma cidade chamada Forsyth, onde havia outros ativos. Mais gente do povo de Doro. E daí! Por que tinha de correr para lá, atender quando o chamavam? Ninguém que estivesse do outro lado daquele zunido tinha a lhe oferecer algo melhor do que aquilo que ele já tinha.

ADA DRAGAN

Estavam gritando um com o outro por causa de alguma bobagem, uma festa à qual Ada não queria ir. No dia anterior, a gritaria fora sobre os vizinhos com quem Ada se metera. Ela pressentiu que estavam espancando com brutalidade a criança, de seis anos, e teve de impedi-los. Pela primeira vez, realizara algo de bom com sua habilidade. O orgulho tolo fez com que contasse a Kenneth. E Kenneth decidiu que a interferência fora um erro.

Ela não era capaz de tolerar grupos muito grandes de pessoas, e não era capaz de tolerar maus-tratos de crianças. Kenneth dizia que o primeiro problema era imaturidade e o segundo não era da conta dela. Tudo o que ela fazia o irritava ou o humilhava. Tudo. Mesmo assim, ela permanecia com ele. Sem ele, estaria completamente sozinha.

Ela era uma ativa. Tinha poder. E tudo o que esse poder fazia, na maioria das vezes, era afastá-la de outras pessoas, tornando impossível que fossem como elas. Sua força era mais parecida com uma doença do que com um dom. Parecida com um transtorno mental.

Certa vez, procurara um médico em segredo. Um psiquiatra a alguns quilômetros de distância, em Seattle. Dera a ele um nome falso e lhe dissera poucas coisas. Parou ao perceber que ele estava prestes a sugerir um período de internação...

Agora, amargurada, ela se perguntava se o médico estava certo. Afinal, era a "doença" que fazia com que descambasse para a gritaria. Falava para Kenneth coisas que não se considerava capaz de dizer a ninguém. Ele não percebia a degradação e o desespero que ela sentia com aquilo. Apenas um pensamento a impedia de perder totalmente o controle. Aquele homem era seu marido.

Tinha se casado com ele por desespero, não por amor. Mas, mesmo assim, ele era seu marido e cumpria um papel. Se não tivesse se casado, poderia estar dizendo aquelas coisas para os pais (o pai e a mãe adotivos), as únicas pessoas além de Doro que se lembrava de ter amado. Isso tinha sido muito importante no passado: proteger os pais do que ela havia se tornado. Ela se perguntava se aquilo ainda era importante. Se ainda se importava com o que dizia, mesmo para eles.

De repente, cansou-se da discussão, cansou-se da fúria do homem latejando em sua mente, em seus ouvidos, cansou-se da sua própria raiva inútil. Virou-se e se afastou.

Kenneth a segurou pelo ombro e a girou tão depressa que ela não teve tempo de reagir. Ele a esbofeteou com força, descarregando todo o peso de seu corpo enorme contra ela, que bateu as costas na parede, depois escorregou, em silêncio, até o chão, onde ficou, atordoada, enquanto ele, por cima dela, exigia que aprendesse a escutar quando ele falava. Naquele momento, a violência e o caos convulsionaram a mente traiçoeira dela.

Ada foi rápida. Não precisou de muito tempo para pensar no que estava acontecendo ou para perceber que seu isolamento finalmente chegaria ao fim. Reagiu imediatamente. Gritou.

Kenneth a tinha machucado, mas a dor física logo perdeu importância diante daquele fato novo. O fato que lhe causou a dor de uma esperança bruscamente dilacerada.

Desde sua transformação, aquela noite terrível três anos antes, quando o mundo todo inundou sua mente, ela tratava a própria condição como algo temporário. Algo que um dia chegaria ao fim e permitiria que voltasse a ser como antes. Era uma crença da qual Doro tentara dissuadi-la. Mas ela conseguiu se convencer de que ele estava mentindo. Ele se recusara a apresentá-la a outras pessoas como ela, mesmo alegando que existiam. Ele havia explicado que conhecê-las lhe causaria dor, que pessoas como ela não se toleravam bem. Mas ela procurou sozinha, vasculhou milhares de mentes sem encontrar nenhuma sequer como a dela. Por isso, concluiu que Doro estava mentindo. Ela acreditou no que queria acreditar. Era boa nisso; isso a mantinha viva. Concluiu que Doro contara apenas parte da verdade: que havia outras pessoas como ela. Era inconcebível que fosse a única a ter passado por aquela transformação. E que as outras pessoas tinham se recuperado, revertido o processo.

Essa esperança a sustentara, dera a ela um motivo para continuar vivendo. Agora, tinha que enxergar como aquilo era uma falácia.

Ficou deitada no chão, chorando, como raramente fazia, dando soluços ruidosos e ofegantes. Outras pessoas. Por quanto tempo ela as procurou, em vão? Aparentemente, elas não tiveram dificuldades para encontrá-la. E a força do primeiro ataque, e até mesmo do chamado que agora a atraía, insistente, era muito maior do que qualquer coisa que sentia ser capaz de produzir. Aquela força dava ao desconhecido que a chamava um aspecto terrível de permanência.

Surpreendendo-a, Kenneth a pôs de pé, garantindo-lhe que ela estava bem.

Firmando-se o bastante para verificar os pensamentos dele, descobriu que ele estava um pouco assustado com os gritos dela. Ele já tinha batido nela antes e nunca obtivera nenhuma reação além de lágrimas silenciosas.

O egoísmo dos pensamentos dele a estabilizou. Ele estava imaginando o que aconteceria com ele se a tivesse ferido. Havia muito tinha parado de se preocupar com ela. E ela nunca o forçou a nada além de permanecerem juntos. Cansada, afastou-se dele e foi para o quarto.

Nunca mais ficaria bem, nunca mais conseguiria caminhar entre pessoas sem ser bombardeada pelo que pensavam. E, para enfrentar isso, não poderia manter seu atual modo de vida. Não podia mais forçar Kenneth a ficar com ela se ele a odiava tanto. E não queria mais exercer controle sobre ele, forçando-o a um amor indigno e artificial.

Ela seguiria o chamado. Mesmo se tivesse sido menos insistente, o teria seguido. Porque era só o que tinha.

Ficaria isolada com outras pessoas que sofriam como ela. Se ficasse sozinha com elas, teria menos chance de machucar pessoas que estavam bem. Mas como seria? Muito pior do que as coisas que já conhecia? Uma vida entre párias.

JAN SHOLTO

O bairro mudara um pouco desde a última vez que Jan o vira, havia três anos. Carros novos, crianças novas. Dois meninos pequenos passaram correndo por ela; um deles era negro. Aquilo também era novo. Ficou feliz por sua mente não estar aberta e vulnerável quando o menino passou correndo. Já tinha problemas suficientes sem *aquela* estranheza. Virou os olhos em desagrado para o menino, depois deu de ombros. Planejava apenas uma visita breve. Não precisava viver ali.

Ocorreu-lhe, não pela primeira vez, que até mesmo a visita era tola, inútil. Tinha instalado seus filhos em uma casa confortável onde seriam bem cuidados, teriam uma vida melhor do que a que ela teve. Não havia mais nada que pudesse fazer por elas. Nada que pudesse conseguir ao visitá-las. Ainda que, por dias, tivesse sentido a necessidade de fazer aquela visita. Necessidade, urgência, premonição?

Esse pensamento a deixou incomodada. Intencionalmente, ela voltou a atenção para a rua à sua volta. A renovação do lugar a enojou. A modernidade sem imaginação das casas, as árvores jovens. Mesmo se a aparência do bairro não tivesse mudado, Jan nunca conseguiria viver ali. O lugar não tinha passado. Ela podia tocar as coisas, uma cerca, um poste, uma placa de sinalização. Nada tinha mais de uma década. Nada carregava uma memória histórica real. Tudo era estéril e perigosamente desvinculado do passado.

Uma garotinha que não tinha mais de sete anos estava parada em um dos quintais, observando Jan caminhar em sua direção. Jan examinou a criança com curiosidade. Era pequena, de ossatura fina e cabelos louros, como Jan. Os olhos eram azuis, mas não do mesmo azul-pálido e desbotado dos de Jan. Os olhos da garota tinham o mesmo tom de azul-escuro, impressionante, que tinha sido um dos maiores atributos do pai dela, ou melhor, um dos maiores atributos do corpo que o pai dela usara.

Jan virou para o caminho que levava à casa da criança.

Quando chegou perto da menina, um certo sentimentalismo em relação aos olhos fez com que parasse e estendesse a mão.

— Você me acompanha até a casa, Margaret?

A criança pegou a mão estendida e caminhou solenemente ao lado de Jan.

Jan bloqueou automaticamente qualquer contato mental com a menina. Aprendera, de um jeito doloroso, que crianças não só eram desprovidas de complexidade, mas que suas mentes instáveis de animaizinhos poderiam provocar uma sequência de explosões emocionais.

Enquanto Jan abria a porta, Margaret falou:

— Você veio para me levar embora?

— Não.

A criança sorriu aliviada para Jan e saiu correndo, chamando:

— Mamãe, Jan está aqui.

Jan estranhou a ironia das palavras da filha. Certa vez, Jan tentara condicionar aquela família, os Westley, a acreditar que eram os pais biológicos de suas crianças. Tinha o poder de fazer isso, mas não fora hábil o suficiente ao usá-lo. Falhou. Mas o tempo, combinado ao comando mais simples que conseguira infundir nos Westley, cuidar das crianças e protegê-las, havia revertido seu fracasso. Margaret sabia que Jan era, de fato, sua mãe. Mas não fazia diferença. Não para ela; não para os Westley.

Na verdade, as crianças já faziam tanto parte da família Westley que a pergunta de Margaret parecia incomum. A pergunta reavivou o mau pressentimento que vinha tentando ignorar.

Até a atmosfera da casa estava ruim. Tão ruim que tomou cuidado para não tocar em nada. Simplesmente estar ali dentro já era desconfortável.

A mulher, Lea Westley, veio devagar, hesitante, sem Margaret ou o menino, Vaughn. Jan resistiu à tentação de entrar nos pensamentos dela e descobrir imediatamente o que havia de errado. Essa parte da habilidade ainda não havia se desenvolvido totalmente, porque ela não gostava de usá-la. Gostava de tocar objetos inanimados e percorrer o passado das pessoas que os haviam manuseado antes. Mas nunca aprendera a gostar do contato direto, mente a mente. Até porque a maioria das pessoas tinha uma mente desprezível.

— Imaginei que viria, Jan. — Lea Westley remexia as mãos. — Eu estava até com medo de que pudesse levar Margaret.

Era a confirmação verbal dos medos de Jan. Agora ela tinha que saber o resto.

— Não sei o que aconteceu, Lea, me diga.

Lea desviou os olhos por um instante, depois falou, em voz baixa.

— Aconteceu um acidente. Vaughn está morto. — A voz dela falhou com a última palavra, e Jan teve que esperar até que ela conseguisse se recompor e continuar. — Foi atropelamento. Vaughn estava com Hugh — o marido dela —, e alguém passou o sinal vermelho... Foi na semana passada. Hugh ainda está no hospital.

A mulher estava sinceramente transtornada. Mesmo sob camadas de blindagem, Jan conseguiu sentir o sofrimento dela. Mas, acima de qualquer outra coisa, Lea Westley estava com medo. Estava com medo de Jan, do que a mulher poderia decidir causar às pessoas que falharam em cumprir a responsabilidade que lhes havia dado.

Jan compreendeu aquele medo, porque até ela se sentia uma versão ligeiramente diferente de si mesma. Algum dia, Doro voltaria e pediria para ver as crianças. Ele tinha prometido que faria isso, e ele cumpria as poucas promessas que fazia. Também tinha prometido o que faria com ela se fosse incapaz de gerar duas crianças saudáveis.

Ela sacudiu a cabeça, pensando naquilo.

— Ah, meu Deus!

No mesmo instante, Lea se pôs ao lado dela, repetindo vezes sem conta:

— Sinto muito, Jan. Muito.

Indignada, Jan a empurrou para longe. Solidariedade e lágrimas eram as últimas coisas de que precisava. O menino estava morto. Não havia o que fazer. Ele tinha sido um fardo para ela antes de o instalar com os Westley. Agora, morto, ele era outra vez um fardo, apesar de todos os esforços que fizera para garantir que ele ficasse a salvo. Se ao menos Doro não tivesse insistido para que tivesse as crianças. Ela havia ansiado pelo retorno dele durante tanto tempo. Agora, em vez de esperar por isso, era algo de que teria de fugir. Outra cidade, outro estado, outro nome, com a possibilidade de que nada disso adiantasse. Doro era especialista em encontrar pessoas que fugiam dele.

— Jan, por favor, entenda… Não foi nossa culpa.

Mulher estúpida! Lea se tornou uma válvula de escape para a frustração de Jan. Ela assumiu o controle de Lea, girou-a e lançou-a, como uma boneca, para fora da sala de estar.

O grito aterrorizado de Lea Westley quando Jan finalmente a soltou foi a última percepção física de Jan por muitos minutos.

Uma explosão psíquica a deixou abalada. Depois veio o contato mental, forçado, contra o qual lutou de forma bruta e inútil. Depois da dissociação de uma parte de si mesma, veio o chamado para Forsyth.

Jan recuperou a consciência no sofá de Lea Westley, com a própria sentada ao seu lado, chorando. A mulher voltara, apesar do tratamento bruto de Jan. Sabia que seria tolice fugir, mesmo estando certa de que Jan lhe pretendia fazer mal. Talvez, por conhecer as próprias limitações, fosse mais sensível do que a própria Jan. Deitada, imóvel, ainda atraída pelo chamado, sentiu uma piedade incomum por Lea.

— Não me importo que ele esteja morto, Lea. — As palavras saíram sussurradas, embora Jan tivesse a intenção de falar em um tom normal.

— Jan! — Lea logo se pôs de pé, provavelmente sem compreender, provavelmente apenas por perceber que Jan estava de novo consciente.

— Não precisa se preocupar, Lea. Não vou machucar você.

Dessa vez, Lea ouviu e desabou, chorando de alívio. Jan tentou se levantar e percebeu que estava fraca, mas conseguiu.

— Cuide bem da Margaret por mim, Lea. Talvez eu não possa voltar a vê-la.

Saiu, deixando Lea observando-a partir.

Califórnia.

Será que era Doro quem a chamava através daquela coisa na mente? Sabia que ele tinha mais telepatas, e melhores. Poderia estar usando uma dessas pessoas para alcançá-la. Era possível que, de algum modo, ele tivesse descoberto a morte do filho e chegado até ela por meio de outra pessoa. Se fosse o caso, os esforços dele estavam valendo a pena. Ela estava indo para a Califórnia.

Sentiu todo o pavor que Lea devia ter sentido ao ser controlada. Não conseguia se conter. Tinha de se dirigir a Forsyth. E, se Doro estivesse lá, estaria se dirigindo à própria morte.

5
MARY

Quando Karl saiu do meu quarto, me deitei na cama e fiquei pensando, relembrando. Nas últimas duas semanas, Karl e eu meio que nos aceitamos. Tinha ficado muito mais fácil conversar com ele, e imagino que, para ele, conversar comigo também. Ele tinha parado de tentar fingir que eu não estava ali, e eu não estava mais ressentida com ele. Na verdade, eu provavelmente tinha passado a depender dele mais do que deveria. E ele tinha acabado de fazer um esforço enorme para me manter viva. No entanto, apenas umas poucas horas depois, ele tinha retrocedido emocionalmente o suficiente para ficar sentado, sem fazer nada, deixando que eu quase me matasse. Tudo por causa daquela coisa de padrão. Eu me questionei sobre o tamanho do salto que existiria entre sua propensão a deixar que eu me matasse e a propensão a me matar por conta própria.

Ou talvez eu estivesse exagerando. Talvez eu só estivesse decepcionada porque esperava que minha transição fosse me aproximar dele. Esperava justamente o que, tinha certeza, Vivian temia: que, após a minha transição, ela se tornasse um excesso de bagagem. Se eu tinha de ser esposa de Karl, pretendia ser a única.

Mas agora… Nunca tinha sentido hostilidade de alguém como senti a de Karl pouco antes de ele sair. Em parte, era isso que significava estar no controle total de minha habilidade telepática. Não era algo muito confortável. Sabia que ele tinha ido ver Doro, tinha ido tirar Doro da cama e perguntar o que diabos tinha dado errado. Eu me perguntava se algo havia dado errado mesmo.

Doro queria um império. Não era assim que o chamava, mas era o que pretendia construir. Talvez eu fosse apenas mais um instrumento que ele estava usando para conseguir o que queria. Ele precisava de instrumentos, porque não era exatamente um império de pessoas comuns que imaginava. Para ele, isso seria o equivalente a uma pessoa comum se transformar em imperador de um rebanho de gado. Doro dava muita importância a si mesmo, sem dúvida. Mas não ligava muito para os grupos de latentes meio perturbados que tinha espalhado por todo o país. Com sorte, essas pessoas eram apenas reprodutoras, na visão dele. Ele também não queria um império formado por elas. Ele e eu conversávamos sobre isso desde que eu tinha treze anos. Mas a nossa primeira conversa disse quase tudo.

Ele tinha me levado à Disneylândia. Fazia esse tipo de coisa por mim, às vezes, durante minha infância. Coisas que me ajudavam a aguentar Rina e Emma.

Estávamos sentados em uma mesa ao ar livre, almoçando em uma lanchonete, quando fiz a pergunta-chave.

***

— Nós servimos para quê, Doro?

Ele me olhou com olhos azul-escuros. Estava usando o corpo de um homem branco alto e magro. Eu sabia que ele entendera o que eu quis dizer, mas, mesmo assim, ele repetiu:

— Para quê?

— Isso, para quê? Você tem muitos de nós. Rina disse que sua esposa mais recente acabou de ter um filho. — Por algum motivo, ele riu. Prossegui: — Você só nos mantém como passatempo, só para ter o que fazer, ou o quê?

— Em parte, por isso, sem dúvida.

— E a outra parte?

— Não tenho certeza de que você entenderia.

— Estou envolvida nisso tudo. Quero saber se entendo ou não. E quero saber sobre você.

Ele ainda estava sorrindo.

— Sobre mim, o quê?

— O bastante para eu conseguir ter a chance de entender por que você nos quer.

— Por que alguém quer ter uma família?

— Ah, Doro, por favor. Famílias! Dezenas delas. Sério, me diga. Pode começar me contando sobre seu nome. Como você só tem um nome, e um nome que nunca ouvi.

— É o nome que meus pais me deram. É a única coisa que me deram que eu ainda tenho.

— Quem eram seus pais?

— Agricultores. Moravam em uma aldeia perto do rio Nilo.

— No Egito!

Ele negou com a cabeça.

— Não, não exatamente. Um pouco mais ao sul. Os egípcios eram nossos inimigos quando eu nasci. Tinham nos dominado antes, estavam tentando voltar a ser nossos dominadores novamente.

— Quem era seu povo?

— Havia outro nome na época, mas você os chamaria de núbios.

— Um povo negro!

— Sim.

— Deus! Você é branco a maior parte do tempo, nunca pensei que você pudesse ter nascido negro.

— Isso não tem importância.

— O que quer dizer com "isso não tem importância"? Para mim, tem.

— Não tem importância porque não sou de nenhuma cor específica há uns 4 mil anos. Ou melhor, pode-se dizer que fui de todas as cores. Mas, de um jeito ou de outro, não tenho nada mais em comum com povos negros, núbios ou não, do que tenho com povos brancos ou asiáticos.

— Ou seja, não quer admitir que tem algo em comum conosco. Mas se nasceu negro, você *é* negro. Ainda é negro, não importa a cor que assumir.

Ele retorceu um pouco a boca, de um jeito que não era bem um sorriso.

— Pode acreditar nisso se a faz se sentir melhor.

— É verdade!

Ele deu de ombros.

— Certo, e de que raça você acha que é?

— Nenhuma que eu saiba o nome.

— Isso não faz sentido.

— Faz, se você pensar bem. Não sou negro, nem branco, nem amarelo, porque não sou humano, Mary.

Aquilo me fez congelar. Ele estava falando sério. Não poderia ter falado mais sério. Eu o encarei, arrepiada, assustada, acreditando nele, embora não quisesse acreditar. Olhei para baixo, para o meu prato, terminei o hambúrguer devagar. Depois, finalmente, fiz minha pergunta:

— Se você não é humano, o que você é?

E a seriedade dele acabou.

— Um fantasma?

— Isso não tem graça!

— Não. Pode até ser verdade. Sou a coisa mais próxima a um fantasma que já encontrei em todos esses anos de existência.

Mas isso não é importante. Por que você parece tão assustada? A probabilidade de eu te machucar não ficou de repente maior do que sempre foi.

— O que você é?

— Uma mutação. Uma espécie de parasita. Um deus. Um demônio. Você ficaria surpresa com certas coisas que as pessoas concluíram que eu sou.

Não respondi.

Ele estendeu o braço e segurou minha mão por um instante.

— Relaxe. Não precisa ter medo de nada.

— Eu sou humana?

Ele riu.

— É claro que sim. Diferente, mas humana, com certeza.

Eu me perguntei se aquilo era bom ou ruim. Ele me amaria mais se eu fosse mais parecida com ele?

— Também sou descendente do seu... dos núbios?

— Não. Emma era uma mulher ibo. — Ele mordeu uma batata frita e observou um casal que passava com umas sete criancinhas barulhentas. — Não conheço ninguém do meu povo que seja descendente dos núbios. Com certeza, ninguém descende dos meus pais.

— Você era filho único?

— Eu era um de doze. Sobrevivi, os outros, não. Todos morreram bebês ou ainda na primeira infância. Eu era o mais novo e só vivi até a sua idade, treze anos.

— E eles estavam velhos demais para ter outros bebês.

— Não foi só isso. Eu morri quando estava passando por algo muito parecido com uma transição. Tive lampejos de telepatia, fui capturado pelos pensamentos de outras pessoas. Mas é claro que não sabia o que era aquilo. Estava com medo, ferido, me debati no chão e fiz muito barulho. Infelizmente, tanto minha mãe quanto meu pai vieram correndo. Na minha primeira morte, eu me apoderei deles. Primeiro minha mãe, depois meu pai. Não sabia o que estava fazendo. Também me apoderei de muitas outras pessoas, totalmente em pânico. No final, fugi da aldeia usando o corpo de uma jovem, uma das minhas primas. Caí direto nas garras de alguns egípcios que estavam capturando pessoas para escravizar. Estavam prestes a atacar a aldeia. Acho que a atacaram.

— Você não sabe?

— Não tenho certeza, mas não havia razão para não terem atacado. Eu não podia fazer nada contra eles, pelo menos não por vontade própria. Já estava um pouco fora de controle com tudo o que tinha feito. Fiquei fora de mim. Depois disso, não sei o que aconteceu. Pelo menos por cerca de uns cinquenta anos. Deduzi muito mais tarde que o intervalo de tempo de que eu não me lembrava, ainda não me lembro, foi de mais ou menos cinquenta anos. Nunca mais vi ninguém da minha aldeia.

Ele se deteve por um instante.

— Recuperei a consciência usando o corpo de um homem de meia-idade. Estava deitado em um catre de palha imundo, infestado de percevejos, em uma prisão. Estava no Egito, mas não sabia. Não sabia nada. Era um menino de treze anos de repente acordou no corpo de alguém de 45 anos. Quase apaguei de novo.

"Então o carcereiro entrou e me disse alguma coisa em uma língua que nunca tinha ouvido antes, que eu soubesse. Como fiquei ali, olhando fixo para ele, deitado, ele me chutou, começou a me bater com um chicotinho que tinha. Eu me apoderei dele, é claro. Foi automático. Depois, saí de lá no corpo dele e vaguei pelas ruas de uma cidade estranha tentando descobrir o que muitas outras pessoas têm tentado descobrir desde então: o que, em nome de todos os deuses, eu era?"

— Nunca pensei que você se perguntasse isso.

— Não foi por muito tempo. Cheguei à conclusão de que era amaldiçoado, que ofendi os deuses e estava sendo punido. Mas depois de usar minha habilidade algumas vezes, de propósito, e descobrir que poderia ter absolutamente tudo que quisesse, mudei de ideia. Concluí que os deuses me favoreceram ao me dar poder.

— Quando decidiu que era certo usar esse poder para produzir pessoas... procriar...

— Cruzar, você quer dizer.

— Isso — resmunguei. *Cruzar* não parecia o tipo de palavra que deveria ser aplicada às pessoas. Mas no instante em que ele a disse, percebi que era a palavra adequada para o que ele estava fazendo.

— Demorou um tempo até que eu chegasse a esse ponto — disse ele. — Um século ou dois. Eu estava ocupado, primeiro me envolvendo na religião e na política egípcias, depois viajando, fazendo comércio com outros povos. Comecei a reparar no modo como as pessoas cruzam os animais. Aquilo deixou de ser apenas parte da vida para mim. Notei as diferentes raças de cães, de gado, os diferentes grupos étnicos de pessoas, a aparência que tinham quando se mantinham isolados e relativamente puros e quando havia cruzamentos híbridos.

— E decidiu fazer experimentos.

— De certo modo. A essa altura eu era capaz de reconhecer as pessoas... os tipos de pessoas que me satisfariam mais se eu me apoderasse delas. Acho que se poderia dizer: o tipo de gente mais saborosa.

De repente, perdi meu apetite.

— Meu Deus! Isso é nojento.

— Mas também é muito simples. Um tipo de gente me dava mais satisfação do que outros, então tentei reunir várias pessoas do tipo que eu gostava e mantê-las juntas. Dessa forma, cruzariam entre si e eu sempre as teria à disposição, quando precisasse delas.

— E foi assim que nós começamos? Como comida?

— Isso mesmo.

Fiquei surpresa, mas não tive medo. Não pensei sequer por um minuto que ele iria me usar ou usar qualquer pessoa que eu conhecesse como comida.

— Que tipo de gente é mais saborosa? — perguntei.

— Pessoas com certa sensibilidade mental. Pessoas que têm ao menos um princípio de alguma habilidade incomum. Eu as encontrei em todas as raças com que tive contato, mas nunca em grande número.

Assenti.

— Psis — falei. — É a palavra de que precisa. Uma palavra que agrupa as habilidades de todos. Li em uma revista de ficção científica.

— Eu sei o que é isso.

— Você sabe tudo. Então, pessoas com alguma habilidade psiônica são mais "saborosas" do que outras. Mas não somos mais só comida, somos?

— Algumas das pessoas latentes são. Mas as ativas e ativas em potencial são parte de outro projeto. Já faz algum tempo.

— Que projeto?

— O de construir um povo, uma raça.

Então era isso. Pensei naquilo por um instante.

— Uma raça para você fazer parte? — perguntei. — Ou uma raça para você possuir?

Ele sorriu.

— É uma boa pergunta.

— Qual é a resposta?

— Bem… para conseguir um ativo, tenho que reunir pessoas de duas famílias latentes diferentes, pessoas que se repelem tão fortemente que preciso me apoderar de uma delas para poder juntá-las. Isso significa que sou o pai de cada geração de ativos. Então, talvez a resposta seja… um pouco de cada coisa.

***

Talvez a resposta fosse: muito de cada coisa. Talvez ele não tivesse me contado quanto eu era experimental, quanto eram diferentes as coisas que eu deveria fazer. E talvez também não tivesse contado a Karl.

Saí da cama tentando ignorar as partes doloridas do meu corpo. Tomei um banho longo e quente, na esperança de que a água levasse embora parte da dor. Ajudou um pouco. Quando finalmente me vesti e desci, não havia mais ninguém exceto Doro.

— Conte como foi enquanto toma o café da manhã — disse ele.

— Karl já não contou?

— Sim. Agora quero ouvir de você.

Contei. Sem incluir nada sobre minhas suspeitas. Apenas falei e o observei. Ele não parecia satisfeito.

— O que pode me dizer sobre os outros ativos que está prendendo? — perguntou ele.

Quase respondi "nada" antes de perceber que essa não era a verdade.

— Sei onde estão — expliquei. — E consigo diferenciá-los. Sei como se chamam e sei… — Parei de falar e o encarei. — Quanto mais me concentro, mais descubro sobre eles. Quanto você quer saber?

— Apenas me diga os nomes.

— Um teste? Tudo bem. Rachel Davidson, uma curandeira. Ela é parente de Emma. Trabalha em igrejas e finge curar através da fé, mas a fé não tem nada a ver com isso. Ela...

— Apenas os nomes, Mary.

— Tudo bem. Jesse Bernarr, Jan Sholto, Ada Dragan e Seth Dana. Há algum problema com Seth.

— O quê?

— Algum problema, algo doloroso. Não, espere um minuto, não é Seth que tem um problema. É o irmão dele, Clay. Entendi. Clay é um latente e Seth o está protegendo.

— Não é incômodo para você que a maioria dessas pessoas seja blindada?

— Não sabia que eram. — Verifiquei depressa. — Você tem razão. Todas são blindadas, menos Seth. Inferno, ainda estou blindada. Esqueci que a blindagem estava aí, mas está. Não diminuiu nem um pouco.

— Mas você não tem dificuldade para lê-las?

— Não. Só que é uma comunicação unilateral. Posso lê-las, mas nenhuma delas conseguiu descobrir quem sou. E nenhuma delas percebe quando as estou lendo. Um tempo atrás, eu podia sentir quando Karl estava me lendo. Sabia quando ele começava, quando parava e o que descobria.

— Consegue dizer se algum dos outros está mais perto de você, mais perto de Forsyth agora do que estavam quando reparou neles?

Analisei. Era como me virar para ler um cartaz. Muito fácil. E percebi algo que não tinha percebido antes.

— Dois deles estão muito mais perto. Rachel e Seth. Estão vindo de direções diferentes, e Rachel está se aproximando muito mais rápido, mas, Doro, os dois estão vindo para cá.

— E os outros?

Analisei outra vez.

— Também virão. Não têm escolha. Agora entendo. Meu padrão os está atraindo para cá.

Doro disse algo que, embora fosse em uma língua estrangeira, eu sabia que só podia ser um xingamento. Ele se aproximou e colocou a mão no meu ombro. Parecia preocupado. Aquilo era incomum para ele. Fiquei ali sentada, sabendo perfeitamente bem que ele estava pensando que teria que me matar. Essa coisa de padrão não fazia parte do plano, então. Eu era um experimento que estava dando errado bem diante dos olhos dele.

Fitei-o. Não estava com medo. Percebi que deveria estar, mas não estava.

— Dê uma chance — falei, com calma. — Espere os cinco chegarem e veremos como reagem.

— Você não sabe como os ativos geralmente reagem mal uns aos outros.

— A reação de Karl comigo foi bem ruim. Por que nos unir se não achava que poderíamos nos dar bem?

— Você e Karl são mais estáveis do que os outros; vocês vêm de quatro das minhas melhores linhagens. Deveriam se dar muito bem.

— Outro experimento. Tudo bem, ainda pode funcionar. Apenas dê uma chance. Afinal de contas, o que você tem a perder?

— Algumas pessoas muito valiosas.

Eu me levantei e o encarei.

— Você quer se desfazer de mim antes de saber quanto posso ser valiosa?

— Garota, não *quero* me desfazer de você coisa nenhuma.

— Então me dê uma chance.

— Uma chance para fazer o quê?

— Para descobrir se este grupo de ativos é diferente, ou se posso fazer com que sejam diferentes. Descobrir se eu ou meu padrão podemos impedir que matem uns aos outros, ou me matem. É disso que estamos falando, não é?

— Sim.

— E então?

Ele olhou para mim. Depois de um instante, assentiu. Eu nem mesmo me senti aliviada. Mas, até então, também nunca tinha me sentido ameaçada de verdade. Sorri para ele.

— Você está curioso, hein?

Ele pareceu surpreso.

— Conheço você. Quer mesmo saber o que vai acontecer, se será diferente do que já aconteceu antes. Porque isso já aconteceu antes, não é?

— Não exatamente.

— O que tinha de diferente antes? Posso aprender com os erros de meus predecessores.

— Você acha que ter aprendido alguma coisa antes da transição poderia ter ajudado a evitar que prendesse meus ativos no seu padrão?

Respirei fundo.

— Não. Mas me diga mesmo assim. Quero saber.

— Não quer, não. Mas vou dizer. Seus predecessores eram parasitas, Mary. Não exatamente como eu, mas, ainda assim, parasitas. E você também.

Refleti sobre aquilo. Depois sacudi a cabeça lentamente.

— Mas eu não machuquei ninguém. Karl estava bem do meu lado e eu não…

— Eu disse que você não era como eu. Mas tenho quase certeza de que você poderia ter matado Karl. Desconfio que ele se deu conta disso.

Eu me sentei. Ele finalmente dissera algo que me atingiu de verdade. Na minha cabeça, eu tinha meio que imaginado Karl como um super-homem. Via como ele dominava Vivian e os empregados. A casa e o estilo de vida dele eram provas evidentes de seu poder. Não era Doro, mas era um bom substituto.

— Eu poderia ter *matado* Karl? Como?

— Por quê? Quer tentar?

— Ai, merda, Doro, vamos. Quero saber como posso evitar tentar. Ou isso também será impossível?

— Essa é a pergunta para a qual quero uma resposta. É quanto a isso que estou curioso. Mais do que curioso. Seus predecessores nunca capturaram mais de uma pessoa ativa por vez. A primeira era sempre a que tinha ajudado na transição. Eles sempre precisaram de ajuda para passar pela transição. Se eu não a oferecesse, morriam. Por outro lado, se eu a fornecesse, mais cedo ou mais tarde matavam quem os havia ajudado. Nunca queriam matar e, especialmente, não queriam matar aquela pessoa. Mas não conseguiam evitar. Ficavam com... fome e matavam. Depois, se agarravam a outra pessoa ativa, a atraíam e passavam pelo processo de alimentação de novo. Infelizmente, sempre matavam outros ativos. Não posso pagar esse preço.

— Eles... trocavam de corpos, como você?

— Não. Pegavam aquilo de que precisavam e deixavam a carcaça.

Fiz uma careta.

— E os padrões lhes davam um acesso às vítimas que elas não conseguiam fechar, como você já sabe.

— Ah. — Senti-me quase culpada, como se ele estivesse me contando coisas que eu já tinha feito. Como se eu já tivesse matado as pessoas em meu padrão. Pessoas que não fizeram nada para mim.

— Então, consegue entender por que estou preocupado? — disse ele.

— Sim. Só não consigo entender por que quis alguém como eu por perto, por que criou alguém como eu, se tudo o que minha estirpe faz é se alimentar de outros ativos.

— Não é sua estirpe, Mary. Seus predecessores.

— Certo. Eles matavam um por vez. Eu mato vários de uma vez só. Que avanço.

— Mas será que vai matar vários de uma vez?

— Espero não matar ninguém, pelo menos não sem ter essa intenção. Mas você não me deu muito em que basear essa esperança. Para que sirvo, Doro? Em que direção você está avançando?

— Você sabe a resposta.

— Sua raça, seu império, sim, mas qual o meu lugar nisso tudo?

— Poderei dizer depois de te observar por um tempo.

— Mas...

— O que você tem a fazer agora é descansar para ter uma chance maior de lidar bem com as pessoas de seu povo quando elas chegarem aqui. Sua transição demorou muito mais do que o normal, então você provavelmente ainda está cansada.

Eu estava cansada. Tinha dormido apenas algumas horas. Mas eu queria respostas, mais do que queria descanso. Ele deixara bem claro, porém, que eu não as teria. Foi então que me dei conta do que ele tinha acabado de dizer.

— Meu povo?

— Tanto você como Karl dizem que você sente como se essa gente te pertencesse.

— E tanto Karl quanto eu sabemos que, se realmente pertencem a alguém além de si mesmos, é a você.

— Você me pertence — disse ele. — Portanto, não vou abrir mão de nada dando-lhe a responsabilidade por essas pessoas. Mas elas são suas, caso consiga lidar com todas sem matá-las.

Eu o encarei com surpresa.

— Uma das proprietárias — murmurei, lembrando-me dos pensamentos amargos que tivera duas semanas antes. — Como foi que, de repente, me tornei uma das proprietárias?

— Sobrevivendo à transição. O que precisa fazer agora é sobreviver à sua recém-adquirida autoridade.

Recostei-me na cadeira.

— Obrigada. Alguma sugestão?

— Algumas.

— Fale, então. Tenho a sensação de que vou precisar de toda a ajuda que conseguir.

— É bem provável. Primeiro, precisa se dar conta de que estou delegando essa autoridade a você simplesmente porque você vai precisar dela se quiser ter alguma chance de sobreviver com essa gente. Você vai ter que aceitar seus sentimentos de posse como legítimos e exigir que o povo a aceite de acordo com os seus próprios termos. — Ele fez uma pausa e me olhou com firmeza. — Mantenha essas pessoas fora da sua mente o máximo que puder. Use sua vantagem. Sempre saiba mais sobre elas do que elas sabem sobre você. Intimide-as em silêncio.

— Como você faz?

— Se conseguir…

— Tenho a sensação de que você está torcendo por mim.

— Estou.

— Bem… se fosse uma aposta, eu não perguntaria o porquê. Prefiro pensar que é porque você se importa comigo.

Ele apenas sorriu.

KARL

Karl nunca quis tanto, como naquele momento, quebrar algo, matar algo, matar alguém. Olhou para Vivian, sentada ao lado dele. Ela tinha a mente incendiada pelo medo e o rosto cautelosamente inexpressivo.

O barulho de uma buzina vindo de trás o fez saber que estava parado diante de um sinal verde. Conteve o impulso de xingar o motorista impaciente. Com sua habilidade, ele poderia matar. Matara duas vezes, acidentalmente, pouco depois de passar pela transição. Perguntou-se por que se privou de fazer aquilo de novo. Que diferença faria?

— Vamos voltar para casa? — perguntou Vivian.

Karl lhe lançou um olhar e depois fitou ao redor. Percebeu que estava voltando para Palo Verde. Tinha saído de casa sem um destino específico, só queria ficar longe de Mary e Doro. Tinha dado uma grande volta e agora estava voltando em direção a eles. E não era apenas um impulso inconsciente qualquer que o conduzia. Era o padrão de Mary.

Ele encostou no meio-fio, parando embaixo de uma placa que dizia proibido estacionar. Recostou-se no assento, de olhos fechados.

— Pode me dizer qual é o seu problema? — Vivian sondou.

— Não.

Ela estava fazendo tudo o que podia para manter a calma. Era o silêncio dele que a assustava. O silêncio e a raiva evidente.

Ele se perguntava por que a trouxera junto. Depois se lembrou.

— Você não vai me deixar — disse.

— Mas se Mary passou pela transição e está bem...

— Eu disse que você não vai embora!

— Tudo bem. — Ela estava quase chorando de medo. — O que vai fazer comigo?

Ele se virou fuzilando-a com o olhar, enojado.

— Karl, pelo amor de Deus! Diga o que há de errado. — Agora ela estava chorando.

— Fique quieta. — Será que ele já a amara de fato? Será que ela já tinha sido algo mais do que um animal de estimação, como as outras mulheres dele? — Como foi com Doro ontem à noite? — quis saber.

Ela pareceu espantada. De mútuo acordo, eles nunca discutiram as noites dela com Doro. Pelo menos não até aquele momento.

— Doro? — disse ela.

— Doro.

— Ah, agora... — Ela fungou, tentou se recompor. — Agora... Só um minuto...

— Como foi?

Ela franziu a testa para ele, sem acreditar.

— Não pode ser isso que está incomodando você. Não depois de todo esse tempo. Não como se fosse minha culpa!

— É um corpo muito bom o que ele está usando — disse Karl. — E percebi, pelo jeito como estava pendurada nele hoje de manhã, que ele deve lhe ter dado uma bela...

— Chega! — A indignação dela estava substituindo o medo bem depressa.

Um animal de estimação, ele pensou. Que diferença fazia o que se diz ou causa a um animal de estimação?

— Vou desobedecer a Doro quando você fizer o mesmo — falou ela, com frieza. — Quando você se recusar a fazer o que ele manda e sustentar a recusa, eu fico do seu lado!

Um animal de estimação. O livre-arbítrio dos animais de estimação só era tolerado enquanto o dono estivesse se divertindo.

— Você se irrita reclamando de Doro e de mim — murmurou ela. — Você mesmo iria para a cama com ele se ele mandasse.

Karl bateu nela. Nunca tinha feito uma coisa assim antes, mas foi fácil.

Ela gritou. Depois, ingenuamente, tentou sair do carro. Ele agarrou o braço dela, puxou-a de volta, bateu nela de novo, e de novo.

Ele estava ofegante quando parou. Ela, ensanguentada e quase inconsciente, caída no banco, chorando. Ele não a controlou. Queria usar as mãos. Apenas as mãos. E não estava satisfeito. Poderia tê-la machucado mais. Poderia tê-la matado.

Sim, mas e depois? Quantos problemas a morte dela apagaria? Teria que se livrar do corpo e, depois, voltar para seu senhor e, a esta altura, céus, para sua senhora. Mas, ao menos, assim que chegasse, o padrão de Mary pararia de puxá-lo, arrastá-lo, subvertendo sua vontade tão facilmente quanto ele subvertia a de Vivian. Nada mudaria, porém, exceto que Vivian teria ido embora.

Apenas um animal de estimação?

Em quem ele estava pensando? Em Vivian ou em si mesmo? Agora que Doro o havia enganado para prendê-lo em uma coleira, poderia ser em qualquer um dos dois, ou em ambos.

Ele pegou Vivian pelos ombros e fez com que ela se sentasse. Havia feito um corte nos lábios dela. Era de onde vinha o sangue. Pegou um lenço e limpou-os como pôde. Ela o fitou, hesitando entre o medo e a raiva; depois desviou o olhar.

Sem uma palavra, ele a levou ao Monroe Memorial Hospital. Lá, estacionou, sacou o talão de cheques e preencheu. Arrancou-o e o colocou nas mãos dela.

— Vá embora, se afaste de mim enquanto pode.

— Eu não preciso de um médico.

— Tudo bem, então não vá ao médico. Mas vá embora!

— É muito dinheiro — disse ela, olhando para o cheque. — É para me pagar pelo quê?

— Não é para pagar você — respondeu ele. — Meu Deus, você sabe muito bem disso.

— Sei que não quer que eu vá. Tanto faz o motivo da sua raiva, você ainda precisa de mim. Não achei que precisasse, mas precisa.

— Para o seu bem, Vee, vá embora!

— Eu decido o que é para o meu bem. — Calmamente, rasgou o cheque em pedacinhos. Olhou para ele. — Se você realmente quisesse que eu fosse embora... Se quiser que eu vá agora... Você sabe como fazer isso acontecer. Você sabe.

Ele a olhou por um longo tempo.

— Está cometendo um erro.

— E você está permitindo.

— Se ficar, esta pode ser a última vez que terá liberdade para cometer seus próprios erros.

— Você está errado em tentar me colocar tanto medo, já que quer tanto que eu fique.

Ele não disse nada.

— E eu vou ficar enquanto você deixar. Vai me dizer qual o problema agora?

— Não.

Ela suspirou.

— Tudo bem — respondeu, tentando não parecer magoada. — Tudo bem.

6
DORO

Quando Rachel Davidson chegou, ocorreu a Doro que ela era a mais sutilmente ameaçadora dos sete ativos. Mary era a mais perigosa, sem dúvida, embora ele duvidasse que ela já tivesse compreendido isso. Mas não havia nada de sutil nela. Rachel, como Mary havia dito, era parente de Emma. Filha da mais bem-sucedida neta de Emma, Catherine, uma mulher que poderia facilmente ter vivido mais do que Emma se controlasse melhor sua blindagem mental. O que ocorrera é que havia desperdiçado muito de seu tempo e de sua energia tentando manter o ruído mental do resto da humanidade fora de sua mente, como se fosse uma latente. Mas uma latente teria sido menos sensível. Aos 39 anos, Catherine Davidson simplesmente decidiu que não aguentava mais. Deitou-se e morreu. Todas as curandeiras anteriores de Doro tinham tomado decisões semelhantes. Mas Rachel tinha apenas 25 anos e a blindagem mental dela era muito melhor. Doro esperava que a decisão dela, caso ela a tomasse, ainda demorasse vários anos. De qualquer forma, ela estava viva naquele momento, e seria mais problemática do que Mary poderia prever ter de lidar em tão pouco tempo. Mas Doro decidiu observar um pouco antes de advertir Rachel. Antes de dar a Mary a ajuda de que ela não sabia ainda precisar. Ele se sentou perto da lareira e observou o encontro das duas mulheres.

Rachel era uns vinte centímetros mais alta, tinha a pele vários tons mais escura e, pela expressão em seu rosto, estava muito confusa.

— Seja quem for — disse —, é você quem estou procurando, a pessoa que me chamou aqui.

— Sim.

— Por quê? Quem é você? O que quer?

— Meu nome é Mary Larkin. Entre e sente-se. — Então, depois que Rachel se sentou: — Sou uma ativa, como você. Ou melhor, não exatamente como você. Sou um experimento. — Ela olhou para Doro. — Um dos experimentos dele que saiu do controle.

Rachel e Doro se olharam fixamente, Doro estava quase tão surpreso quanto Rachel. Mary nitidamente não permitiria que ele fosse o observador que pretendera ser.

— Doro? — perguntou Rachel, hesitante.

— Sim.

— Graças a Deus. Se você está aqui, isso deve fazer algum sentido. Acabei de sair no meio de um culto em Nova York. Estava tão desesperada para chegar aqui que tive que roubar o lugar no avião de algum infeliz.

— O que fez com Eli? — perguntou Doro.

— Deixei que cuidasse do resto dos cultos do dia. Ninguém vai ser curado, eu sei, mas com certeza ele vai distrair as pessoas. Doro, o que está acontecendo?

— Um experimento, como Mary falou.

— Mas obviamente ainda não está fora de controle. Ela ainda está viva. Ou isso é temporário?

— Se for, não é da sua conta — disse Mary depressa.

— Não seria se você não tivesse me arrastado até aqui — respondeu Rachel. — Mas já que arrastou...

— Já que arrastei, Rachel, e já que ainda estou viva, é melhor você contar comigo por aqui por um tempo.

— Contar com isso ou resolver tudo sozinha — resmungou Rachel. E então franziu a testa. — Como você sabe meu nome? Eu não falei.

— Falou, sim. Hoje de manhã, quando todo esse inferno começou. Quando ele deveria ter terminado para mim. — De repente, Mary pareceu ceder. Parecia estar mais do que cansada, Doro pensou. Parecia um pouco assustada. Doro tinha feito com que ela descansasse por algumas horas antes da chegada de Rachel. Mas quanto ela conseguiria descansar de verdade pensando no que a aguardava? Pensando, mas sem saber de fato o que aconteceria?

— Do que está falando? — Rachel quis saber.

— Minha transição terminou hoje de manhã — explicou Mary. — E depois, como se isso já não bastasse, essa outra coisa, esse padrão, simplesmente passou a existir. De repente, eu estava segurando seis ativos de uma forma que não compreendi. Segurando e os chamando para virem aqui.

Rachel a observava, ainda fazendo uma careta.

— Imaginei que havia outras pessoas, mas a coisa toda foi tão insana que não confiei nos meus próprios sentidos. Os outros estão vindo para cá, então?

— Sim. Estão a caminho.

— Você nos quer aqui?

— Não! — A veemência de Mary assustou Doro. Ela já tinha concluído que ser "uma das proprietárias" era tão ruim?

— Então, por que não nos liberta? — questionou Rachel.

— Eu tentei — contou Mary. — Karl tentou. Meu marido. Ele é ativo há uma década e não conseguiu encontrar uma saída. Até onde sei, a única pessoa que pode ter algumas ideias úteis é Doro.

E as duas mulheres olharam para ele. A atitude de Mary mudara por completo. De repente, ela estava se esquivando da chance pela qual havia quase implorado pouco antes. E continuava jogando a responsabilidade para Doro, continuava dizendo, de uma forma ou de outra, "a culpa é dele, não minha!". E era verdade, mas ela se prejudicaria se não parasse de enfatizar esse fato. Rachel quase já a desprezava, como se não tivesse nenhuma relevância concreta. Ela era irritante. Nada mais que isso. E curandeiras eram muito eficientes em se livrar de gente irritante.

— Que tipo de chamado você recebeu, Rae? — perguntou ele. — Foi como um comando verbal, ou foi como...

— No começo, foi como ser atingida por um cassetete — disse ela. — E o ruído... uma estática mental como a dos piores momentos da transição. Talvez eu estivesse captando o fim da transição de Mary. Depois fui atraída para cá. Palavras podem ter sido ditas. Mas só estava ciente das imagens que me permitiam ver para onde estava indo. As imagens e aquela compulsão terrível que se instalou, para que eu viesse. Tive que vir. Não tive escolha.

Doro concordou com a cabeça.

— E agora que está aqui, acha que poderia ir embora, se quisesse?

— Eu quero.

— E não pode?

— Eu poderia, sim. Mas não ficaria muito bem. No aeroporto, percebi que estava a poucos quilômetros daqui. Queria que isso fosse o suficiente. Queria encontrar um hotel e esperar até que a pessoa que estava me chamando se cansasse e desistisse. Fui a um hotel e tentei me hospedar. Minha mão tremia muito, e eu não conseguia escrever no registro. — Encolheu os ombros. — Tive que vir. Agora que estou aqui, tenho que ficar, ao menos até que alguém descubra uma maneira de fazer esse seu experimento me libertar.

— Então, vai precisar de um quarto por aqui — respondeu Doro. — Mary.

Mary olhou dele para Rachel.

— Lá em cima — falou, em tom inexpressivo. — Vamos.

Elas já estavam saindo da sala quando Doro voltou a falar.

— Espere um pouco, Rae. — As duas mulheres pararam.

— É possível que, em alguns dias, você precise da minha ajuda mais do que Mary, mas agora ela está saindo da transição.

Rachel não disse nada.

— É melhor que ela não pegue nem um resfriado, curandeira.

— Vai mandar os outros ficarem longe dela também, quando chegarem aqui?

— É óbvio. Mas como você já está aqui e como já deixou claro como se sente, achei que não precisava esperar para falar com você.

Ela sorriu, um pouco contrariada.

— Tudo bem, Doro, não vou machucá-la. Mas me tire dessa, por favor. Sinto como se estivesse usando a droga de uma coleira.

Doro não falou nada em relação a isso. A Mary, disse:

— Volte quando tiver instalado Rachel. Quero falar com você.

— Certo. — Ela deve ter lido algo do que ele queria dizer pelo tom dele. Parecia apreensiva. Mas não importava. Já era adulta e estava a um passo de se tornar um sucesso. O primeiro sucesso de sua linhagem. Ele iria pressioná-la. Ela era capaz de suportar e, naquele exato momento, precisava ser capaz.

Mary voltou alguns minutos depois. Ele apontou para uma cadeira de frente a ele.

— Está blindada? — perguntou.

— Sim.

— Pode dizer, pelo seu padrão, se alguém está perto daqui, chegando? — A habilidade dele dizia que não.

— Não — disse ela.

— Ótimo. Não seremos interrompidos. — Olhou para ela em silêncio por um longo instante. — O que aconteceu?

Os olhos dela resvalaram para longe dele.

— Não sei. Acho que estava nervosa, só isso.

— É claro que estava. O segredo é não revelar isso para todo mundo.

Ela voltou a olhar para ele, franzindo as sobrancelhas. O rosto pequeno e expressivo dela era uma máscara de preocupação.

— Doro, eu vi essas pessoas mentalmente e elas não me assustaram. Não senti nada. Precisei ficar lembrando a mim mesma que elas provavelmente são perigosas, que precisaria ter cuidado. E mesmo enquanto fazia isso, acho que não acreditava de verdade. Mas agora... conhecendo apenas uma delas...

— Você está com medo da Rachel?

— Sim, pra caramba.

Era incomum que ela admitisse algo assim. Rachel devia a ter abalado completamente.

— O que ela tem que assusta você?

— Não sei.

— Pois deveria saber.

Ela pensou por um momento.

— No começo, foi só uma sensação, como a que ignorei quando tentei ler você hoje de manhã. Uma sensação de perigo. Uma sensação de que ela poderia cumprir as ameaças que estava evitando fazer. — Mary parou de falar e olhou para Doro, que não disse nada. Ela continuou: — Acho que o que ela tem de perigoso é o que você deu a entender um pouco antes de subirmos: se ela pode curar doentes, provavelmente também pode fazer as pessoas ficarem doentes.

— Eu não disse para você adivinhar — afirmou Doro. — Disse que você deveria *saber*. Você pode ler cada pensamento dela, cada uma de suas memórias, sem que ela perceba. Use sua habilidade.

— É. — Ela respirou fundo. — Ainda não estou acostumada. Acho que, com o tempo, vou fazer isso automaticamente.

— Melhor que sim. E quando acabarmos de falar, quero que leia todos eles. Incluindo Karl. Quero que aprenda os pontos fortes e fracos deles. Quero que os conheça melhor do que eles conhecem a si mesmos. Não quero que fique insegura ou com medo de mais ninguém.

Ela pareceu um pouco surpresa.

—Tudo bem, posso aprender sobre eles, certo. Mas quanto a não ter medo... Se uma pessoa como Rachel quiser me matar, não vou conseguir impedi-la só porque a conheço. — Fez uma pausa. — Agora eu sei, acabei de descobrir... que a Rachel pode me causar um ataque cardíaco, ou uma hemorragia cerebral, ou qualquer outra coisa mortal que ela queira. Eu sei disso, mas e daí?

— O que mais você descobriu sobre ela?

— Lixo. Nada que possa usar. Coisas sobre a vida pessoal, o trabalho. Vejo que ela também é uma espécie de parasita. Isso deve ser uma característica da minha família.

— É claro que sim. Mas ela não tem nada que chegue perto do seu poder. E você viu uma coisa que nem percebeu, menina.

— O quê?

— Você é, pelo menos, tão perigosa para Rachel quanto ela é para você. Já que consegue ler através da blindagem dela, ela não será capaz de te surpreender, a menos que você seja descuidada. Caso a perceba se aproximando, deve ser capaz de a impedir.

— Não vejo como, a menos que a mate. Mas não importa. Eu a estava lendo de novo, enquanto você falava. Ela não está disposta a vir atrás de mim, agora que você a mandou não me ameaçar.

— Não, ela não faria isso. Mas nem sempre estarei entre vocês duas. Estou te ganhando tempo, mas não muito, para aprender a lidar com essas pessoas. É melhor que o aproveite.

Ela engoliu em seco e assentiu.

— Você entende o que Rachel faz? Percebe que você é para ela, e para os demais, o mesmo que ela é para as congregações?

— Uma espécie de vampiro mental que drena as energias... ou alguma outra coisa das pessoas. Uma força? A força vital? Não sei como chamar.

— Não importa como você chame. Ela tem que sugar essa energia para curar, e a cura é o único propósito que ela tem na vida. Consegue entender que o que ela forma, em cada um dos cultos, é uma espécie de padrão temporário?

— Sim. Mas pelo menos ela não mata ninguém.

— Mas poderia, com muita facilidade. Normalmente as pessoas não têm defesa contra o que ela faz, a maneira como ela se alimenta. Se ela extrair muito de seu público, acabaria matando as pessoas muito idosas, as muito jovens, as fracas, até mesmo as doentes que pretendia curar.

— Entendo.

— Entenda também que, embora você possa tirar algo dela, ela não pode tirar nada de você.

— Porque posso me blindar contra ela.

— Você não precisa se blindar. Deixe que ela entre, se quiser.

— O que você quer dizer? — Ela olhou para ele horrorizada.

— Exatamente o que você acha que quero dizer.

Ela franziu a testa.

— Agora está me dizendo tudo bem se eu matar? Sendo que, poucas horas atrás, disse...

— Sei o que eu disse. E continuo não *querendo* que ninguém morra. Mas estou apostando em você, Mary. Se você sobreviver no meio dessas pessoas, tenho uma chance de sair ganhando.

— Sair ganhando seu império. Será que existe alguém cuja vida você não colocaria em risco pelo seu maldito império?

— Não.

Por um instante, ela o contemplou, com raiva. Em seguida, a raiva desapareceu como se ela não tivesse energia para sustentá-la. Doro estava acostumado com aquele olhar. Todo seu povo o encarava daquela forma em algum momento. Era um olhar de submissão.

— O que decidi fazer — disse Doro — foi dar a você a vida de um ativo, se você precisar. Vou deixar passar se tiver de usar alguém como punição exemplar, desde que se controle e não extrapole o limite de uma vida.

Ela refletiu sobre aquilo por um longo tempo.

— Permissão para matar — disse ela, por fim. — Não sei como me sentir em relação a isso.

— Espero que não precise fazer uso dela. Mas não a quero totalmente em desvantagem.

— Obrigada. Acho. Meu Deus, espero ser como Rachel. Espero não ter que matar.

— Não vai descobrir até começar por alguém.

Ela suspirou.

— Já que é tudo culpa sua, você vai ficar por aqui por um tempo? Não terei Karl. Vou precisar de alguém.

— Essa é outra coisa.

— O quê?

— Pare de dizer aos ativos que a sua única demonstração de poder, a única coisa que fez que eles não podem rechaçar nem desfazer, é minha culpa.

— Mas é...

— Óbvio que é. E no instante em que perceberem que estou aqui, saberão disso. Não precisam ser informados. Especialmente porque, quando você fala isso, soa como se implorasse por compaixão. Eles não têm, menina. Vão sentir por você tanta pena quanto a que você sente por Vivian ou por Rina.

Isso pareceu a deixar lúcida.

— Você vai precisar crescer, Mary — disse ele, calmamente. — Vai precisar crescer depressa.

Ela examinou as próprias mãos, grandes, francamente feias, sua pior característica. Estavam pousadas, entrelaçadas, no colo.

— Fique um pouco comigo, Doro. Farei o melhor possível.

— Eu pretendia ficar.

Ela não se deu ao trabalho de esconder o alívio. Ele se levantou e foi até ela.

MARY

Houve alguns incidentes quando meus ativos chegaram. Eu havia sondado a mente de cada um e, exceto por Rachel, consegui descobrir tudo sobre eles antes mesmo de conhecê-los, para que nenhum deles me surpreendesse demais.

Doro deu uma puta de uma surra em Jan assim que ela chegou, porque ela tinha feito alguma idiotice. Se não fosse o caso, acho que ele não teria nem encostado nela. Uma das crianças que ela teve com ele havia morrido, e ele não ficou nem um pouco feliz com isso. Ela disse que foi um acidente. Ele sabia que era a verdade. Mas ela entrou em pânico.

Ele estava falando com ela, de um jeito não muito delicado, e por algum motivo começou a avançar. Ela correu, saindo pela porta da frente. Coisa que ele não permite. Nunca fuja. Nunca corra. Ele a chamou de volta, advertindo-a. Mas ela continuou. Ele teria ido atrás se eu não o tivesse impedido.

— Ela vai voltar — falei, apressada. — Dê uma chance. O padrão a trará de volta. — Fiquei pensando por que me dei ao trabalho de tentar ajudá-la. Não deveria ter me importado com o que lhe aconteceria. Ela tinha lançado um olhar para mim e para Rachel de relance e pensado: *"Meu Deus, gente negra!"*. E foi com ela que Doro escolheu ter filhos. Sem dúvida, Rachel e Ada teriam sido mães melhores.

Enfim, Doro esperou, mais por curiosidade do que qualquer outra coisa, acho. Jan voltou em mais ou menos meia hora. Voltou se xingando por ser covarde e acreditando que Doro com certeza a mataria dessa vez. Em vez disso, ele a levou para o quarto e lhe deu uma surra. Bateu nela por sabe Deus quanto tempo. Pudemos ouvir os gritos no início. Fiquei lendo os outros e descobri o que imaginei que descobriria. Cada um deles sabia, por experiência própria, como as surras de Doro podiam ser ruins. Eu mesma sabia, como os outros, ainda que a última vez tivesse sido alguns anos atrás.

Simplesmente ficamos sentados, sem olhar uns para os outros, esperando que acabasse. Depois de um tempo, tudo ficou quieto. Jan ficou três dias de cama. Doro proibiu que Rachel a ajudasse.

Rachel tinha muito a fazer cuidando de Jesse quando ele chegou. Ele foi o último a chegar, porque perdeu dois dias tentando lutar contra o padrão. Chegou ensandecido, cansado e ainda muito ferido da briga que arrumara no dia em que o chamei. Descobri isso lendo a mente dele. E descobri a respeito da cidadezinha que ele dominava na Pensilvânia, as coisas que fazia com as pessoas de lá e a maneira como fazia com que o amassem por causa disso. Estava disposta a odiá-lo até a morte. Conhecê-lo pessoalmente não me deu nenhuma razão para mudar de ideia.

Ele disse:

— Sua vadia de olhos verdes, não sei como me arrastou até aqui, mas é melhor me soltar. Depressa.

Eu estava de mau humor. Fazia dois dias que ouvia versões ligeiramente diferentes daquela mesma ladainha de todo mundo. Respondi:

— Cara, se não encontrar um jeito melhor de me chamar, vou bater em você até arrancar o restante dos seus dentes.

Ele fixou os olhos em mim, como se não tivesse certeza de ter escutado direito. Acho que ele não estava muito acostumado com que as pessoas respondessem e saíssem por cima. Ele veio em minha direção. As três palavras que conseguiu cuspir foram:

— Escute aqui, vadia...

Peguei uma escultura pequena e pesada, um cavalo de pedra, da mesinha ao meu lado e tentei quebrar o queixo dele com aquilo. Meus pensamentos estavam blindados, para que ele não pudesse antecipar o que eu faria, como fez com o sujeito em que batera em Donaldton. Eu o deixei caído no chão, sangrando, e subi até o quarto de Rachel.

Ao meu batido, ela atendeu e ficou parada na soleira da porta me olhando.

— E aí?

— Venha para baixo — falei. — Tenho um paciente para você.

Ela franziu o cenho.

— Alguém ferido?

— É, Jesse Bernarr. Foi o último membro de nossa "família" a chegar. Chegou um pouco mais furioso do que a maioria.

Consegui sentir Rachel percorrer o andar de baixo da casa com sua percepção. Encontrou Jesse e se concentrou firmemente nele.

— Ah, tudo bem — murmurou depois de um instante.
— E eu sem nada de que me valer.

Mas foi direto até ele. Eu a segui, porque queria observá-la curando-o. Até então, só havia visto as memórias dela.

Ela ajoelhou ao lado dele e tocou-o no rosto. De repente, estava olhando os ferimentos por dentro, primeiro analisando-os e depois estimulando a cura. Eu não conseguia encontrar palavras para descrever como ela fazia aquilo. Pensei que conseguia entender. Conseguia até mostrar a outra pessoa, mentalmente. Mas não teria conseguido falar sobre aquilo. Comecei a me perguntar se seria capaz de fazer a mesma coisa.

Rachel ainda estava ocupada com Jesse quando saí. Entrei na cozinha, meio atordoada, repassando mentalmente várias outras curas de Rachel, as que tinha captado da memória dela. O que aprendi naquele momento tornou tudo mais claro. Eu me senti como se tivesse começado a entender uma língua estrangeira, como se a estivesse ouvindo repetidamente e, de repente, um pouco daquilo fizesse sentido para mim. E esse pouco me revelasse mais coisas.

Abri uma gaveta e tirei uma faquinha de descascar. Coloquei-a no braço esquerdo, pressionei-a, cortei depressa. Nada profundo. Nada muito profundo. Doeu para diabo, mesmo assim. Fiz um corte de uns sete centímetros, depois joguei a faca na pia. Deixei meu braço sobre a pia também, porque começou a sangrar. Fiz a dor parar, só para ter certeza de que era capaz. Foi fácil. Depois, deixei voltar a doer. Queria sentir tudo o que fazia de todas as formas possíveis. Estanquei o sangramento. Fechei os olhos e deixei os dedos da minha mão direita se moverem sobre o corte. De alguma forma, era melhor assim. Consegui concentrar minha percepção no ferimento e vê-lo por dentro, sem me distrair com o que meus olhos viam.

Meu braço esquentou quando comecei a cura, e foi ficando mais e mais quente. Mas não era uma sensação realmente desagradável, e não tentei dissipá-la. Depois de um tempo, ele esfriou, e senti que estava completamente curado.

Abri os olhos e o analisei. Ainda havia sangue em parte do braço, onde havia escorrido. Mas no lugar do corte não consegui ver muito mais do que uma cicatriz fina. Enxaguei o braço sob a torneira e o olhei novamente. Nada. Só a pequena cicatriz que ninguém sequer veria, a menos que a estivesse procurando de perto.

— Bom… — Escutei a voz de Rachel atrás de mim. — Doro falou que você era minha parente.

Virei-me para olhá-la, sorrindo, um pouco mais orgulhosa de mim mesma do que deveria estar na presença de uma mulher que chegava perto de ressuscitar os mortos.

— Só quis ver se eu conseguiria fazer isso.

— Demorou cerca de cinco vezes mais do que deveria para um arranhãozinho de gato como esse.

— Merda, quanto tempo você demorou na primeira vez que tentou? — Então pensei ter encontrado uma chance de fazer as pazes com ela. Eu vivia discutindo com os ativos desde que tinham chegado. Era hora de parar. Era mesmo. — Deixa para lá — falei. — Você tem razão. Demorei muito, em comparação com você. Talvez pudesse me ajudar a aprender como acelerar o processo. Talvez também pudesse me ensinar um pouco mais sobre o processo de cura.

— Ou aprende sozinha ou não aprende — respondeu ela. — Ninguém me ensinou.

— Havia alguém que poderia ter te ensinado por perto? Ela não disse nada.

— Olha, você seria uma boa professora, e eu quero aprender.

— Boa sorte.

— Então vá para o inferno. — Afastei-me dela, indignada, e fui até a geladeira para preparar um sanduíche de presunto e queijo para mim. Em parte, era magra porque normalmente não beliscava coisas assim, mas naquele momento estava com fome. Achei que Rachel iria embora, mas não foi.

— Onde está a cozinheira? — perguntou.

— No quarto dela assistindo novelas, acho. Normalmente é onde ela fica quando não está aqui.

— Você poderia chamá-la?

— Por quê?

— Fiz Jesse dormir quando terminei, mas senti como ele está com fome.

Fiquei parada, com o sanduíche a meio caminho da boca.

— Ele está? E como *você* se sente? — Eu não precisava perguntar. Podia lê-la mais depressa do que ela conseguia falar.

— Bem. Nem um pouco esgotada. Eu... — Ela me olhou, de repente acusadora. — Você sabe como devo estar me sentindo, não é?

— Sim.

— E como sabe?

Fiquei surpresa ao perceber como não queria contar a ela. Nenhum deles sabia que eu era capaz de ler através das blindagens, que não podiam fazer nada para me impedir de entrar. E já me odiavam o suficiente. Mas eu estava decidida a não esconder minha habilidade. A não agir como se tivesse vergonha dela ou sentisse medo daquelas pessoas.

— Li sua mente — revelei.

— Quando? — Ela estava começando a parecer ultrajada.

— Isso não importa. Mas que inferno, nem lembro quando, exatamente.

— Estive blindada na maior parte do tempo. A menos que você tenha me lido agora, enquanto eu estava curando... Você estava me lendo essa hora, não é?

— Sim.

— Você viu o que fiz, depois veio testar em si mesma.

— Exato. Não lhe parece estranho você não se sentir esgotada?

— Depois falamos disso. Quero saber mais sobre essa intromissão. Não senti você me lendo.

Respirei fundo.

— Eu poderia dizer que isso aconteceu porque você estava muito ocupada com Jesse, mas não vou me dar a esse trabalho. Rachel, você nunca vai me sentir lendo você, a menos que eu queira.

Ela ficou me encarando em silêncio por vários segundos.

— É parte da sua habilidade especial, então. Pode ler as pessoas sem que elas percebam. E... pode ler as pessoas sem atenuar a sua blindagem o suficiente para que também possa ser lida. Porque você não estava aberta agora há pouco. Eu teria notado. — Ela parou como se esperasse que eu dissesse algo. Eu não disse nada. Ela continuou: — E você pode ler as pessoas através das blindagens. Não pode?! — Era uma pergunta e uma acusação. Como se estivesse me desafiando a admitir.

— Sim — falei. — Posso.

— Então, você tirou nossa privacidade mental, além da nossa liberdade.

— Parece que também dei algo a você.

— O que você me deu?

— Libertei você da necessidade parasitária que, às vezes, faz você se sentir tão culpada.

— Se você não estivesse se escondendo atrás de Doro, eu mostraria quanto aprecio seu presente.

— Com certeza, tentaria. Mas já que Doro está do meu lado, não deveríamos, pelo menos, tentar nos dar bem?

Ela se virou e se afastou de mim.

Nada ficou definido e sofri mais um golpe. Mas ao menos estava começando a aprender a curar. Tive a impressão de que deveria aprender o máximo que pudesse sobre isso, o mais rápido que conseguisse. Caso Rachel fizesse alguma tentativa desesperada.

Mas ninguém tentou nada por algum tempo. Houve apenas a discussão de praxe. Jesse prometeu que iria me "pegar". Ele era um sujeito enorme, burro, atarracado, louro, bonito, cruel: um encrenqueiro. Mas, de alguma forma, era o único ativo de quem nunca tive medo. E estava precavido quanto a mim. Acreditava que eu era louca e se mantinha longe, apesar de suas ameaças.

As pessoas começaram a se reunir pela casa para fazer algo mais do que brigar.

Seth começou a dormir no quarto de Ada, nosso animalzinho assustado, que começou a parecer um pouco mais viva.

Certa noite, Jesse foi ao quarto de Rachel, para lhe agradecer pela cura. O agradecimento deve tê-la deixado satisfeita. Na noite seguinte, ele voltou para agradecer de novo.

Karl me deu bom-dia uma vez. Acho que escapou.

Rachel disse para Doro (não para mim) que eu estava certa. Agora, ela conseguia curar sem ter que tirar forças de uma plateia. Na verdade, disse que não tinha certeza se ainda poderia tirar forças do público. Disse que o padrão a tinha transformado, a tinha limitado de algum modo. Agora, parecia estar usando a força do próprio paciente para curá-lo, o que seria perigoso se, para início de conversa, o paciente estivesse em péssimo estado. Jesse só precisou comer uns dois bifes quando ela permitiu que ele acordasse. Bifes, muitas batatas fritas, salada e quase um litro de leite. Mas Jesse era um sujeito tão grande que imaginei que era como ele estava acostumado a comer. Descobri, depois, que estava certa. Logo, era evidente, a cura não o enfraqueceu demais.

Fiquei no meu canto durante aqueles primeiros dias. Observei todo mundo, quer dizer, li todo mundo. Descobri que Rachel espalhara a notícia sobre minhas habilidades, e todo mundo percebeu que eu observava. Ninguém gostou disso. Todos pensavam um monte de merda a meu respeito quando estávamos no mesmo espaço. Mas quase nunca as lia quando estava diretamente com elas, conversando com elas. Tinha de manter a atenção no que estavam dizendo. Por isso, demorei um pouco para perceber que estava sendo amaldiçoada de duas maneiras diferentes.

Porém estava me adaptando. Aprendendo a não ter medo de nenhum deles. Nem mesmo de Karl. Eram todos mais velhos do que eu e todos fisicamente maiores. Por um tempo, precisei repetir a mim mesma que não poderia deixar que isso tivesse importância. Se continuasse permitindo que me acuassem, nunca seria capaz de lidar com eles. Depois de um tempo, comecei a acreditar naquilo. Talvez eu estivesse sendo influenciada pelo tipo de pensamento que tirava deles quando estavam desprevenidos. Às vezes, mesmo enquanto estavam reclamando, discutindo ou me xingando, estavam cientes de estar bastante confortáveis com o padrão. Jesse não captava nenhum tipo de estática mental que costumava impedi-lo de dirigir, e Jan não precisava ficar o tempo todo cautelosa com as coisas em que tocava, preocupada com as imagens mentais latentes que costumava absorver dos objetos. E Rachel, é claro, não precisava de seu público. E Clay Dana não precisava tanto da ajuda de Seth como precisara antes de estar conosco. Ele parecia estar se beneficiando de algum jeito com o padrão, mesmo que não fosse um dos integrantes. E isso dava a Seth mais tempo para Ada.

Todos estavam se adaptando. Mas não gostavam disso. Tinham medo não só de estar ficando acostumados às coleiras, mas também de começar a ver vantagens na situação. Tinham um medo dos diabos de que talvez estivessem cedendo da mesma forma que as pessoas comuns cediam a eles: de estarem ficando satisfeitos na condição de escravizados, como os funcionários de Karl. O medo fazia com que lutassem ainda mais contra mim. Eu conseguia compreender tais sentimentos, mas isso não bastava. Eu tinha que fazer algo. Estava cansada de ouvir a respeito deles. Refleti por um tempo, depois fui falar com Doro.

Agora eu me tornara mais dependente de Doro, que era a única pessoa na casa com quem eu podia falar sem ser acusada, xingada ou ameaçada. Tinha praticamente me mudado para o quarto dele. Então, uma noite, mais ou menos duas semanas depois da transição, entrei no quarto dele, me joguei na cama e disse:

— Certo, acho que isso já foi longe o bastante.

— Isso o quê? — perguntou ele. Estava na escrivaninha, rabiscando em um caderno algo parecido com hieróglifos egípcios antigos.

— Todo mundo aqui sentado, esperando por algo que não vai acontecer — respondi. — Esperando que o padrão simplesmente desapareça.

— O que vai fazer?

— Reunir todo mundo e fazer com que encarem os fatos. E depois, quando pararem de gritar, levá-los a pensar no que podem fazer de si mesmos apesar do padrão. — Eu me sentei e o encarei. — Ora, são todos telepatas. Não precisam ser capazes de se deslocar para longe de casa para fazer algum trabalho. E só Deus sabe como precisam de algo para fazer!

— Trabalho?

— Exato. Ocupações, interesses, objetivos. — Eu pensava nisso havia dias. — Podem ter suas próprias ocupações. Assim vão ter menos tempo para reclamar de mim. Rachel pode ter uma igreja, se quiser. Os outros podem procurar por aí para descobrir o que querem fazer.

— Se forem razoáveis. Mas talvez não sejam, como você sabe.

— É.

— Talvez não parem de gritar, como diz, enquanto não tiverem tentado linchar você.

— É — repeti. Inspirei fundo. — Quer continuar sentado e ver o sangue?

Ele sorriu.

— Talvez não haja sangue se eu ficar aqui.

— Então, por favor, fique.

— Ah, vou mesmo. Mas só para que saibam que estou admitindo sua autoridade sobre eles. Vou liberá-los, Mary.

Engoli em seco.

— Mas já, hein?

— Eles são seus. É hora de você se intrometer entre eles.

— Acho que sim. — Na verdade, não estava surpresa. Já tinha reparado que ele me preparava para isso. Ele não conseguia ler minha mente, mas me observava com a mesma atenção que eu observava os demais. Ele me interrogava. Não me importava. Ele permitia que os outros reclamassem de mim para ele, mas não os questionava a meu respeito nem lhes fazia promessas. Eu valorizava aquilo. Então, tinha chegado a hora de me expulsar do ninho.

— Se der certo, você vai embora, não é? — perguntei.

— Por um tempo. Mas vou voltar. Tenho uma sugestão que pode te ajudar, antes e depois da minha partida.

— O quê?

— Antes de fazer qualquer coisa, deixe Karl saber o que pretende. Deixe que ele supere um pouco da raiva que tem de você e faça-o compreender o que está dizendo. Depois, se o conheço tão bem quanto penso, ele vai ficar do seu lado caso algum dos outros a ameace.

— Isso não é só trocar um protetor por outro? Eu deveria ser capaz de me proteger sozinha.

— Ah, você é. Mas é possível que tenha de fazer isso matando alguém. Estava tentando ajudá-la a evitar isso.

Balancei a cabeça, concordando. Sabia que ele ainda estava preocupado que, ao matar alguém, eu iniciasse uma reação em cadeia. Se me apoderasse de um dos ativos, mais cedo ou mais tarde teria que me apoderar de outro. E mais outro. Tive a sensação de que, quando ele fosse embora, não iria se afastar além da casa de Emma. E, de lá, continuaria me rastreando usando qualquer percepção especial que tinha sobre mim.

— Karl está sozinho agora? — perguntou ele.

Verifiquei.

— Sim, para variar. — Karl andava transando justamente com a Jan. Ele não conseguiria encontrar uma forma de me deixar com mais nojo.

— Então, vá até lá agora. Fale com ele.

Fuzilei Doro com os olhos. Já era tarde e eu não estava com vontade de ouvir o que que Karl provavelmente iria me dizer. Só queria ir para a cama. Mas me levantei e fui até lá.

Ele estava deitado, interferindo nos pensamentos de algum político local adormecido. Hesitei por um instante, para descobrir o que ele pretendia. Estava só garantindo que uma empresa que ele e Doro controlavam conseguisse uma alteração no zoneamento para construir um prédio. Ele pelo menos tinha uma ocupação. Bati na porta.

Ele ouviu quieto o que eu tinha a dizer, com o rosto impassível.

— Portanto, estamos aqui, pertencemos a você, e é isso — disse ele, calmamente.

— Não era esse o ponto.

— Era, sim. Além do fato de que também podemos nos conformar e encontrar uma forma de continuarmos vivendo nossa vida do melhor jeito possível.

— A única coisa que eu queria que fizéssemos é nos acalmarmos e começarmos a agir como seres humanos outra vez.

— Se é isso que somos, ainda. O que quer de mim?

— Ajuda, se puder me ajudar. Se quiser.

— Eu, ajudar você?

— Você é meu marido.

— Isso não foi ideia minha.

Abri a boca e a fechei de novo. Não era hora de brigar.

— Doro vai apoiá-la — disse ele. — Você só precisa dele.

— Ele está me deixando por minha conta. Está *nos* deixando por *nossa* conta.

— Por quê? O que você fez?

— Por enquanto, nada. Não é uma punição. Ele acha que chegou a hora de descobrirmos se podemos sobreviver sem ele, como grupo.

— Se você pode sobreviver.

— Não, nós, de verdade. Porque, se as coisas derem errado, não vou deixar os outros me atacarem sem levar tantos quanto puder comigo. — Inspirei fundo. — Por isso quero sua ajuda. Queria passar por isso sem acabar matando ninguém.

Ele pareceu um pouco surpreso.

— Você tem certeza de que pode matar?

— Positivo.

— Como pode saber? Nunca tentou.

— Você não vai querer ouvir como eu sei, pode acreditar.

— Não seja idiota. Se quer minha ajuda, é melhor me contar tudo.

Olhei para ele. Obriguei-me a simplesmente encará-lo até conseguir responder com calma.

— Sei da mesma forma que você sabe comer quando está com fome. Sou esse tipo de parasita, Karl. Suponho que você e os outros podem muito bem encarar do jeito que encaro.

— Você... está dizendo que é uma versão feminina de Doro?

— Não exatamente, mas quase isso.

— Não acredito em você.

— Ah, acredita sim.

Ele me encarou, calado, por um instante.

— Eu também não queria acreditar que você conseguia me ler através da minha blindagem.

— Eu posso. É uma de minhas habilidades.

— Você tem habilidades suficientes para não precisar da minha ajuda.

— Eu expliquei porque preciso de você.

— Sim. Você não quer matar ninguém.

— Não, a menos que alguém seja idiota o suficiente para me atacar.

— Mas se é fome o que você sente, como pode evitar acabar fazendo algo? Vai ter de matar.

— É mais parecido com ter uma vontade. Ser capaz de comer, mas não estar realmente com fome.

— Mas vai ficar com fome. Ao que me parece, é por isso que estamos aqui. Somos seu suprimento de comida. Você está reunindo pessoas, como Doro faz. Só que não tem tanto trabalho quanto ele para conseguir.

— É — admiti, em voz baixa. — Também tenho pensado nisso. Pode ser que esteja errada. Mas mesmo que não esteja, não sei o que fazer quanto a isso.

Ele se virou e fixou os olhos em uma estante de livros.

— Além de cometer suicídio, não há muito que possa fazer.

— E eu não vou fazer isso. Mas garanto que, por mais insana que essas pessoas me deixem às vezes, seria quase tão difícil para mim matar uma delas quanto seria cometer suicídio. Não quero tirar a vida delas.

— Por enquanto.

— E não quero que ninguém me force a mudar de ideia. Porque, se isso acontecer, não tenho certeza se serei capaz de me controlar. Posso matar mais de vocês do que seria minha intenção.

— Eu me levantei para sair. — Karl, não estou lhe pedindo para se decidir agora ou me prometer nada. Só queria que soubesse que existe uma escolha. — Caminhei em direção à porta.

— Espere um pouco.

Parei, esperei.

— Você está fechada, blindada o tempo todo — falou. — Acho que não ficou sem a blindagem nem uma vez desde que a tirou para mim depois da sua transição.

— Você não faria o mesmo se estivesse morando com gente que quer te matar?

— E se eu pedisse para você se abrir para mim? Só para mim. Agora.

— Por quê?

— Porque você precisa de mim. E porque eu preciso conferir se o que você está me dizendo é verdade.

— Achei que isso estivesse resolvido.

— Preciso ver por mim mesmo, Mary. Preciso ter certeza. Não posso... fazer o que está me pedindo até ver com os meus próprios olhos que isso é necessário.

Eu o li, vi que estava falando a verdade. Ele estava com raiva, amargurado e com ódio de si mesmo por cogitar ficar do meu lado. Mas sabia que era sua melhor oportunidade de sobreviver, pelo menos por mais tempo.

Eu me abri. Estava mais preocupada em me apoderar dele acidentalmente do que com o que ele poderia descobrir. Estava um pouco mais sensível do que antes em relação a vê-lo revirando minhas memórias, mas aguentei. Ele não buscou nada além da confirmação do que eu dissera. Era tudo com o que se importava.

— Tudo bem — disse depois de um minuto.

Refiz a blindagem e olhei para ele.

— Vou fazer o que puder para ajudar você — falou Karl.

— E que Deus ajude a nós dois.

7
MARY

Ter convencido Karl me deu coragem para começar a trabalhar imediatamente nos outros. Chamei todos para se juntarem na sala de estar por volta das dez da manhã do dia seguinte. Karl veio com Vivian; Seth Dana veio com Ada e Clay. Vivian e Clay não precisavam realmente estar ali, é claro, mas eu não me importava que estivessem.

Karl teve que ir buscar Jan. Ela disse que não estava disposta a receber ordens minhas. Calculei que faríamos a reunião e, se ela continuasse a se sentir assim, eu lhe mostraria como Doro a tinha tratado com delicadeza.

Doro, por sua vez, precisou buscar Jesse e Rachel. Agora, eles estavam dividindo o quarto de Jesse, como se pretendessem ficar juntos por um tempo. Com certeza, estavam bem alinhados na opinião a meu respeito. Na verdade, estavam tão próximos e me odiavam tanto que, se eu tivesse que me apoderar de alguém, provavelmente seria de um dos dois. E do jeito que vinham agindo nos últimos dias, não via como conseguiria escapar impune se pegasse apenas um. Nenhum ficaria parado observando o outro ser morto.

Aquilo me incomodava. Sabia que os sentimentos de um pelo outro poderiam ser usados contra eles e que, ao menos por algum tempo, eu conseguiria controlar um ameaçando o outro. Mas, por algum motivo, não queria fazer isso. Tentaria, se precisasse, para evitar matar os dois e me tornar uma pedra no sapato de Doro, mas esperava que eles não me pressionassem a chegar a este ponto.

Assim que todos já estavam na sala, com Doro sentado sozinho, mais afastado em um canto, fiz meu discurso. Doro me disse mais tarde que fui muito inflexível, sedenta demais em ameaçar e contestar. Provavelmente estava certo.

Expliquei a todos que o padrão era uma estrutura permanente que os ligava a mim: ele não desapareceria do nada, eu não desapareceria do nada, e eles não fariam nada comigo. Expliquei que poderia matá-los, que iria matá-los se me pressionassem, mas que não queria isso se pudesse evitar. Mandei que seguissem os sentimentos que sabia que estavam reprimindo e aceitassem o padrão, que arranjassem novos interesses ou retomassem os antigos, arranjassem uma ocupação, se quisessem, e parassem de resmungar como crianças. Falei calmamente. Sem reclamar. Ainda assim, não gostaram do que eu disse.

E, claro, com exceção de Karl, ninguém quis acreditar em mim. Precisei me abrir para eles. Tinha imaginado que talvez fosse necessário. Não queria, mas estava preparada para isso. Primeiro, no entanto, fiz o possível para meter medo.

— Vejam — falei, com tranquilidade —, todos vocês me conhecem. Sabem que farei o que for preciso para me defender. Tentem qualquer coisa neste momento além de me ler, e vocês vão ver. É só isso.

Eu me abri. Percebia que se moviam com cuidado, tentando descobrir se eu tinha o poder que afirmava ter antes de fazerem qualquer movimento contra mim, o que foi inteligente da parte deles.

Nunca tinha aberto minha mente para ninguém além de Karl. Contava apenas com as memórias alheias para saber como era se abrir para mais de uma pessoa ao mesmo tempo. E aquelas pessoas nunca haviam feito aquilo de propósito.

Apenas não conseguiam permanecer blindadas o tempo todo, como eu podia. A blindagem interrompia totalmente suas percepções mentais. De certa forma, para elas, a blindagem era como sair por aí usando uma mordaça, uma venda e tampões de ouvido. Nenhuma delas aguentava por muito tempo. Então, às vezes, pegavam coisas umas das outras. Às vezes, duas ou três pegavam algo da mesma pessoa. Não gostavam disso, mas estavam aprendendo a conviver. Doro mencionara que isso, por si só, era mais do que ele ousara esperar. Ativos nunca foram capazes de aguentar aquilo. Ele disse que, para os meus ativos, parecia muito mais fácil ficar fora da mente uns dos outros do que tinha sido para as gerações anteriores. Atribuiu isso ao meu padrão. Talvez meu padrão também merecesse levar o crédito pela maneira como fui capaz de aceitar todas aquelas pessoas entrando em minha mente. Assim como elas, não gostei. Mas não fiquei nervosa nem com medo, porque sabia que poderia me defender se precisasse, e que ninguém tinha a intenção de tentar nada... por enquanto. Apenas me senti desconfortável. Como se, de repente, me encontrasse completamente nua diante de muitos estranhos, com todo mundo espiando.

Ao menos foi fácil permanecer atenta e saber quem estava captando o quê. Eu não tinha certeza de que seria com tantas pessoas. Mas identifiquei Jesse no instante em que decidiu bisbilhotar assuntos que estavam além da verificação de veracidade do que eu lhes contara.

Alcancei-o e contraí o músculo de sua canela em um nó duro e apertado.

Eu tinha seguido o conselho de Rachel e me dedicado a desenvolver sozinha toda a minha habilidade de cura. Ainda faltava muito para poder me autodeclarar uma curandeira, mas havia aprendido algumas coisas observando o meu corpo e o corpo de outras pessoas por dentro. Havia lido livros de medicina e havia lido Rachel. Mas descobri que aprendia melhor observando pessoas que tinham algum problema, vendo como o corpo delas se curavam, e antes de tudo, compreendendo qual era o problema. O que eu podia compreender, podia provocar.

Alguns dias antes, havia tido uma forte cãibra na perna.

Então, agora Jesse estava com uma forte cãibra na perna. Ele gritou, mais de surpresa do que de dor, embora doesse de verdade. E, é claro, recuou a atenção de mim como um elástico solto.

Foi muito rápido, muito fácil, causar uma cãibra. Quando os outros perceberam que eu tinha feito aquilo, eu já tinha terminado e voltado a prestar atenção neles, que se retiraram da minha mente quase de uma só vez. Quase. Rachel aguentou e moldou seus pensamentos em palavras para mim.

Nem pense que pode lidar comigo dessa maneira!

Claro que não, retruquei. *A única maneira de lidar com você é matando, para o seu azar.*

Ela se retirou de minha mente com raiva, medo e vergonha de si mesma por estar com medo.

Quando ela interrompeu o contato, Jesse se levantou. A cãibra havia desaparecido normalmente, porque eu não tinha feito nada para prolongá-la ou piorá-la. Poderia ter quebrado a perna dele usando aquele mesmo músculo. Ele não parecia perceber isso. Começou a andar até mim.

Karl se levantou depressa e se pôs na frente de Jesse. Um maratonista enfrentando um jogador de futebol americano. Eram discrepantes. Karl falou quando Jesse estava prestes a tirá-lo do caminho:

— Uma pergunta, Jess — disse, em tom brando. — Só uma pergunta. O que você imagina que vai fazer quando chegar perto dela, quer dizer, além de deixar que ela faça de você um exemplo? — E saiu do caminho de Jesse, sentando-se de novo. Jesse ficou onde estava, olhando primeiro para Karl, depois para mim.

— Uma mulher — resmungou com amargor. — Uma mulher, pelo amor de Deus! A única coisa grande nela é a boca! E vocês vão todos deixar que ela diga que estão condenados à prisão perpétua neste lugar. — Percorreu a sala com olhos acusadores. — Ela não conseguiria matar mais de um ou dois se todos nós a atacássemos ao mesmo tempo. Vocês não entendem? O único controle que tem sobre nós é que alguns têm tanto medo de serem a pessoa que ela vai matar que preferem ficar na maldita coleira em vez de a enfrentar!

Ele percorreu a sala outra vez, dessa vez com olhos desafiadores.

— Estou disposto a arriscar. Quem vai ficar comigo? Quem está tão cansado de ficar na prisão quanto eu?

Eu estava observando Rachel. Ela olhou para mim e eu desviei o olhar dela para Jesse, depois voltei a fitá-la. A ameaça foi dada de forma simples, a quem pudesse interessar. Rachel entendeu. Ficou calada. Jesse estava se voltando para ela quando Seth disse:

— Jess, me parece que está se esquecendo de Doro.

Jesse olhou para Doro, que retribuiu o olhar, com o rosto inexpressivo.

— Eu não estou esquecendo. — Jesse disse a Seth, mas mantendo os olhos em Doro. — Posso ter lido um pouco mais de Mary do que você leu, do que qualquer um de vocês leu. Talvez ninguém além de mim tenha notado que Doro ia deixá-la na mão, largando-a aqui sozinha com a gente para se virar como pudesse.

Ninguém falou nada.

— E aí? — disse Jesse a Doro. — Não ia?

— Ia — disse Doro. — Mas ainda não a deixei.

— Se você ia fazer isso, que diferença faz?

Doro se recostou na poltrona.

— Diga você.

— Você não falou nada — respondeu Jesse, franzindo a testa. — Você não ia me impedir.

— Não.

— O que ia fazer? Deixar que eu fosse em frente e depois me matar, se ela não conseguisse fazer isso?

— Sim.

Jesse o encarou como se finalmente percebesse que era com Doro que estava falando, não com qualquer um de nós. Sem mais nenhuma palavra, ele se virou e voltou para o próprio lugar.

Doro se levantou e se aproximou para se juntar ao grupo. Sentou-se ao meu lado e falou baixinho:

— Eu avisei.

— Eu sei — respondi.

Ele olhou para os outros.

— Todos vocês são poderosos — falou. — Eu gostaria que não tivessem tanta pressa em se matarem. Vivos, podem se transformar em algo impressionante e valioso.

— Nós sete — disse Rachel, com amargor.

— Se sobreviverem como grupo, não serão apenas sete. Vocês são poucos porque eu os mantive em pequeno número de propósito. Se conseguirem trabalhar juntos agora, podem começar a crescer lentamente, tendo seus próprios filhos e filhas e por meio de latentes espalhados pelo país que são capazes de gerar crianças telepaticamente ativas. Latentes que precisam apenas dos parceiros certos para gerar ativos. Vocês sete podem fundar e liderar uma nova estirpe. — Fez uma pausa e, de relance, olhou para Jesse. — Caso algum de vocês não tenha percebido, é isso que eu quero. É o que venho tentando alcançar há milhares de anos. É o que estarei prestes a alcançar se os sete conseguirem se unir, sem precisar de ajuda, sem se matar. Acho que conseguem. Acho que, apesar da maneira como vêm agindo, ainda valorizam a própria vida. Mas, é claro, se não for o caso, também quero saber. Portanto estou retirando a proteção que havia dado a Mary. E, aliás, a estou liberando da restrição que pesava sobre ela. — Dirigiu o olhar para mim. — O restante de vocês não sabe do que se trata. Não precisam saber. Estão livres, agora, para se comportarem da forma mais inteligente ou mais estúpida que quiserem.

— Você quer que a gente passe o resto da vida aqui? — perguntou Rachel.

— Se for necessário — afirmou Doro. — Mas duvido que seja. Vocês são um grupo muito jovem. Se sobreviverem até a velhice, acho que vão chegar a um arranjo confortável.

— Que arranjo?

— Não sei, Rae. Vocês também são um tipo novo de grupo. Têm de encontrar o próprio caminho. Talvez, formem casais que vão ocupar outras casas na vizinhança. Talvez, com o tempo, até descubram uma maneira de ir para longe de Mary sem nenhum desconforto.

— Queria poder te mostrar como é se afastar alguns quilômetros dela — murmurou Jesse. — Pode comparar com forçar uma corrente de estrangulamento.

Doro olhou para ele.

— Mas agora já ficou mais fácil de aguentar do que quando você chegou aqui, não é? — Ele sabia que sim. Eu tinha lido Jesse e dito aquilo a Doro dias antes.

Jesse abriu a boca, provavelmente para mentir. Mas sabia que a chance de conseguir mentir para Doro era quase a mesma de conseguir mentir para mim. Fechou a boca por um instante, depois falou:

— Estando mais fácil ou não, não gosto nem nunca gostei disso. Ninguém aqui gosta!

— Pelo menos em parte é porque todos vocês estão se esforçando muito para não gostar.

— Não estou me esforçando — afirmou Jan. — Só estou enlouquecendo aos poucos por estar presa neste lugar. Não aguento mais!

— Vai encontrar um jeito de aguentar — disse Doro, friamente.

— E por que deveria? Por que qualquer um de nós deveria? Por que devemos todos sofrer por causa *dela*?

Houve um barulho de concordância sonora, vindo de todos os lados.

— Vocês não precisam sofrer por nada — afirmou ele. — Sabem melhor do que eu que podem facilmente exercer seus papéis aqui, se quiserem. — Aquela era outra coisa que eu tinha lhe dito, que estavam lutando não apenas contra mim, mas contra as próprias inclinações. Ele respirou fundo. — Mas estão por conta própria. Seria sensato buscarem formas de conviver bem com a sua nova situação, mas se preferirem não fazer isso, vão em frente, se matem.

— E se só matarmos Mary? — perguntou Rachel. Estava me encarando enquanto falava.

Doro olhou para ela com repulsa. Depois se levantou e me deixou sentada sozinha, voltando para o lugar dele. Rachel olhou para Jesse, que entendeu na hora.

— Quem está do nosso lado? — falou. — Quem quer sair desta prisão agora? Jan?

— Você quer... matá-la? — perguntou Jan.

— Sabe alguma outra saída?

— Não. Tudo bem. Estou com vocês.

— Seth?

— De quantas pessoas você acha que precisa para matar uma mulher, Jess?

— Quantas conseguirmos, cara, e você é um idiota se não percebe o porquê. Você a leu. Viu o tipo de parasita que ela é. Ou nos juntamos e a matamos, ou ficamos esperando que ela talvez nos mate, um por um.

Fiquei sentada assistindo, ouvindo tudo aquilo, perguntando-me por que estava esperando. Jesse estava reunindo pessoas para me matar e eu à espera. A única coisa inteligente que eu estava fazendo era manter parte de minha atenção em Rachel. Ela era a única que podia tentar algo sozinha. Poderia lesionar meu corpo, e fazê-lo bem depressa, eu sabia disso. Mas ela não conseguiria sem pensar primeiro, sem decidir fazê-lo. E morreria quando tomasse essa decisão.

Seth virou-se para mim, me encarando por vários segundos.

— Sabe — falou —, nestas duas semanas que estive aqui, acho que você e eu não fizemos nada além de resmungar um com o outro algumas vezes. Eu nem conheço você.

— Você tem estado ocupado — respondi. Espiei Ada, que estava sentada ao lado dele, parecendo assustada.

— Você não tem medo — afirmou Seth.

Dei de ombros.

— Ou, se tem, esconde muito bem.

E Jesse:

— Está dentro ou fora, Dana?

— Fora — respondeu Seth, em voz baixa.

— Você está do lado dela? — Jesse apontou direto para mim. — Gosta de ser escravizado por ela?

— Não, não estou do lado dela. Nem contra ela, também. Ela não fez nada comigo, cara. Pelo menos nada que seja culpa dela.

— Que diabos de "culpa" tem a ver com isso? Você vai ficar preso a ela pelo resto da vida a menos que nos livremos dela agora.

Seth olhou para Ada, depois para Clay, que estava ao seu outro lado. Eu já sabia que Ada não queria participar daquilo. Jesse, Jan e Rachel estavam confirmando os maiores medos de Ada; estavam, na opinião dela, agindo como pessoas que mereciam ser mantidas isoladas. Clay estava amargurado por ter sido arrastado para longe do recomeço que teria no Arizona. E quando soube que fui eu que o arrastara, decidiu que era a mim que devia odiar. Depois, assim como Seth, começou a me enxergar como apenas mais uma das criações de Doro, que não tinha mais culpa do que qualquer outra pessoa na casa. O curioso é que ele sentiu pena de mim. Não queria que Seth estivesse envolvido em minha morte.

— E aí? — Jesse quis saber. Olhou para Seth.

— Já disse o que eu tinha a dizer — respondeu ele.

Jesse se afastou dele, indignado.

— Bom, Karl, imagino que não queira mudar de lado.

Karl deu um sorrisinho.

— Eu mudaria, se você tivesse alguma chance, Jess. Você não tem, sabe.

— Karl, por favor. — Jan. Doce Jan. Talvez eu pudesse pegá-la também. — Karl, se nos ajudar, nós temos uma chance.

Karl a ignorou, com um olhar breve para mim.

— Vai tentar dissuadi-los, não vai?

Assenti e me virei para Jesse.

— Cara, com três pessoas insistindo que em me atacar, não vou ter tempo para ser gentil. Não tem mais cãibra. Se vierem para cima, você e a Rachel morrem. Talvez eu não seja capaz de pegar a Jan, mas vocês dois não têm nenhuma chance.

— Vamos deixar a coisa mais clara — disse Karl. — Não quero briga. Existe a possibilidade de que Mary talvez perca o controle e cause mais danos do que pretende. Eu a li mais do que vocês. Acho que há um perigo real de que, uma vez que ela comece, possa se apoderar de todos nós. Se vocês três são idiotas o suficiente para a atacar, apesar dessa possibilidade, é melhor me atacarem também.

Para Jesse, aquelas palavras foram um estímulo. De repente, ele disparou para cima de mim por meio de seu filamento no padrão. Foi sem aviso. Ele agiu por impulso, sem pensar. E usando o padrão dessa maneira... Até então ninguém tinha, de fato, usado o padrão, exceto eu. O filamento dele me atingiu como uma cobra. Rápido. Com uma rapidez ofuscante.

Não tive tempo de pensar em reagir. O que aconteceu foi de forma automática. E foi ainda mais rápido do que Jesse tinha agido.

Ele era meu. A força dele era minha. O corpo dele não tinha valor para mim, mas a força que o animava era literalmente a minha ambrosia: poder, subsistência, a própria vida.

Quando Jesse percebeu o que estava acontecendo e tentou se desvencilhar, quase já não restava mais nada dele. O filamento do padrão se debatia de maneira frágil, inútil.

Percebi que poderia deixá-lo assim. Observei-o com uma espécie de interesse imparcial e me ocorreu que, se eu o soltasse, ele se fortaleceria outra vez. Agora ele estava apavorado, e fraco, mas, sozinho, não se enfraqueceria ainda mais. Poderia sobreviver, se eu permitisse, se eu não fosse ávida demais. Poderia sobreviver e se fortalecer e me alimentar outra vez.

Abri os olhos, perguntando-me quando os havia fechado. Sentia-me mais eufórica do que nunca. Estendi a mão e olhei para ela. Estava trêmula. Eu tremia inteira, mas, meu Deus, como me sentia bem.

Todos estavam observando Jesse afundar na poltrona. A surpresa que irradiavam me dizia que ele acabara de perder a consciência. Ainda não sabiam muito bem o que havia acontecido. Rachel foi a primeira a começar a entender. Estava se virando para mim, em câmera lenta, parecia, com a intenção de se vingar. Pensou que Jesse estava morto. Ela, uma curandeira, achava que ele estava morto, mas eu sabia que ele estava vivo.

Ela terminou de se virar. Ia romper um vaso sanguíneo de espessura considerável em meu cérebro.

Eu me apoderei dela.

Ela não se entregou, como Jesse. Lutou comigo brevemente. Mas, de alguma forma, a luta só me ajudou a drenar sua força. Com ela, eu estava mais consciente das ações. Percebi a imagem mental que tinha dela diminuindo na proporção da quantidade de força que eu absorvia. Tirei menos do que tinha tirado de Jesse. Não precisava de absolutamente nada dela, exceto paz. Queria que ela parasse com sua briga vã. Queria que não conseguisse fazer o que queria fazer comigo. Só isso. Deixei-a saber disso.

Jesse! O pensamento dela estava cheio de amargura, raiva e sofrimento. Tentei acalmá-la sem usar palavras, do jeito que, talvez, eu teria lidado com uma criança assustada. Ela lutou ainda mais, apavorada, histérica, com isso dando a mim mais de sua força.

Por fim, parou, exausta. *Jesse*. Agora, sofrimento. Apenas sofrimento.

Ele está vivo, transmiti.

Ele está morto! Eu o vi morrer.

Estou dizendo que ele está vivo. Você olhou depressa demais. Pressionei-a para além de seu sofrimento para que entendesse que eu estava dizendo a verdade. *Ele está vivo. Eu não quis a vida dele. Não quero a sua. Você vai me obrigar a tirá-la mesmo assim?*

Você não vai me matar?

Não, a menos que você me obrigue.

Então, solte-me. Deixe-me ir ver Jesse.

Eu a soltei e abri os olhos outra vez. É claro, fechá-los foi algum tipo de reflexo. Agora os outros estavam olhando para Rachel, se virando para olhar para mim. Eu me sentia melhor do que nunca. E mais estável agora. Não tremia mais. Estava no controle. Antes, eu me sentia prestes a sair voando pela sala. Todos me fitavam.

— Eles estão bem — falei. — Fracos, eu acho. Levem os dois para a cama. Eles vão se recuperar. — Como o público de Rachel indo embora para recuperar as energias. De repente, lembrei-me de Jan e a fitei.

Ela me encarou de olhos arregalados.

— E quanto a você? — perguntei.

— Não! — Pensei que ela fosse se levantar e sair correndo pela porta de novo. — Não.

Ri dela. Acho que não teria feito isso se não estivesse tão eufórica. Talvez lhe tivesse dito muitas coisas, mas não teria rido.

— O que você fez? — perguntou Karl.

Olhei para ele e poderia o ter abraçado sem qualquer motivo. Não. Havia um motivo. Dos grandes.

— Descobri uma coisa — eu disse. — Acabei de descobrir que não preciso matar.

— Mas o que fez com eles?

De repente, fiquei irritada, quase zangada com ele por querer detalhes naquele momento, quando tudo era tão novo, quando eu só queria me sentar e saborear o que estava sentindo. Doro se aproximou por trás de mim, colocou as mãos nos meus ombros e os massageou suavemente.

— Acalme-se um pouco — sugeriu. — Sei que se sente bem, mas se acalme.

— Eufórica — falei. Sorri para ele. — Eu me sinto eufórica. Você sabe.

— Sim. Veja se consegue se conter o bastante para contar o que você fez.

— Você sabe.

— Conte mesmo assim.

— Tirei um pouco da força deles. — Eu me recostei no sofá, relaxada, organizando meus pensamentos. — Só um pouco. Não sou um monstro. Pelo menos não do tipo que você me fez pensar que eu fosse. — Depois, refletindo melhor: — Tirei mais de Jesse. Não sabia o que estava fazendo quando ele me atacou.

— Seth, dê uma olhada no Jesse — Doro ordenou.

Aparentemente, Seth obedeceu. Não prestei atenção.

— Ele ainda está respirando — Seth disse um instante depois.

— Rae — falou Doro —, como se sente? — Rachel estava consciente. Mas não disse nada.

Minha curiosidade ficou mais forte que minha confusão. Olhei-a.

Ela estava chorando. Não fazia nenhum ruído, mas todo seu corpo tremia. Quando todos nos viramos para encará-la, ela soltou um som de dor e escondeu o rosto entre as mãos. Estava blindada contra os outros. Mas, para mim, irradiava vergonha e derrota. Humilhação.

Isso me afetou e removeu a insensatez da minha cabeça. Eu me levantei, meio que esperando cambalear. Mas estava bem firme. Ótimo.

Fui até ela e segurei seu braço. Sabia que ela queria ficar longe de nós. Lágrimas, especialmente lágrimas de derrota, eram coisas íntimas. Ela olhou para cima, viu que era eu e tentou puxar o braço.

— Pare de ser boba — falei. — Levante-se e venha.

Ela me encarou. Eu ainda a segurava pelo braço. Ela começou a se levantar, então percebeu como estava fraca. Aí se contentou com se apoiar em mim.

Engoliu em seco e sussurrou:

— E quanto ao Jesse?

O que, em nome de Deus, ela via nele?

— Os outros vão levá-lo lá para cima — falei. Voltei a olhar para Doro. — Ela vai ficar bem.

Ele acenou com a cabeça, aproximou-se de Jesse, colocou o grande corpo dele sobre um ombro e, depois, seguiu-nos, Rachel e eu, até o andar de cima.

8
MARY

A reunião acabou por se dispersar. Ninguém me fez qualquer promessa. Ninguém se curvou nem discordou. Ninguém sequer pareceu ter medo, ou sentiu medo, de fato. Conferi. Assim que todos se recuperaram do susto, até se apaziguaram. Era evidente que Jesse e Rachel ficariam bem. Era evidente que tudo o que eu queria era um pouco de cooperação. E agora sabiam que seria melhor se cooperassem. A atmosfera da casa estava mais leve do que estivera desde o dia da minha transição.

Seth Dana se aproximou de mim sorrindo.

— Você não tem a sensação de que deveria ter feito isso duas semanas atrás?

Sorri em resposta e balancei a cabeça.

— Acho que não. Duas semanas atrás, eu teria que ter matado alguém.

Ele franziu a testa.

— Não entendo por quê.

— Tudo era muito novo. Vocês todos estavam de pavio curto. Você e Ada não tinham ficado juntos e apaziguado um ao outro, portanto um de vocês, se não os dois, ficaria contra mim. Com isso, Karl provavelmente também ficaria. Há duas semanas ele estava prestes a me estrangular, mesmo. — Dei de ombros. — Assim foi melhor. As pessoas tiveram tempo de se acalmar.

Ele me deu um olhar estranho.

— O que você acha que poderia ter acontecido se tivesse esperado um pouco mais de duas semanas, então, deixando Jesse e Rachel se apaziguarem?

— Jesse e Rachel não estavam se apaziguando. Estavam se alimentando do ódio um do outro, impulsionando-se mutuamente a me atacarem.

— Sabe — disse Seth —, tive a impressão de que você convocou essa reunião no calor do momento.

— Foi o que fiz.

— É. Depois de duas semanas observando todo mundo e se certificando de que o momento era o mais oportuno possível para você.

Clay Dana veio até onde Seth e eu estávamos conversando. De perto, ele parecia meio pálido e doente. Imaginei que devia ter acabado de sofrer um surto de interferência mental.

— Parabéns — disse ele. — Agora que todos nós conhecemos a nova hierarquia, algum de vocês tem aspirina?

Seth olhou para ele, preocupado.

— Outra dor de cabeça?

— Outra, que inferno. Já faz três dias.

— Por causa de interferência mental? — perguntei.

— O que mais poderia ser?

— Achei que não estivesse captando tanto quanto antes.

— Não estava — disse ele. — Parou completamente por alguns dias. Isso nunca tinha acontecido antes, no meio de uma cidade. Depois, três dias atrás, começou a voltar pior do que nunca.

Aquilo me preocupou. Eu não tinha prestado muita atenção em Clay desde que ele chegara, mas sabia que a culpa por qualquer coisa nova e diferente que acontecesse de errado com ele, com sua capacidade mental fora de controle, acabaria recaindo sobre mim, sobre meu padrão.

Seth falou como se fosse uma deixa.

— Olha, Mary, eu queria perguntar se você conseguiria descobrir o que estava acontecendo com Clay. Ele tem estado muito mal, e isso tem que ter alguma coisa a ver com o padrão.

— Primeiro as aspirinas — disse Clay. — Descubra o que quiser depois... Ei!

Aquele "Ei!" foi quase um grito. Eu tinha me livrado da dor de cabeça dele bem depressa, foi como apagar uma luz.

— Tudo bem? — perguntei, sabendo que estava.

— Com certeza. — Ele me encarou como se quisesse se afastar de repente.

Permaneci mentalmente com ele por mais alguns instantes, tentando descobrir qual era o problema. Na verdade, eu não sabia o que procurar. Apenas supunha que tivesse algo a ver com o padrão. Dei uma espiada rápida nas memórias dele, imaginando que sua habilidade descontrolada poderia ter sintonizado o padrão de alguma forma. Mas isso não acontecera de uma maneira visível para mim.

Esquadrinhei até o dia em que ele e Seth chegaram na casa. Foi um trabalho rápido, mas frustrante. Não consegui encontrar droga de coisa nenhuma. Nada. Transferi minha atenção para o padrão. Não fazia a menor ideia do que procurar ali e estava perdendo a cabeça. Verifiquei o filamento do padrão que se estendia de Seth a mim. Às vezes, Seth fazia contato mental com Clay, para protegê-lo. Talvez, sem perceber, tivesse feito algo além disso.

Não tinha.

Eu não tinha mais para onde ir. Havia algo especialmente irritante em sofrer uma derrota naquele momento, poucos minutos depois de ter conquistado minha maior vitória. Mas o que eu poderia fazer?

Transferi minha atenção novamente para Clay. Houve uma cintilação assim que fiz isso, como o brilho de uma fina teia de aranha que capta a luz apenas por um segundo e depois parece sumir outra vez. Fiquei paralisada. Voltei para o padrão, colocando-o em foco bem devagar. Então, pouco antes de conseguir ver bem nitidamente os filamentos do padrão de meus seis ativos, vi novamente aquela cintilação. Dessa vez, consegui mantê-la, sem tentar enxergá-la melhor. Como se olhasse para algo de soslaio.

Era um filamento do padrão. Um fio fino e de aparência frágil, como a sombra de um dos filamentos comparativamente mais substanciais de meus ativos. Mas era um filamento do padrão. De alguma forma, Clay se tornara membro dele. Como?

Eu só conseguia pensar em uma resposta. O padrão era composto de ativos. Apenas ativos, sem nenhum latente até aquele momento. Sem latentes, ponto. Clay estava a caminho da transição.

Assim que esse pensamento me veio, eu soube que estava correto. Com um atraso de dez anos, Clay iria conseguir. Tentei dizer a mim mesma que não tinha certeza. Afinal, nunca tinha visto ninguém prestes a passar pela transição. Mas não consegui sequer duvidar. Clay ia sobreviver. Ele pertenceria a mim, como os outros. Eu sabia.

Voltei a prestar atenção em Seth e Clay, que estavam esperando.

— Isso demorou bastante — disse Seth. — O que descobriu?

— Que seu irmão não é mais um latente — expliquei. — Ele está caminhando para a transição.

Houve um momento de completo silêncio. Depois, uma decepção repentina, amargurada, irradiou dos dois homens. Eles não acreditavam em mim.

Seth falou baixinho:

— Mary, o próprio Doro desistiu de Clay anos atrás, disse que ele nunca chegaria à transição.

— Eu sei disso. Mas não havia nenhum padrão naquela época.

— Mas Doro explicou que…

— Droga, Seth, estou explicando que Doro estava errado. Talvez ele saiba um monte de coisas, mas não pode prever o futuro. E ele não pode usar meu padrão para ver o que eu posso ver!

Karl apareceu enquanto falava. Quando terminei, ele perguntou:

— Por que está gritando agora?

Contei-lhe e ele simplesmente deu de ombros.

— Doro quer nos ver na biblioteca — disse ele. — Agora.

— Espere um minuto — disse Seth. — Ela não pode ir agora. — Olhou para mim. — Você tem que dizer como sabe… que, depois de todos esses anos, isso poderia acontecer. — Então eles estavam começando a acreditar em mim.

— Vou ter que falar com vocês depois de ver o que Doro quer — afirmei. — Provavelmente não vai demorar muito.

Segui Karl, afastando-me deles, mas esperando poder voltar logo. Queria descobrir mais coisas sobre o que estava acontecendo com Clay e comigo. Estava animada com isso. Mas agora, esquecendo-me de Doro e dos irmãos Dana, tinha mais uma coisa que precisava fazer.

— Karl.

Tínhamos quase chegado à porta da biblioteca. Ele parou, olhou para mim.

— Obrigada pela ajuda.

— Você não precisou dela.

— Precisei, sim. Poderia não ter sido capaz de me segurar e não os matar se eles tivessem me pressionado mais.

Karl assentiu, sem demonstrar interesse, e virou-se para entrar na biblioteca.

— Espere um pouco.

Ele me lançou um olhar aborrecido.

— Tenho a sensação de que, embora tenha ficado do meu lado, você é o único na casa que não convenci de verdade.

— Você não convenceu ninguém — disse ele. — Você espancou os outros até a submissão. Eu já tinha me submetido.

— Dane-se — falei. Baixei um pouco o olhar, fixei os olhos em seu tórax, e não no rosto. Os primeiros botões da camisa azul que ele vestia estavam abertos, revelando um pouco do tapete de pelos castanhos de seu peito. — Fiz o que eu tinha que fazer — afirmei. — O que evidentemente nasci para fazer. Não vou mais lutar contra isso, pelo mesmo motivo que Jesse e Rachel provavelmente não vão mais lutar contra mim. É inútil.

— E você acha que não entendo isso?

— Se entende, por que ainda me recrimina?

— Porque em uma coisa Jesse estava certo. De verdade, não importa se o que você está fazendo conosco é culpa sua ou não. Você está fazendo isso. Não vou lutar contra você, mas também não espere que eu agradeça.

— Não espero.

Ele parecia um pouco desconfiado.

— O que quer de mim?

— Você sabe muito bem o que quero.

— Sei? — Ele me encarou por um instante demorado. — Suponho que sim. Doro deve estar indo embora. — Ele se virou e se afastou.

Deixei-o ir dessa vez. Tive vontade de jogar alguma coisa nele, mas o deixei ir. O filho da puta tinha Jan e Vivian e ainda tinha coragem de falar sobre mim e Doro. Ou melhor, tinha coragem de usar Doro para tentar me magoar. Já que não poderia se afastar de mim, me magoaria. Não deveria ser capaz de me magoar. Mas conseguia.

Doro estava sentado à mesa de leitura da biblioteca, folheando um livro, e provavelmente lendo-o. Ele lia depressa. Karl e eu nos sentamos diante dele, deixando uma cadeira vazia entre nós.

— Vou embora amanhã — avisou Doro.

Mais senti do que vi o olhar de Karl sobre mim. Eu o ignorei. Doro continuou.

— Mary, parece que você se estabeleceu muito bem como líder. Acho que ninguém vai te incomodar outra vez.

— Não.

— Você simplesmente vai embora? — perguntou Karl. — Não tem nenhum plano para nós, agora que Mary se tornou o que você parecia querer que ela se tornasse?

— O plano de Mary me pareceu bom — disse Doro. — Pode ser mais difícil para vocês, como um grupo, organizarem a vida permanecendo juntos, como estão. Mas prefiro dar a vocês uma chance de tentarem. Deixar que descubram se podem construir algo que seja todo de vocês.

— Ou que seja todo da Mary, pelo menos — Karl falou, em tom amargurado.

Doro olhou de um para o outro.

— Ele ainda está me recriminando pelo padrão — contei. — Mas, de qualquer maneira, talvez ele esteja certo. Talvez eu tenha algo em que possamos começar a trabalhar juntos. — Contei-lhe sobre Clay Dana. Doro ficou ali sentado, ouvindo e parecendo, cada vez mais, não acreditar em mim.

— Clay perdeu qualquer chance que tinha de se tornar um ativo há mais de dez anos — falou.

— Dez anos atrás, ele não tinha o padrão para ajudá-lo.

— Acho difícil acreditar que o padrão possa ajudá-lo agora. Como ajudaria? O que você fez?

— Não sei exatamente. Mas tem de ser o padrão. O que mais aconteceu de novo na vida dele nas últimas duas semanas? Ele era um latente antes de vir para cá. E se posso impulsionar um latente para a transição, por que não poderia impulsionar os outros?

— Ah, Deus do céu — murmurou Karl. Eu o ignorei.

— Olhem — continuei —, nós, ativos, já fomos todos latentes. Nós ascendemos. Por que os outros não poderiam?

— Os outros não foram gerados para isso. Clay foi, e agora consigo ver que estava certa a respeito dele. Mas isso não significa...

— *Você* consegue ver?

— É claro. Como eu poderia ter criado muitas gerações de ativos se não fosse capaz de julgar o potencial das pessoas do meu povo?

— Ah, é. — As pessoas mais *saborosas*, sim. — Doro, quero tentar levar outros latentes à transição.

— Como?

— Fazendo com eles a única coisa que fiz com Clay até agora. Lendo-os. Simplesmente lendo-os.

Doro abanou a cabeça.

— Vá em frente. Não vai funcionar.

Iria, sim. Eu tinha certeza de que iria. E poderia tentar sem nem mesmo sair da sala. Pensei em dois primos meus, irmão e irmã: Jamie e Christine Hanson. Costumávamos nos meter em encrencas juntos, quando pequenos. À medida que fomos crescendo e começamos a receber interferência mental, ficamos mais antissociais. Abandonamos uns aos outros e começamos a nos encrencar sozinhos. Doro nunca deu atenção a Jamie e Christine, e seus pais desistiram deles anos antes. Não se supunha que ocorreria uma transição para os fazer retomar o controle de suas vidas, então, deixados por conta própria, eles provavelmente acabariam na prisão ou no necrotério antes de ficarem muito mais velhos. Mas eu não ia deixar os dois sozinhos.

Fiz contato com o antigo bairro, tive uma visão panorâmica de tudo de uma só vez. Rua Dell com avenida Forsyth. A casa de Emma. Eu poderia ter me concentrado e lido Rina ou Emma. Em vez disso, segui para o sul pela avenida, passando por Piedras Altas, onde só Deus sabe quantos parentes meus moravam, e continuei até a rua Cooper, onde tinha ainda mais familiares. Na Cooper, reconheci a casa dos Hanson e me concentrei nela.

Christine estava lá dentro gritando com a mãe. Percebi que havia raspado a cabeça, provavelmente mais para irritar a mãe do que por qualquer outro motivo. Não prestei atenção no tema da discussão. Eu a li como se folheia as páginas de uma lista telefônica em busca de um número. Só que eu não estava procurando por nada. Percebi que ela ficara grávida três vezes: teve um aborto espontâneo e fez os outros dois. E tinha apenas dezenove anos. E estava com uns amigos idiotas que decidiram roubar uma loja de bebidas. Havia mais algumas coisas. Não me importava. Quando terminei de lê-la, fui atrás de Jamie.

Eu o encontrei sentado em um velho sofá na garagem, brincando com um violão. Li-o e descobri, entre outras coisas, que havia acabado de sair da prisão, dias antes. Estava dirigindo alcoolizado, bateu em um carro estacionado, deu ré e foi embora. Mas alguém anotou o número da placa. Noventa dias.

Agora que estava livre, ele não conseguia suportar a briga constante que geralmente acontecia dentro de casa. Então, estava vivendo na garagem até que aparecesse algum dinheiro e conseguisse um lugar só dele.

Transferi minha atenção para o padrão. Agora, sabia o que procurar. A experiência com Clay me ensinara. Fios delgados, frágeis, provisórios, que logo se tornariam verdadeiramente algo. Eu os encontrei estendidos entre mim e os dois membros da família Hanson. Ambos. Eles eram meus.

Voltei para a biblioteca, animada, exultante.

— Consegui! — Não tenho certeza da expressão que eu exibia, mas Doro franziu o cenho e se afastou um pouco. — Consegui! Tenho mais dois! Você terá seu maldito império antes do que pensava.

— Quem? — falou ele em tom muito baixo.

— Os Hanson. Christine e Jamie. Eles moram na rua Cooper. Você costumava encontrá-los na casa de Emma às vezes, quando eu era pequena.

— Eu me lembro. — Ele manteve os olhos fixos na mesa por vários segundos, ainda com a testa franzida. Presumi que estava verificando por si mesmo.

Karl estendeu a mão e tocou em meu braço.

— Mostre-me — falou.

Não disse para eu lhe contar, mas para eu lhe mostrar. Simples assim. E poucos minutos depois de nossa breve conversa no corredor. Se meu humor estivesse um pouco diferente, eu o mandaria para o inferno. Mas eu me sentia bem. Abri-me para ele.

Ele observou o modo como havia integrado os irmãos Hanson e olhou as memórias de Clay. Só isso.

— Você quer mesmo construir um império — disse quando terminou. — Mas não é para Doro que quer construí-lo.

— Isso tem importância? — perguntei.

E Doro respondeu:

— Não, não importa. O que importa é que você me obedeça. — Havia algo de assustador, algo de muito intenso na maneira como ele estava olhando para mim.

Foi a minha vez de recuar um pouco.

— Sempre obedeci.

— Mais ou menos. Mas poderia se tornar mais difícil agora. Às vezes, é mais difícil para uma líder obedecer. E, às vezes, é mais difícil ser tolerante com uma líder desobediente.

— Entendo.

— Não, não entende. Mas acho que é capaz de entender. É por isso que estou disposto a deixar você ir em frente com o seu plano.

— Ainda não é exatamente um plano — expliquei. — Não tive tempo para pensar... Só quero começar a integrar latentes, deixando o padrão induzi-los à transição. Você ficou satisfeito ao saber que *os Hanson* seguirão este rumo, acho.

— Sim.

— Ótimo. As casas deste bairro têm espaço para muito mais gente. Toda a vizinhança pode ser convencida a receber alguns hóspedes.

— Toda a vizinhança? — perguntou Karl, com sarcasmo. — Quantos latentes você planeja escravizar?

— Nenhum — respondi. — Mas pretendo que o maior número possível passe pela transição.

— Por quê? — sondou Doro. — Quer dizer, além do fato de que descobriu de repente que gosta de poder.

— Você que o diga.

— Há um motivo?

Refleti sobre aquilo. Precisava de algumas horas de solidão para pensar, meter o nariz na mente de outras pessoas e decidir por mim mesma o que estava fazendo.

— Eles são latentes — afirmei. — E se Rina, a família Hanson e praticamente todos os meus outros parentes servem como algum exemplo, os latentes vivem como cães. Passam a maior parte da vida compartilhando a dor de outras pessoas e enlouquecendo aos poucos. Por que precisariam passar por isso se posso lhes oferecer uma alternativa melhor?

— Tem certeza de que é melhor? — perguntou Karl.

— Pode ter certeza que sim. Quantos latentes você pensa que queimam a mão dos filhos, como a sua mãe fez, ou ainda fazem coisa pior? E você sabe que Doro não dá atenção a essas crianças. Como poderia? Só Deus sabe quantos milhares delas existem. Então, as pessoas fazem merda com elas e, se sobreviverem até a idade adulta, elas próprias fazem merda com os filhos que têm.

— E você vai salvar todo mundo. — Karl irradiava sarcasmo.

Eu me virei para encará-lo.

— Você não é exatamente cruel, Mary — disse ele. — Mas também não é altruísta. Por que finge ser?

— Espere um pouco, Karl — interveio Doro. E depois, dirigindo-se a mim: — Mary, por mais que ele tenha acabado de deixar você furiosa, acho que ele está certo. Acho que existe um motivo por trás do que você quer fazer que ainda não encarou de frente. Pense nisso.

Eu estava prestes a explodir com Karl. No entanto, quando Doro disse a mesma coisa usando palavras diferentes, aquilo não me incomodou tanto. Certo, por que eu queria que o máximo possível de latentes fossem levados a passar pela transição? Para que eu virasse uma imperatriz? Eu nem seria capaz de dizer aquilo em voz alta. Soava muito idiota. Mas, qualquer que fosse o nome que desse a mim mesma, eu definitivamente acabaria com um monte de gente recebendo ordens minhas, e isso realmente não parecia algo tão ruim. E quanto ao altruísmo, sendo ou não o verdadeiro motivo, cada latente que integrássemos ao padrão se beneficiaria estando ali. Recuperaria o controle da própria vida e seria capaz de usar sua energia para outra coisa que não fosse lutar o tempo todo para permanecer equilibrado. Mas francamente, por pior que fosse, eu sempre soube, pela maior parte da minha vida, que os latentes sofriam. Cresci assistindo a uma delas sofrer. Rina. É claro que, até aquele momento, eu não poderia ter feito nada a respeito, mas realmente nunca quis fazer nada. Não me importava. Nem mesmo quando, durante o curto período que antecedera a minha transição, descobri que os latentes sofriam muito. Afinal, sabia que meus dias de latente não durariam por muito mais tempo.

Altruísmo, ambição... o que mais havia?

Necessidade?

Será que eu precisava daqueles latentes, de algum modo? Era por isso que estava tão animada, tão feliz por estar indo resgatá-los? Sabia que os queria no padrão. Eles me pertenciam e eu os queria. A única maneira de descobrir com certeza se *precisava* ou não deles era deixá-los em paz e ver como me sairia sem eles. Eu não queria fazer aquilo.

— Não tenho certeza do que deseja que eu diga — respondi. — Você tem razão. Quero reunir latentes para minha própria satisfação. Admito isso. Quero que fiquem aqui, em volta de mim. Mas quanto ao motivo... — Balancei a cabeça.

— Você não precisa matar — disse Doro, calmamente. — Mas tem que se alimentar. E seis pessoas não são suficientes.

Karl pareceu surpreso.

— Espere aí, você está dizendo que ela vai ter que continuar fazendo o que fez com Jesse e Rachel? Que ela vai ter que escolher um ou dois de nós regularmente e...

— Não sei — disse Doro. — É possível, claro. E se assim, imagino que gostaria de lotar a vizinhança de outros ativos. Mas, por outro lado, ela não se apoderou de Rachel e Jesse por iniciativa própria. Ela se apoderou deles em legítima defesa. — Olhou para mim. — Você não é uma ativa há tempo suficiente para que isso signifique muita coisa, mas, nas duas semanas desde a sua transição, sentiu qualquer necessidade, qualquer desejo de se apoderar de alguém?

— Não — garanti. — Nunca. A simples ideia me dava nojo até fazer aquilo. Aí, me senti… Bom, você provavelmente sabe.

— Ele deve saber — disse Karl. — Mas eu não.

Eu me abri e projetei a sensação.

Ele deu um salto e murmurou:

— Jesus Cristo. — Vindo dele, soava mais como uma prece do que como um insulto. — Se foi o que sentiu, me surpreende que não tenha continuado e se apoderado de todos nós.

— É possível que ela só estivesse preservando o restante de vocês para mais tarde — disse Doro. — Mas não acredito nisso. De alguma maneira, a habilidade dela me lembra mais a de Rachel, que poderia ter deixado todos em suas congregações inconscientes ou os ter matado, mas nunca fez nada. Nunca se sentiu inclinada a isso. Para ela, é fácil ser cuidadosa, é fácil não se apoderar realmente de ninguém. Mas, em menor grau, se apoderava de todos. Obtinha o que precisava, e o público não perdia nada além do que podia oferecer. Nada que não pudessem recuperar facilmente. Nada que ao menos percebessem que tinha sido tomado.

Karl ficou sentado, franzindo a testa para Doro por vários segundos depois. Então, virou-se para mim.

— Abra-se para mim outra vez.

Suspirei e me abri. Seria mais fácil suportá-lo caso soubesse se Doro estava certo ou errado. Ou, ao menos, se soubesse que não havia como descobrir. Eu o observei, realmente não me importando com o que ele encontrava. Detive-o quando ele estava prestes a interromper o contato.

Você e eu vamos ter que conversar mais tarde.

Sobre o quê?

Sobre chegar a alguma espécie de trégua antes que você consiga me incitar a revidar.

Ele mudou de assunto. *Você percebe que é exatamente o tipo de parasita que ele descreveu? Exceto, é claro, que se alimenta de ativos em vez de pessoas comuns.*

Eu sei o que encontrou. Parece que estou sugando uma pequena quantidade de energia de você e dos outros. Mas é tão pouco que não incomoda nenhum de vocês.

Essa não é a questão.

A questão é: você não quer que eu me apodere de nada. Preciso falar que não sei como parar do mesmo jeito que não sei como começou?

Eu sei disso. Aquele pensamento carregava toneladas de frustração e esgotamento. Ele interrompeu o contato e falou para Doro:

— Você está certo. Ela é como Rachel.

Doro concordou com um movimento de cabeça.

— Isso é melhor para vocês todos. Vai ajudá-la com os primos?

— Ajudar?

— Nunca vi alguém que estivesse destinado a ser um latente ser repentinamente impulsionado a passar pela transição. Suponho que vão ter problemas e precisar de ajuda.

Karl olhou para mim.

— Você quer a minha ajuda de novo?

— É claro que quero.

— Você vai precisar de pelo menos mais uma pessoa.

— Seth.

— Sim. — Karl olhou para Doro. — Podemos ir?

Doro acenou com a cabeça.

— Tudo bem. — Ele se levantou. — Vamos, Mary. Podemos muito bem ter aquela conversa antes de você voltar para falar com Seth e Clay.

DORO

Doro não deixou a casa dos Larkin, como havia planejado. De repente, havia muita coisa acontecendo. De repente, as coisas estavam saindo do controle. Pelo menos, fora do controle dele.

Mary estava indo muito bem. Era movida pela própria necessidade de ampliar o padrão e auxiliada não apenas pelos conselhos de Doro, mas também pela experiência dos outros seis ativos. Por meio do exame que a obrigara a fazer e da investigação que fizera por conta própria, agora dispunha de um perfil mental detalhado da vida dos outros ativos. Saber o que tinham feito no passado a ajudava a decidir o que seria razoável pedir que fizessem agora. Conhecer Seth, por exemplo, a fez decidir tirar o irmão de seu controle. Ela mesma assumiu o controle de Clay.

— Quanto a dor da transição é necessária? — perguntou ela a Doro antes de tomar a decisão. — Karl me disse que você mandou que ele resistisse a me ajudar até que eu ficasse desesperada. Por quê?

— Porque, em gerações anteriores de ativos, quanto mais ajuda a pessoa em transição recebia, mais demorava para formar a própria blindagem. — Doro fez uma careta ao se lembrar. — Antes de entender isso, deixei várias pessoas com muito potencial morrerem por ferimentos que não teriam acontecido se suas transições tivessem terminado no momento certo. E deixei outras morrerem de pura exaustão.

Mary estremeceu.

— Parece que seria melhor deixá-las completamente sozinhas. — Ela olhou para Doro, de relance. — Provavelmente é por isso que sou a única de nós sete que teve alguma ajuda.

— Você também foi a única dos sete cuja transição durou dezessete horas. O mais normal é que seja entre dez e doze horas. Dezessete não é tão ruim assim, e como seus predecessores sempre morriam quando os deixava passar pela transição sozinhos, decidi que você precisava de alguém. Na verdade, Karl fez um bom trabalho.

— Acho que vou retribuir o favor — disse ela — fazendo um bom trabalho com Clay Dana antes que o irmão o acabe matando.

Ela procurou Seth, explicou a ele o que Doro acabara de lhe contar e depois disse que seria ela, e não ele, que acompanharia Clay durante a transição. Depois, ela repetiu a conversa para Doro.

— Você só pode estar brincando — protestou Seth. — Não. De jeito nenhum.

— Você é muito próximo de Clay — explicou ela. — Já passou mais de dez anos o blindando da dor.

— Isso não faz nenhuma diferença.

— Que inferno, claro que faz! O que vai pensar quando tiver que evitar blindá-lo, quando tiver que decidir se ele está ou não com problemas o suficiente para se arriscar a ajudá-lo? Como vai poder ser racional quando ele estiver deitado na sua frente, gritando?

— Racional…!

— A vida dele vai depender do que você decidir fazer ou não fazer, cara. — Ela olhou para Clay. — Quanto você acha que ele vai conseguir ser racional? É a sua vida que está em jogo.

Clay parecia desconfortável e falou para o irmão:

— Será que ela não pode estar certa, Seth? Será que isso pode ser algo que você deveria deixar para outra pessoa?

— Não! — Seth respondeu, imediatamente. E, depois, com um pouco menos de certeza: — Não.

— Seth?

— Olha, eu posso lidar com isso. Já decepcionei você alguma vez?

Mary os interrompeu.

— Provavelmente, nunca, Seth, e não vou te dar a chance de arruinar esse histórico.

Seth se virou para ela.

— Está dizendo que vai me forçar a ficar de fora? — O tom que usou fez a frase parecer mais um desafio do que uma pergunta.

— Sim — afirmou Mary.

Seth olhou para ela, surpreso. Depois, aos poucos, relaxou.

— Você poderia fazer isso — falou, com calma. — Poderia me nocautear quando chegasse a hora. Mas, Mary, se alguma coisa acontecer ao meu irmão, é melhor você não me deixar recobrar a consciência.

— Clay vai ficar bem — declarou ela. — Pretendo garantir isso. E realmente não estou interessada em nocautear você. Espero que não me obrigue a fazer isso.

— Então, me diga o porquê, me faça entender por que está interferindo em algo que nem deveria ser da sua conta.

— Fui eu que comecei isso, cara. Eu sou a razão de tudo isso. Se isso é da conta de alguém, é minha. E Clay tem mais chances comigo do que com você, porque posso ver o que está acontecendo com ele tanto mental como fisicamente. Vou saber se ele precisa mesmo de ajuda. Não vou precisar adivinhar.

— O que você pode fazer além de adivinhar? Mal saiu da transição.

— Tenho sete experiências de transição nas quais me basear. E pode acreditar que estudei todas elas. Já está decidido, Seth.

Seth engoliu tudo aquilo. Doro o observou com interesse depois que Mary relatou a conversa. E pegou Seth observando Mary. Seth não parecia zangado ou com desejo de vingança. Era mais como se estivesse esperando algo acontecer. Tinha aceitado a autoridade de Mary da mesma forma que, anos antes, aceitara a de Doro. Agora a observava para ver como ela lidava com isso. Pareceu surpreso quando, dias depois, ela o encarregou de cuidar do primo dela, Jamie, mas aceitou a responsabilidade. Depois disso, pareceu relaxar um pouco.

***

Dois dias após atacar Mary, Rachel estava de pé novamente. Jesse, mais gravemente debilitado, ficou um dia a mais de cama. Os dois se tornaram pessoas mais caladas e cautelosas. Também observavam Mary, receosos. Mary mandou que Rachel sequestrasse os irmãos Hanson. Forsyth era uma cidade pequena; Rachel conseguia atravessar a cidade sem muito desconforto. De qualquer forma, ela não ficaria longe por muito tempo.

— Faça os pais acreditarem que eles saíram de casa de vez — orientou Mary. — Porque, de um jeito ou de outro, é o que vai acontecer. Mas você não deve ter muito trabalho. Os pais não vão se lamentar por perdê-los.

Rachel franziu a testa.

— Mesmo assim, parece errado simplesmente aparecer e tomar crianças alheias...

— Não são crianças. Mas que inferno, Jamie é um ano mais velho do que eu. E se não os pegarmos, eles provavelmente não vão passar pela transição. Se não acabarem se matando quando perderem o controle em um episódio ruim, alguém os matará levando-os para um hospital. Imagine como é ser uma esponja mental captando tudo em um hospital.

Rachel estremeceu, assentiu e se virou para sair. Depois, parou e voltou-se novamente para Mary.

— Eu estava conversando com Karl sobre o que você está tentando fazer, sobre a comunidade de ativos que deseja reunir.

— E?

— Bem, se terei de ficar aqui, prefiro viver em uma comunidade de ativos, se isso for possível. Queria que parássemos de nos esconder tanto e começássemos a descobrir do que somos capazes de verdade.

— Você andou mesmo pensando nisso — disse Mary.

— Tive tempo — afirmou Rachel secamente. — O que estou tentando é me acostumar com o fato de que estou disposta a ajudar você. Ajudar mais do que apenas ir atrás dessa garotada, quero dizer.

Mary sorriu. Parecia satisfeita, mas não surpresa.

— Eu ia pedir sua ajuda — disse. — Estou feliz por não ter precisado. Não pedi que ajudasse ninguém com a transição porque queria você de prontidão para todas as três, no caso de surgir alguma ocorrência médica. Jan quebrou o braço durante a transição e você provavelmente sabe que Jesse causou algum tipo de dano à coluna que poderia ter sido sério. Será melhor se ficar mais ou menos de plantão.

— Vou ficar — disse Rachel. Ela saiu para buscar os irmãos Hanson.

Por um instante, Mary a observou saindo, depois caminhou até o sofá mais próximo à lareira, onde estava Doro, sentado com um livro fechado no colo.

— Você está sempre por perto — disse ela. — Minha sombra.

— Você não se importa.

— Não. Estou acostumada com você. Na verdade, vou sentir sua falta, de verdade, quando você for embora. Mas você não vai embora tão cedo. Foi fisgado. Precisa ficar de olho no que acontece aqui.

Ela tinha toda a razão. E não eram apenas as três próximas transições que ele queria ver. Elas eram importantes, mas a própria Mary era ainda mais. Aquelas pessoas já estavam se submetendo a ela, todas menos Karl. E, aos poucos, Mary superaria a resistência dele.

Doro havia se perguntado o que Mary faria com o próprio povo depois de o subjugar. Antes de descobrir o potencial de Clay, provavelmente ela mesma se perguntava a mesma coisa. Agora, no entanto… Doro havia reformulado a pergunta de Karl. Quantos latentes ela planejava integrar?

— Todos, é claro — dissera.

Agora Doro estava esperando. Ainda não queria lhe impor limites. Esperava que ela acabasse não gostando da responsabilidade que atribuía a si mesma. Esperava que, em breve, ela mesma começasse a se impor limites. Se não o fizesse, ele teria que intervir. O sucesso (dele e dela) estava ocorrendo depressa demais. O pior é que tudo dependia dela. Se alguma coisa lhe acontecesse, o padrão morreria junto. E sem o padrão, era possível que os ativos dela, os novos e os antigos, retornassem ao estado anterior de incompatibilidade mortal. Doro perderia uma grande porcentagem de seus melhores reprodutores. Aquele sucesso repentino lhe poderia custar várias centenas de anos.

***

Mary encarregou Karl da prima careca, Christine, e talvez depois tenha se arrependido. Por incrível que parecesse, a cabeça raspada de Christine não a deixava feia. E, infelizmente, a posição inferior dela na hierarquia da casa não a deixava cautelosa. Felizmente, Karl não estava interessado. Christine só não tinha bom senso, ainda, para perceber como era totalmente vulnerável. Mary teve uma conversa particular com ela.

Mary deu a Christine e Jamie uma única sessão intensiva de doutrinação telepática. Eles descobriram o que eram; descobriram a própria história; descobriram sobre Doro, que havia negligenciado aquele ramo da família de Emma por duas gerações. Descobriram o que iria acontecer com eles e do que estavam se tornando parte. Descobriram que todos os outros ativos da casa passaram pelo que estavam enfrentando e que, embora não fosse agradável, eles aguentariam. A recompensa dupla de paz de espírito e poder fazia valer a pena.

Os irmãos descobriram tudo e acreditaram. Não desconfiariam facilmente de informações com as quais sua mente foi alimentada à força. Uma vez terminada a doutrinação, no entanto, foram deixados, mentalmente, por conta própria. Tornaram-se parte da casa, aceitando a autoridade de Mary e a própria dor com uma docilidade atípica.

Jamie passou pela transição primeiro, cerca de um mês depois de se mudar para a Casa Larkin. Ele era jovem, forte e surpreendentemente saudável, apesar de já ter experimentado todos os tipos de pílula ou pó em que conseguiu pôr as mãos.

Ele se saiu bem. Havia torcido o pulso, deixado roxo um dos olhos de Seth e quebrado a cama em que estava, mas se saiu bem. Tornou-se um ativo. Seth ficou tão orgulhoso quanto se tivesse acabado de se tornar pai.

Clay, que deveria ter sido o primeiro, foi o próximo. Enfrentou uma transição curta e intensa que quase o matou. Na verdade, teve uma parada cardíaca, mas Mary fez o coração dele voltar a bater e aguentou firme até Rachel chegar. A transição dele terminou em apenas cinco horas. Não o deixou com as contusões e lesões de costume, porque Mary não tentou usar o próprio corpo para contê-lo nem o amarrou. Simplesmente paralisou os músculos voluntários de Clay, que permaneceu imóvel enquanto sua mente se debatia pelo caos.

Clay se tornou ativo, mas não um telepata. Sua habilidade telepática em desenvolvimento desapareceu após a transição. Mas ele foi compensado por isso, como logo descobriu.

Quando a transição terminou e ele pôde respirar em paz, viu que uma bandeja de comida havia sido deixada ao lado de sua cama. Podia vê-la com sua visão periférica. Ainda estava paralisado e não conseguia alcançá-la, mas, confuso e com fome, não percebeu isso. Estendeu o braço para pegá-la.

Estendeu o braço especificamente para pegar a tigela de sopa que estava fumegando tão perto dele. Mas foi só quando ergueu a tigela e a aproximou de si que percebeu que não estava usando as mãos. A tigela pairava, sem sustentação visível, alguns centímetros acima de seu tórax. Assustado, Clay a deixou cair. No mesmo instante, ele se moveu para se esquivar. Lançou-se mais ou menos um metro para o lado e permaneceu suspenso no ar, apavorado.

Aos poucos, o terror em seus olhos deu lugar à compreensão. Olhou ao seu redor, pelo quarto, para Rachel, Doro e, por fim, Mary. Aparentemente, Mary agora o libertara da paralisia, porque ele começou a mover braços e pernas como uma aranha humana sustentada no ar por uma teia invisível. Lenta e deliberadamente, Clay desceu até a cama. Em seguida, subiu de novo, flutuando, e, ao que parecia, achando fácil fazer aquilo. Ele olhou para Mary e respondeu ao que parecia ter sido algum pensamento que ela projetara para ele.

— Você está de brincadeira? Posso voar! Isso está bom o bastante para mim.

— Você não é mais membro do padrão — explicou. Ela parecia triste, mais quieta do que o normal.

— Quer dizer que estou livre para ir embora, não é?

— Sim. Se quiser.

— E não vou captar mais nenhuma interferência mental?

— Não. Você não pode mais captá-la. Não é um telepata fora do controle. Não é sequer um telepata.

— Senhorita, leia a minha mente. Vai ver que isso não é uma tragédia para mim. Tudo que esse suposto poder já me causou foi sofrimento. Agora que estou livre, acho que vou voltar para o Arizona, criar algumas vacas e talvez umas crianças.

— Boa sorte — respondeu Mary com gentileza.

Ele se aproximou dela e deu um grande sorriso.

— Você não acredita como é fácil. — Ele a tirou do chão, elevando-a até o nível dos próprios olhos. Ela o encarou, sem medo. — O que eu tenho é melhor do que o que você tem — brincou.

Ela finalmente sorriu para ele.

— Não é, não, cara. Mas estou feliz que você pense assim. Me ponha no chão.

Ele voltou para o chão, abaixando-a consigo, como se tivesse feito isso a vida toda. Depois olhou para Doro.

— Isso é novidade, ou você já isso viu antes?

— Psicocinese — falou Doro. — Já vi isso antes. Já vi várias vezes na família de seu pai, na verdade, embora nunca tenha visto acontecer de modo tão suave antes.

— Você chama essa transição de suave? — perguntou Mary.

— Bem, com o problema que ocorreu no coração, não, acho que não. Mas poderia ter sido pior. Acredite em mim, esta sala poderia estar uma balbúrdia e todos aqui feridos ou mortos. Já vi acontecer.

— Meu tipo de gente atira coisas — adivinhou Clay.

— Atira de tudo — disse Doro. — Incluindo algumas coisas que estão perfeitamente bem presas. Em vez de fazer isso, acho que você pode ter internalizado um pouco a sua habilidade e feito o seu próprio coração parar.

Clay estremeceu.

— Pode ser. Não sabia o que estava fazendo, na maior parte do tempo.

— Um psicocinético sempre tem uma boa chance de acabar se matando antes de aprender a controlar a própria habilidade.

— Talvez fosse assim — afirmou Mary. — Mas não será mais.

Doro ouviu determinação na voz dela e suspirou. Ela tinha acabado de compartilhar de uma boa porção da agonia de Clay enquanto se esforçava para mantê-lo vivo e, logo em seguida, estava se comprometendo a fazer aquilo de novo. Havia encontrado sua função. Era uma espécie de abelha-rainha da mente, reunindo suas operárias à sua volta em vez de dar origem a elas. Ela se dedicaria totalmente e seria difícil argumentar com ela ou lhe impor limites. Talvez mais que difícil, impossível.

Christine Hanson passou por uma transição normal, talvez um pouco mais fácil do que a da maioria das pessoas. Fez mais barulho do que os dois homens porque a dor, mesmo que leve, a apavorava. Também passou por momentos mais difíceis do que os outros durante o período de pré-transição. Por fim, rouca, porém ilesa, Christine completou o processo. Continuou sendo uma telepata, como o irmão. Havia a possibilidade de que um deles, se não ambos, aprendesse a curar e a de que, assim como Rachel e Mary, pudessem ter uma vida longeva.

Qualquer que fosse o potencial de Jamie e Christine, ambos aceitaram facilmente seus lugares no padrão. Foram os primeiros membros do padrão que se sentiam gratos por Mary. E sua adição trouxe um benefício inesperado que Jesse descobriu por acaso. Agora, todos os membros podiam se afastar de Mary sem desconforto. De forma inesperada, mais gente significava mais liberdade.

Doro observava e se preocupava em silêncio. No dia seguinte à transição de Christine, Mary começou a trazer mais primos. E Ada, que conhecia alguns de seus próprios parentes, começou a tentar contatá-los em Washington. Doro poderia ter ajudado. Sabia onde estavam todas as suas famílias latentes importantes. Mas, na sua opinião, as coisas estavam evoluindo depressa demais mesmo sem que ele ajudasse. Ele não disse nada.

Decidiu dar a Mary dois anos para fazer o que pudesse com o povo dela. Era tempo suficiente para que começasse a construir a sociedade que vislumbrava, e que ela já chamava de sociedade padronista. Mas dois anos ainda era um bom tempo para Doro correr atrás do prejuízo, se necessário, sem sacrificar um percentual muito grande de seus reprodutores.

Havia admitido para si mesmo que não queria matar Mary. Ela seria facilmente controlável na maioria dos casos, porque o amava; e ela era um sucesso. Ou um sucesso parcial. Estava dando a ele um povo unido, um grupo que finalmente podia ser reconhecido como as sementes da estirpe que ele vinha se esforçando para criar. Eram pessoas que pertenciam a ele, visto que Mary pertencia a ele. Mas não eram um povo do qual ele poderia fazer parte. À medida que o padrão de Mary os unia, ia sendo excluído. Juntos, os "padronistas" estavam se tornando algo que ele poderia observar, atrapalhar ou destruir, mas não algo a que pudesse se juntar. Eles eram o seu objetivo, parcialmente alcançado. Ele os observava ocultando, cuidadosamente, seus sentimentos de desconfiança e inveja.

PARTE TRÊS

9
EMMA

Emma estava diante da máquina de escrever, na sala de jantar, quando Doro chegou. Ele não havia ligado para avisar que estava indo, mas, quando entrou sem bater, ao menos estava usando um corpo que ela já vira antes: o de um homem baixo, de cabelos pretos e olhos verdes como os de Mary. Mas o cabelo era liso e a pele era branca. Atirou-se no sofá de Emma e esperou em silêncio até que ela terminasse a página em que estava trabalhando.

— O que é? — perguntou ele quando ela se levantou. — Outro livro?

Ela assentiu com um movimento de cabeça. Estava jovem. Agora, ficava jovem na maior parte do tempo, porque ele estava sempre por perto.

— Descobri que gosto de escrever — declarou ela. — Deveria ter tentado bem antes. — Sentou-se em uma poltrona, porque ele estava esparramado no sofá. Ele ficou deitado ali, de cara feia.

— Qual é o problema? — perguntou ela.

— Mary é o problema.

Emma fez uma careta.

— Não me surpreende. O que ela fez?

— Nada, ainda. É o que ela vai fazer depois que eu falar com ela. Vou pisar no freio, Em. O distrito padronista de Forsyth já está do tamanho de uma pequena cidade. Ela tem gente suficiente.

— Se quer saber o que acho, ela tinha gente suficiente dois anos atrás. Mas agora que você está preparado para detê-la, o que vai fazer com todos esses ativos, todos esses padronistas, quando ela não estiver mais por perto para manter o Padrão?

— Não pretendo matar a Mary, Em. O Padrão permanecerá.

— Será?

Ele hesitou.

— Acha que ela vai me obrigar a matá-la?

— Acho. E se você for realista, vai concordar.

Ele suspirou e se sentou no sofá.

— Sim. Também não espero salvar muita gente do povo dela. Eram, na maioria, animais antes de serem encontrados. Sem ela, vão retroceder.

— Animais... mas com tanto poder.

— Terei que destruir os piores entre eles.

Emma estremeceu.

— Achei que estivesse mais preocupada com a Mary.

— Eu estava. Mas agora é tarde demais para ela. Você a ajudou a se transformar em algo muito perigoso para continuar a existir.

Ele a olhou fixamente.

— Ela tem muito poder, Doro. Ela me apavora. Está fazendo exatamente o que você sempre disse que queria fazer. Mas é ela quem está fazendo isso, não você. Todas aquelas pessoas, as 1500 pessoas do distrito são dela, não suas.

— Mas ela é minha.

— Você não estaria pensando em matá-la se acreditasse que isso basta.

— Em... — Ele se levantou e foi se sentar no braço da poltrona dela. — Do que você tem medo?

— Da sua Mary. — Ela se recostou nele. — Da sua pequena Mary implacável, egoísta e faminta de poder.

— Sua neta.

— Sua criação! Mil e quinhentos ativos em dois anos. Eles se criam uns aos outros como em uma linha de montagem. E quantos criados recrutados, pessoas comuns infelizes o bastante para serem dominadas por aqueles ativos. Pessoas agora forçadas a trabalhar como serviçais em suas próprias casas. São servos e coisas piores!

A raiva dela pareceu assustá-lo. Ele abaixou o olhar até ela, calado.

— Você não está no controle — explicou ela, mais calma. — Você deixou que corressem soltos. Nesse ritmo, quantos anos acha que vai demorar para tomarem conta da cidade? Quanto tempo até começarem a interferir nos governos estadual e federal?

— São pessoas muito provincianas, Em. Francamente não se importam com o que está acontecendo em Washington, em Sacramento ou em qualquer outro lugar, desde que possam evitar que isso os prejudique. Prestam atenção ao que está acontecendo, mas não interferem com muita frequência.

— Eu me pergunto quanto tempo isso vai durar.

— Um bom tempo, mesmo que o Padrão sobreviva. Eles francamente não querem o fardo de administrar um país inteiro. Não quando as outras pessoas conseguem governar razoavelmente bem e os padronistas podem colher os frutos do trabalho delas.

— Devem ter aprendido isso com você.

— Com certeza.

— Você fala de Washington e de Sacramento. E aqui, em Forsyth?

— Este é o território deles, Em. Estão interferindo bastante aqui para evitar serem notados pela administração do município, por mais omissa que seja. Para evitar problemas, tomaram a cidade faz um ano, um ano e meio.

Emma o contemplou, horrorizada.

— Eles tomaram completamente a melhor área da cidade. Fizeram isso sem alarde, mas ainda assim Mary achou que era mais seguro controlar silentes estratégicos na prefeitura, no departamento de polícia, em...

— Silentes!

Ele pareceu se irritar, provavelmente consigo mesmo.

— É um termo conveniente. Pessoas sem voz telepática. Pessoas comuns.

— Sei o que significa, Doro. Soube desde a primeira vez que ouvi Mary usá-lo. Significa o mesmo que "gente negra"!

— Em...

— Estou dizendo, você perdeu o controle, Doro. Você não é um deles. Você não é um telepata. E se não acredita que nos desprezam, nós que não somos telepatas, nós, a gente negra, e todo o resto da humanidade, você não está prestando atenção.

— Eles não me desprezam.

— Mas também não admiram. Costumavam admirar. Costumavam respeitar você. Droga, costumavam amar você, os originais. A "Primeira Família". — O tom de voz dela ridicularizava o termo que os sete ativos originais tinham adotado.

— Está óbvio que isso está incomodando você há muito tempo — comentou Doro. — Por que não disse nada disso antes?

— Não era necessário.

Ele franziu a testa.

— Você sabia. — O tom dela tornou-se acusador. — Eu não disse nada de que você não estivesse ciente há tanto tempo quanto eu.

Ele se mexeu, desconfortável.

— Às vezes me pergunto se você também não é um pouco telepata.

— Não preciso ser. Conheço você. E sabia que chegaria um ponto em que, não importa quanto estivesse fascinado com o que Mary está fazendo, não importa quanto amasse a garota, ela teria que sair do poder. Só queria que você tivesse decidido isso antes.

— Depois que ela ajudou os primeiros latentes, decidi dar a ela dois anos. Queria dar muitos mais, se ela cooperasse.

— Ela não vai cooperar. Você estaria disposto a abrir mão de todo esse poder?

— Não estou pedindo a ela que desista de nada, a não ser desse impulso de recrutar pessoas. Ela já tem boa parte de meus melhores latentes. Não me atrevo a deixar que continue como desta maneira.

— Agora quer que o distrito só cresça através de nascimentos?

— Por nascimentos e por meio das mais de quinhentas crianças que eles reuniram. Crianças que um dia vão passar pela transição. Você viu a escola particular que ocuparam para elas?

— Não. Fico o mais longe que posso do distrito. Acho que Mary já sabe o que sinto por ela. Não quero jogar isso na cara dela até que decida me fazer mudar de pensamento.

Doro ia falar alguma coisa, mas parou.

— O que é? — perguntou Emma.

Por um momento, ela pensou que ele não iria responder.

— Falei de você para ela uma vez. Disse que não queria que ninguém do povo dela te incomodasse. Ela me lançou um olhar estranho e disse que já tinha cuidado disso. Ela disse: "Não se preocupe. Aquela cadela velha está usando a minha marca. Se alguém tentar lê-la, a primeira coisa que verá é que é minha propriedade particular".

— Sou o que dela?!

— Ela quis dizer que você está sob a proteção, Em. Pode não parecer, mas, com isso, nenhum deles vai encostar em você. E, ao que parece, ela não está interessada em te controlar.

Emma estremeceu.

— Que generoso da parte dela! Ela deve se sentir terrivelmente segura do poder que tem. Você a treinou bem, e é muito parecida com você.

— Sim — disse Doro. — Eu sei.

Emma o olhou com atenção.

— Ouvi orgulho em sua voz?

Doro deu um sorriso frouxo.

— Ela me mostrou muita coisa, Em. Me mostrou algo que passei grande parte da vida tentando encontrar.

— Só o que consigo ver é que ela mostrou como você seria se fosse uma mulher jovem. Eu me lembro de ter avisado sobre subestimar mulheres jovens.

— Não como eu seria se fosse mulher. Isso eu já sei. Já fui uma não sei quantas vezes. Não. Mas como seria se fosse uma entidade completa. Como seria se não tivesse morrido aquela primeira vez, morrido antes de estar totalmente formado.

— Antes de estar... — Emma franziu a testa. — Não entendi. Como sabe que não estava totalmente formado quando morreu?

— Eu sei. Já vi quase cópias de mim o suficiente, quase sucessos o suficiente para saber que deveria ser um telepata, como Mary. Se fosse, eu teria criado um padrão e me alimentaria de hospedeiros vivos em vez de matar. Como as coisas são, o único momento em que posso ter contato mental com outra pessoa é quando a mato. Ela e eu matamos de forma muito parecida.

— É só isso? — questionou Emma. — É só isso que buscou por tanto tempo, alguém que mate da mesma forma que você?

— Só? — Havia amargura na voz dele. — Parece algo tão pequeno, Em, que eu queira saber o que sou, o que eu deveria ter sido?

— Não é algo pequeno. Nem inteligente. Sua curiosidade, e também sua solidão, acho, levaram você a cometer um erro.

— É possível. Já cometi erros antes.

— E sobreviveu a eles. Espero que sobreviva a este. Agora compreendo porque manteve seu propósito em segredo por tanto tempo.

— Sim.

— Mary sabe disso?

— Sim. Nunca lhe contei, mas ela sabe. Percebeu sozinha, depois de um tempo.

— Não é de admirar que você a ame. Não é de admirar que ela ainda esteja viva. Ela é você... a coisa mais próxima que você já teve de uma filha de verdade.

— Eu também nunca disse nada disso a ela.

— Ela sabe. Pode contar com isso. — Emma parou de falar por um instante. — Doro, existe alguma maneira de ela... Quer dizer, se ela for completa e você não, ela pode ser capaz de...

— De se apoderar de mim?

Emma assentiu.

— Não. Se pudesse, jamais teria sobrevivido à manhã depois da transição. Naquele dia, ela tentou me ler. Se não tivesse tentado, eu teria mandado que tentasse logo que a encontrasse. Queria olhar para ela da única maneira que me permitiria saber se seria capaz de se tornar um perigo para mim. Olhei, e o que vi me disse que não. Ela é como uma miniatura de mim mesmo. Eu poderia ter me apoderado dela naquele momento, e ainda posso.

— Faz muito tempo que não vê alguém que possa ser perigoso. Espero que seu julgamento ainda seja tão bom quanto você imagina.

— É. Em toda minha vida, conheci apenas cinco pessoas que considerei potencialmente perigosas.

— E todas morreram jovens.

Doro encolheu os ombros.

— Imagino que não esteja esquecendo que Mary pode se fortalecer roubando a força do próprio povo.

— Não. Isso não faz nenhuma diferença. Eu a observei com muito cuidado quando ela dominou Rachel e Jess. Poderia ter me apoderado dela naquela hora. Na verdade, a força extra que ela adquiriu a fez parecer uma vítima mais interessante. A força, por si só, não é suficiente para me derrotar. E ela tem uma vulnerabilidade que eu não tenho. Ela não se transfere. Só tem aquele corpo, e quando ele morrer, ela morrerá também. — Ele pensou no que disse e sacudiu a cabeça, triste. — E é quase certo que ela vai morrer.

— Quando?

— Quando ela... Se ela me desobedecer. Vou lhe contar minha decisão quando for para lá, mais tarde. Chega de latentes. Depois disso, ela decidirá o que quer fazer.

SETH

Seth Dana saiu pela porta dos fundos da Casa Larkin pensando na tarefa que Mary acabara de lhe dar. A mesma coisa de sempre. Recrutar mais auxiliares, mais pessoas para ajudar os latentes durante a transição. Os padronistas gostavam da maneira como estavam aumentando em número. A expansão era emocionante. Isso era ver a própria espécie crescendo, finalmente atingindo a maturidade. Mas ser auxiliar era um trabalho árduo. Era necessário ser mãe, pai, amigo e, se o cargo exigisse, amante de uma pessoa errática, assustada e dependente. As pessoas só se ofereciam como auxiliares quando eram forçadas a isso. Aceitavam a tarefa como um dever, mas fugiam ele enquanto pudessem. O trabalho de Seth encorajá-las e, em seguida, atribuir-lhes essa responsabilidade pesarosa, assustadora.

Ele era uma espécie de casamenteiro, pois sentia com facilidade e precisão quais auxiliares seriam compatíveis com que latentes. Seu pior erro foi o primeiro caso, sua decisão de auxiliar Clay. Na época, Mary o impediu. Desde então, ela não precisou impedi-lo novamente. Ele não tinha mais parentes próximos ameaçando distorcer seu julgamento.

Entrou no carro, preocupado, decidindo quais padronistas escolher desta vez. Deu a partida no carro automaticamente, depois congelou. Seu braço ficou parado no meio do caminho até o freio de mão. Alguém tinha encostado o cano de aço frio de uma arma contra sua nuca.

Assustado ao pensar nisso, Seth vivenciou um instante de medo.

— Desligue o motor, Dana — disse uma voz masculina.

Por fim, reagindo, Seth leu o homem. Então, desligou o carro. Com a mesma facilidade, desligou o pistoleiro. Enviou ao homem um comando mental e, em seguida, esticou o braço e tomou a arma da mão inerte. Guardou a arma no porta-luvas e olhou para o sujeito. O homem era um silente desconhecido, mas Seth já o vira antes, nos pensamentos de uma mulher que havia auxiliado. Uma mulher chamada Barbara Landry, que já tinha sido casada com aquele homem.

— Palmer Landry — murmurou Seth. — Você se encrencou muito e à toa.

O homem olhou para Seth e depois para a própria mão vazia.

— Por que entreguei...? Como você conseguiu me fazer...? O que está acontecendo aqui?

Seth deu de ombros.

— Agora, nada.

— Como sabe quem eu sou? Por que eu te entreguei...?

— Você abandonou a sua esposa há quase um ano — falou Seth. — Depois, de repente, decidiu que a queria de volta. Não precisava de uma arma.

— Onde ela está? Onde está Barbara?

— Provavelmente na casa dela. — O próprio Seth havia trazido Barbara Landry de Nova York havia dois meses. Um mês e meio depois, ela passou pela transição. Quase imediatamente, descobriu que a Casa Bartholomew e seu dono, Caleb Bartholomew, combinavam perfeitamente com ela. Seth não tinha se preocupado em apagar as memórias que ela tinha das pessoas que conhecia de Nova York. Não eram suas amigas. Não se importavam realmente com o que acontecia com ela. Mas, aparentemente, ela contara a algumas para onde ia, e com quem. E quando Landry voltou a procurá-la, encontrou a informação de que precisava. Seth havia sido descuidado. E Palmer Landry havia tido sorte. Ninguém o notara observando a Casa Larkin, e a pessoa a quem perguntara quem era Seth Dana era um silente desavisado.

— Quer dizer que já se livrou da Barbara? — Landry exigiu saber.

— Nunca fiquei com ela — respondeu Seth. — Nunca a quis, para falar a verdade, nem ela a mim. Só a ajudei quando precisava de ajuda.

— Certo. Você é o Papai Noel. Apenas me diga onde ela está morando.

— Levo você até lá, se quiser. — Pretendia mesmo recrutar Bartholomew como auxiliar. Mas mais tarde. A Casa Bartholomew ficava do outro lado da rua.

— Com quem ela está morando? — perguntou Landry.

— Com a família dela — disse Seth. — Ela encontrou uma casa e se adaptou mais depressa do que a maioria.

— Casa? — O homem franziu a testa. — Um bordel?

— De jeito nenhum! — Seth olhou para ele. Landry tinha uma opinião justificadamente negativa da esposa. Latentes eram pessoas difíceis de se conviver. Mas Seth não tinha percebido que era tão negativa. — Vivemos em comunidade aqui, várias pessoas em cada casa. Por isso, quando dizemos casa, não estamos nos referindo apenas à construção. Queremos dizer família. Queremos dizer pessoas.

— Que diabos vocês são? Alguma espécie de fanáticos religiosos ou coisa assim?

Seth estava prestes a responder quando a própria Barbara saiu pela porta dos fundos da Casa Larkin.

O som de passos fez Landry se virar. Ele a viu, gritou o nome dela, depois saiu do carro, correndo em sua direção.

Barbara Landry era fraca para uma padronista e ainda não tinha experiência em lidar com suas novas habilidades. Isso a tornava possivelmente perigosa para o marido. Seth estabeleceu contato para avisá-la, mas chegou segundos tarde demais.

Recuando de surpresa com a corrida repentina de Landry, Barbara instintivamente usou as novas defesas. Em vez de o controlar de modo sutil, deteve-o com firmeza, de repente, como se tivesse batido nele, como se o tivesse golpeado com um porrete. Ele caiu, inconsciente, sem sequer ter encostado nela.

— Meu Deus — Barbara murmurou, horrorizada. — Não tive a intenção de lhe fazer mal. Vim ver você. Aí, senti que ele estava aqui, te ameaçando. Vim pedir para que não o machucasse.

— Ele vai ficar bem — disse Seth. — Não por mérito seu. Vai acabar matando alguém se não aprender a ter cuidado.

— Eu sei. Desculpe.

Ele a repreendeu como se ainda fosse responsável por ela.

— Já avisei. Não importa que seja fraca como padronista, é uma grande ameaça para qualquer silente comum.

Ela assentiu, séria.

— Vou tomar cuidado. Mas, Seth, você pode ajudá-lo, por mim? Quer dizer, depois que ele se recuperar. Provavelmente precisa de dinheiro, e sei que precisa ainda mais se esquecer de mim. Nem gosto de pensar sobre o que o fiz passar quando estávamos juntos.

— Ele quer ficar com você.

— Não!

— Ele poderia ser programado para viver muito bem aqui, Barbara. Na verdade, seria mais feliz aqui do que em qualquer outro lugar.

— Não quero que ele seja escravizado! Já fiz o suficiente para ele. Seth, por favor. Ajude-o e deixe-o ir.

Por fim, Seth sorriu.

— Está certo, meu bem. Em troca de uma promessa sua.

— O quê?

— Que vai procurar Bart e fazer com que ele lhe dê mais algumas lições sobre como lidar com pessoas silentes sem matá-las.

Ela concordou com a cabeça, envergonhada.

— É, e avise-o que vai auxiliar algumas pessoas para mim. Vou trazer a primeira amanhã.

— Oh, mas...

— Sem desculpas. Você me poupa do transtorno de discutir com ele e eu cuidarei bem disso para você aqui. — Apontou em direção a Landry.

Ela sorriu para ele.

— Você faria isso de qualquer maneira. Mas, tudo bem, faço o trabalho sujo para você. — Ela se virou e começou a voltar pelo caminho até a casa. Era uma padronista rara. Como Seth, ela se importava com o que acontecia com as pessoas que havia deixado para trás, no mundo dos silentes. Seth sempre gostara dela. Agora garantiria que o marido dela tivesse um recomeço tão bom quanto o de Clay.

RACHEL

A mais nova tarefa de Rachel a deixou incomodada desde o momento em que Mary a delegou. Ainda a incomodava enquanto permanecia parada na entrada de uma longa rua que conduzia a um terreno com casas dilapidadas, sujas, de estuque verde. As construções eram pequenas: não havia mais do que três ou quatro cômodos em cada uma. Os quintais estavam cheios de latas de cerveja e garrafas de vinho, e cobertos por ervas daninhas e grama alta. A visão pareceu confirmar as suspeitas de Rachel.

Mais adiante, na rua, um grupo de rapazes adolescentes se reunia em volta de um par de dados e uma quantidade impressionante de dinheiro. Concentrados no jogo, não prestaram nenhuma atenção em Rachel. Ela deixou sua percepção sondá-los e encontrou três pelos quais teria que voltar. Três latentes que moravam no terreno, mas que não estavam tão mal quanto os que Mary a mandara buscar.

Aquele era um grupo de descendentes de Emma, escondidos em um canto de Los Angeles, sofrendo sem saber por que, sem saber quem eram. As mulheres que viviam em três das casas eram irmãs. Elas se odiavam, geralmente só trocavam obscenidades. No entanto, continuavam morando próximas umas das outras, satisfazendo uma necessidade que nem sequer percebiam ter. Uma delas ainda era casada. Todas tiveram filhos. Rachel tinha de levar a mais nova, a que ainda vivia com o marido. Ela morava na terceira casa ao fundo, com marido e dois filhos pequenos. Rachel olhou para a construção e percebeu que estava evitando, inconscientemente, examiná-la. Estava seguindo à risca o que Mary havia dito. Isso significava que certamente havia coisas lá dentro que não gostaria de ver. Ela sondava as áreas que controlava tão depressa que não captava nada mais do que uma sensação momentânea de ansiedade dos latentes que tinham problemas graves. Ela era como uma máquina, sondando e detectando latentes a torto e a direito em meio à população silente. E os piores, ela atribuía a Rachel.

— Vamos, Rae — dizia. — Você sabe que vão morrer se eu mandar outra pessoa.

E estava certa. Apenas Rachel poderia lidar com os refugos mais patéticos de Doro. Pelo menos, só ela tinha conseguido até o momento, quando seus alunos estavam começando a se desenvolver. A aluna que a acompanhava agora estava quase pronta para ir trabalhar sozinha. Miguela Daniels. O pai dela se casara com uma silente mexicana. Mas ele reconstituíra a própria linhagem, tanto materna como paterna, até chegar a Emma. E sua filha estava se tornando uma curandeira excelente. Miguela apareceu ao lado de Rachel.

— Pelo que está esperando? — perguntou.

— Você — Rachel lhe respondeu. — Certo, vamos entrar. Mas você não vai gostar.

— Já posso pressentir isso.

Enquanto se dirigiam à porta, Rachel finalmente usou sua percepção para sondar a casa, lastimando-se. Ela não bateu. A porta estava trancada, mas as pessoas lá dentro não conseguiriam responder à batida.

A parte superior da porta já tinha sido uma janela, mas o vidro estava quebrado havia muito tempo. O buraco fora coberto com um pedaço enorme de madeira compensada.

— Preste atenção nos meninos nos fundos — Rachel disse a Miguela. — Eles não conseguem nos ver aqui, mas isso pode ser barulhento.

— Pode fazer um deles arrombar a porta.

— Não, eu mesma posso fazer isso. Apenas observe.

Miguela assentiu.

Rachel segurou a borda saliente da placa de madeira, preparou-se e a puxou. A madeira era seca, velha e fina. Rachel mal havia começado a fazer força quando ela cedeu perto de toda a fileira de pregos e se soltou parcialmente nas mãos dela. Forçou mais até conseguir empurrar o resto para dentro e destrancar a porta. O cheiro que as saudou fez Rachel prender o fôlego por alguns segundos. Miguela teve ânsia de vômito ao respirar.

— Que droga de fedor é essa!

Rachel não disse nada. Empurrou a porta e entrou. Miguela fez uma careta e a seguiu.

Deitado junto à porta, meio encostado na parede, estava um jovem, o marido. Em volta dele, as muitas garrafas que já tinha conseguido esvaziar. Em sua mão, uma que ainda não havia esvaziado completamente. Ele tentou se levantar quando as duas mulheres entraram, mas estava bêbado demais, ou doente demais, ou fraco demais por conta da fome. Provavelmente as três coisas.

— Ei — falou ele, de maneira baixa e arrastada. — O que pensam que estão fazendo? Fora da minha casa.

Rachel o examinou rapidamente enquanto Miguela atravessava a cozinha até o quarto. O homem era um latente, assim como a esposa. Era por isso que os dois tinham tantos problemas. Não tinham apenas a interferência mental de costume para enfrentar, mas também interferiam, sem querer, um com o outro. Ambos eram parentes de Emma e seriam bons padronistas, mas estavam se matando como latentes. Em seu estado atual, o homem no chão não tinha utilidade nem para ninguém, nem para si mesmo.

Estava imundo. Não apenas sujo, mas também incontinente. Ele se revolvia em suas próprias fezes e vômito, contribuindo para o forte mal cheiro do lugar.

Do quarto, Miguela gritou:

— Mãe de Deus! Rachel, venha aqui, depressa.

Rachel se afastou do homem, com a intenção de ir até Miguela. Mas, quando se virou, houve um som, um choro fraco, agudo, vindo do sofá. Rachel percebeu logo que aquilo que pensava serem apenas montes de trapos eram, na verdade, as duas crianças que sentira na casa. Foi até elas depressa.

Eram pele e osso. As duas respiravam de forma superficial, irregular, fazendo ruídos breves de vez em quando. Desnutridas, desidratadas, machucadas, espancadas e imundas, ambas estavam inconscientes. Graças a Deus, inconscientes.

— Rachel… — Miguela pareceu gaguejar. — Rachel, venha aqui. Por favor!

Rachel se afastou das crianças com relutância e foi para o quarto. Lá havia outra, um bebê que Rachel não conseguiria ajudar. Estava morto havia pelo menos alguns dias. Nem Rachel nem Mary tinham sentido isso antes, porque as duas procuravam por vida, tocando as mentes vivas da casa e passando por alto em todo o resto.

O corpo desnutrido do bebê estava coberto de vermes, mas ainda mostrava as marcas do abuso dos pais. A cabeça estava em pedaços. Fora atingido por algo ou se chocara contra algo. As pernas estavam retorcidas como as de nenhum bebê teriam se retorcido normalmente. A criança tinha sido torturada até a morte. O homem e a mulher tinham se alimentado da insanidade um do outro até assassinarem uma criança e deixarem as outras à beira da morte. Rachel já havia sequestrado muitos latentes de prisões e hospitais psiquiátricos para saber a frequência com que essas coisas aconteciam. Às vezes, o melhor que um latente podia fazer era perceber que a interferência mental, a loucura, nunca acabaria e, então, dar cabo da própria vida antes que matasse outras pessoas.

Olhando para a criança morta no berço velho e descascado, Rachel se perguntou como até mesmo Doro conseguia manter tantos latentes vivos por tanto tempo. Como conseguia fazer aquilo e como era capaz de suportar a si mesmo por fazer aquilo? Mas ele não tinha nada nem mesmo vagamente parecido com uma consciência.

O berço estava ao pé de uma cama velha de aço. Ali estava a mãe, semiconsciente, murmurando bêbada de vez em quando.

— Johnny, o bebê está chorando de novo. — E depois: — Johnny, faça o bebê parar de chorar! Não suporto ouvir esse choro o tempo todo. — Agora ela também chorava um pouco, de olhos abertos, mas sem ver nada.

Miguela e Rachel se entreolharam. Miguela estava horrorizada; Rachel, cansada e enojada.

— Você estava certa — disse Miguela. — Não gosto nada disso. É com este tipo de coisa que quer que eu lide?

— É muita gente para mim — explicou Rachel. — Quanto mais ajuda eu receber, menos desses casos ruins vão morrer.

— Eles merecem morrer pelo que fizeram com esse bebê... — Miguela gaguejou novamente e Rachel notou que ela estava contendo as lágrimas.

— Você é a última pessoa que eu esperaria ver responsabilizando latentes pelo que fazem — Rachel lhe disse. — Preciso te lembrar do que você fez? — Miguela, instável e violenta, havia colocado fogo na casa de uma mulher cujo testemunho a fizera passar um tempo em um centro de detenção de menores. A mulher morreu queimada.

Miguela fechou os olhos, sem chorar, mas parando de atirar pedras.

— Sabe — falou, depois de um instante —, fiquei feliz em me tornar uma curandeira, porque pensei que poderia compensar o que fiz de algum modo. E aqui estou, me queixando.

— Pode se queixar quanto quiser — disse Rachel. — Contanto que faça seu trabalho. Você vai cuidar dessas pessoas.

— De todas elas? Sozinha?

— Vou ficar de prontidão... Não que você precise de mim. Você está pronta. Por que não traz a caminhonete, e eu vou chamar alguns dos meninos para nos ajudar a carregar os corpos.

Miguela ia saindo, mas de repente parou.

— Sabe, às vezes gostaria que pudéssemos fazer Doro pagar por cenas como esta. É ele quem merece receber toda a culpa.

— É ele também quem nunca vai pagar por isso. Só as suas vítimas pagam o preço.

Miguela balançou a cabeça e saiu para buscar a caminhonete.

JESSE

Jesse parou o carro bruscamente na frente de uma bela mansão georgiana de tijolos vermelhos. Saiu, seguiu pelo caminho até a porta e entrou sem se preocupar em bater. Foi direto para as escadas e subiu ao segundo andar. Lá, em um quarto dos fundos, encontrou Stephen Gilroy, o padronista proprietário da casa, sentado ao lado da cama de uma jovem silente. O rosto dela estava coberto de sangue. Tinha sido retalhado e cortado em pedaços. Ela estava inconsciente.

— Meu Deus — murmurou Jesse enquanto cruzava o quarto em direção à cama. — Você mandou chamar um curandeiro?

Gilroy assentiu.

— Rachel não está por perto, então eu...

— Eu sei. Ela está em uma missão.

— Chamei um dos filhos dela. Só queria que ele chegasse logo aqui.

Um dos alunos de Rachel, ele quis dizer. Até Jesse às vezes se referia aos alunos de Rachel como "os filhos" dela.

Ouviram o som da porta principal abrir e se fechar com uma batida. Alguém subiu os degraus de madeira correndo e, instantes depois, um jovem ofegante entrou na sala com pressa. Era um dos parentes de Rachel, é claro, e como Rachel faria em uma situação de cura, assumiu o controle imediatamente.

— Vão ter de me deixar a sós com ela — avisou. — Posso cuidar dos ferimentos, mas trabalho melhor quando estou sozinho com o paciente.

— Os olhos dela também estão machucados, acho — disse Gilroy. — Você tem certeza que...

O curandeiro abriu a porta para lhes mostrar que sua autoconfiança era verdadeira e baseada na experiência.

— Não se preocupem. Ela vai ficar bem.

Jesse e Stephen Gilroy saíram do quarto e desceram para o escritório de Gilroy.

Jesse falou, com fúria apaziguada.

— O principal motivo de eu ter chegado aqui tão rápido foi para conferir os ferimentos com os meus próprios olhos e não pela memória de outra pessoa. Quero me lembrar disso quando for atrás de Hannibal.

— Eu deveria ir atrás dele — respondeu Gilroy, em um tom calmo e amargurado. Era um homem esguio de cabelos escuros e pele muito pálida. — Iria se ele já não tivesse me provado que não adianta nada. — Sua voz estava repleta de desprezo por si mesmo.

— Abusadores de silentes são minha responsabilidade — afirmou Jesse. — Porque os silentes são minha responsabilidade. Hannibal é, inclusive, meu parente. Vou cuidar dele.

Gilroy deu de ombros.

— Você a deu para mim; ele a tirou de mim. Você ordenou que ele a mandasse de volta; ele a mandou de volta em pedaços. Agora vai puni-lo. O que ele vai fazer com ela depois disso?

— Nada — disse Jesse. — Prometo. Conversei sobre ele com Mary e Karl. Esta não é a primeira vez que ele faz isso com alguém. Ainda é o animal que era quando latente.

— É o que está me incomodando. Ele não se importaria em matar Arlene quando você terminar com ele. O que surpreende é ainda não a ter matado. Ele sabe que não sou capaz de impedir.

— Não faz sentido se recriminar por isso, Gil. Com exceção dos membros da Primeira Família, ninguém pode impedi-lo. Ele é o telepata mais poderoso que já ajudamos a passar pela transição. E a primeira coisa que ele fez, assim que terminou, foi romper a blindagem da auxiliar e quase a matar. Gratuitamente. Só tinha acabado de descobrir que poderia fazer isso, então fez.

— Alguém deveria ter acabado com ele naquela hora.

— Foi o que Doro disse. Ele alega que estava acostumado a eliminar pessoas como Hannibal assim que as avistava.

— Bom, detesto concordar com Doro, mas...

— Eu também. Mas ele nos criou. Sabe o que pode dar errado com a gente. Hannibal é muito forte para que possa ser ajudado por Rachel ou pelos filhos dela. Principalmente porque ele não quer ser ajudado, de qualquer forma. E é muito perigoso para o tolerarmos por mais tempo.

Os olhos de Gilroy se arregalaram.

— Você vai matá-lo, então?

Jesse concordou com a cabeça.

— Por isso tive que falar com Karl e Mary. Não gostamos de abrir mão de um dos nossos, mas Hannibal é um maldito câncer.

— Vai fazer isso sozinho?

— Assim que sair daqui.

— Com a força dele... tem certeza de que consegue?

— Sou da Primeira Família, Gil.

— Mesmo assim...

— Ninguém que precisou do Padrão para ser impulsionado à transição é páreo para um de nós, não se tivermos a intenção de matar. — Jesse desdenhou, encolhendo os ombros. — Doro teve que nos gerar fortes o suficiente para sobrevivermos sem ajuda. Afinal, quando chegasse a nossa hora, não haveria ninguém que pudesse nos estimular sem nos matar. — Ele se levantou. — Olha, entre em contato comigo quando aquele curandeiro terminar de cuidar de Arlene, sim? Quero ter certeza de que ela está bem.

Gilroy assentiu e se levantou. Eles caminharam até a porta juntos, e Jesse percebeu que havia três padronistas na sala de estar. Duas mulheres e um homem.

— Sua casa está crescendo — comentou com Gilroy. — Já são quantos?

— Cinco. Cinco padronistas.

— Os melhores entre as pessoas que auxiliou, aposto.

Gilroy sorriu, não disse nada.

— Sabe — Jesse falou quando chegaram à porta —, o Hannibal... ele nunca nem olha para mim. Isso me faz lembrar um pouco de mim mesmo uns dois anos atrás. Mas, com a graça de Doro, aqui estou. Merda.

JAN

Segurando um bloco liso e retangular de madeira entre as mãos, Jan Sholto fechou os olhos e retrocedeu em sua memória desordenada. Voltou dois anos, até a criação do Padrão. Não tinha apenas as próprias memórias daquele acontecimento, mas também as de cada um dos padronistas originais. Eles tinham retirado a blindagem para deixar que ela os lesse (não que pudessem a ter impedido se se recusassem a fazer isso). Mary não era a única que conseguia ler as pessoas através de suas blindagens. Ninguém, exceto Doro, poderia ter um contato físico com Jan sem lhe revelar parte de seus pensamentos e memórias. Neste caso, porém, o contato físico não foi necessário. Os outros mostraram sua aprovação ao que ela estava fazendo e cooperaram. Ela estava criando outro bloco de aprendizagem, reunindo as memórias de todos eles em uma obra que não apenas contaria aos novos padronistas sobre seus primórdios, mas também lhes mostraria isso.

Jan era professora de todos os novos padronistas que chegavam. Já fazia mais de um ano que auxiliares usavam seus blocos de aprendizagem para transmitir aos seus protegidos, de maneira rápida e completa, o conhecimento das regras e regulamentos do distrito. Outros blocos de aprendizagem lhes davam opções, mostrando-lhes as oportunidades disponíveis para que encontrassem seu próprio lugar no distrito.

De repente, Jan chegou às memórias de Mary, cuja intensidade crua a abalaram e a inundaram de uma forma que raramente as memórias de outras pessoas faziam nos últimos tempos. Era um ótimo material, mas Jan sabia que teria de modificá-las. Da maneira que estavam, dominariam tudo que Jan tentasse registrar.

Suspirando, ela deixou o bloco de lado. É claro que seriam os pensamentos de Mary que dariam problemas. Mary era um problema. Aquele corpinho dela enganava. No entanto, foi quem encontrou uma utilidade possível para a psicometria de Jan. Alguns meses depois de começar a atrair latentes, Mary decidiu aprender tudo que pudesse sobre as habilidades especiais do resto da Primeira Família. Ao investigar a habilidade de Jan, descobriu que era capaz de ler alguns objetos de forma fragmentada e difusa, mas que conseguia com muito mais facilidade qualquer coisa que Jan tivesse manipulado.

— Você lê as impressões das coisas em que toca — falou para Jan. — Mas acho que também deixa impressões nelas.

— É claro — confirmou Jan, impaciente. — Todo mundo faz isso cada vez que toca em algo.

— Não, o que quero dizer… Você meio que amplifica o que já está lá.

— Não de propósito.

— Ninguém nunca percebeu isso antes?

— Ninguém presta atenção à minha psicometria. É apenas algo com que me divirto.

Mary ficou em silêncio por um longo tempo, pensando. E então disse:

— Já aconteceu de gostar tanto das impressões que tirou de algo a ponto de preservá-las? Não só preservá-las na sua memória, mas na coisa, no objeto em si, como se preservasse um filme ou uma fita gravada.

— Tenho algumas coisas muito antigas guardadas. Elas têm memórias antigas armazenadas.

— Vá buscá-las.

— *Por favor*, vá buscá-las — imitou Jan. — Posso vê-las, *por favor*? — Mary assumira sua nova posição de poder com muita facilidade. Ela adorava dar ordens às pessoas.

— Vá para o inferno — disse Mary. — Vá buscar.

— Elas são minha propriedade!

— Sua propriedade. — Os olhos verdes cintilaram. — Troco-as com você por sua noite passada.

Jan ficou petrificada, olhando fixamente para Mary. Na noite anterior, Jan tinha estado com Karl. Não era a primeira vez, mas Mary nunca tinha mencionado nada antes. Jan tentara se convencer de que Mary não sabia. Agora, confrontada com a prova de que estava errada, conseguiu controlar o medo. Queria perguntar o que Mary dera àquela silente, Vivian, em troca de todas as suas noites com Karl, mas não disse nada. Levantou-se e foi buscar sua coleção de artefatos antigos roubados de vários museus.

Mary manuseou uma peça após a outra, primeiro franzindo a testa, depois lentamente assumindo uma expressão de admiração.

— Isto é fantástico — falou. Estava segurando apenas um fragmento do que tinha sido um vaso com uma pintura intricada. Um vaso que continha a história da mulher cujas mãos o moldaram 6500 anos antes. Uma mulher de uma aldeia que existiu em algum lugar do que agora era o Irã, durante o período Neolítico. — Por que é tão puro? — perguntou Mary. — Só Deus sabe quantas pessoas o tocaram desde que esta mulher o possuiu. Mas é só ela que consigo sentir.

— O tempo todo, eu só quis senti-la — explicou Jan. — Esse fragmento ficou soterrado a maior parte do tempo entre a vida dela e a nossa. Essa é a única razão pela qual algo dela restou nele.

— Mas não há nada além dela. Como você se livrou dos outros?

Jan franziu a testa.

— No início havia arqueólogos e algumas outras pessoas, mas eu não os queria. Apenas não os quis.

Mary devolveu-lhe o fragmento.

— Estou nele agora?

— Não, ele está selado. Tive que aprender a congelá-los para não os perturbar toda vez que os manuseasse. Nunca tentei deixar outro telepata manipulá-los, mas você não perturbou este.

— E os outros também não, muito provavelmente. Você gosta de ser auxiliar, Jan?

Jan olhou para ela de olhos semicerrados.

— Você sabe que detesto. Mas o que isso tem a ver com os meus artefatos?

— Seus artefatos podem livrá-la de ter que auxiliar outras pessoas. Se começar a se familiarizar um pouco melhor com as próprias habilidades e usá-las para fazer algo além de se divertir, elas podem abrir uma nova maneira de você contribuir com o Padrão.

— Que maneira?

— Uma nova arte. Uma nova forma de educação e entretenimento, melhor do que os filmes, porque é possível vivê-los de verdade, e se pode absorvê-los com mais rapidez e de forma mais completa do que os livros. Talvez...

Ela pegou o fragmento do vaso e uma placa pequena de argila suméria e se apressou em experimentá-los com outras pessoas. Minutos depois, estava de volta, sorrindo.

— Fiz um teste com Seth e Ada. Tudo que lhes disse foi para segurarem essas coisas e se abrirem. Eles captaram tudo. Olhe, se você me mostrar que consegue usar isso como algo além de um brinquedo, nunca mais vai ser auxiliar. — A torrente de palavras cessou por um instante, e quando Mary voltou a falar, seu tom havia se transformado: — E, Jan, adivinhe o que mais você nunca mais fazer?

Jan quis matá-la. Em vez disso, concentrou suas energias em refinar seu talento e encontrar uma utilidade para ele. Em vez disso, começou a criar uma nova forma de arte.

ADA

Ada Dragan esperou pacientemente na diretoria do que era, enfim, sua escola. Uma tutora silente que foi programada para notar coisas do tipo havia relatado que uma das crianças latentes que adotara, uma menina de quinze anos, estava tendo sérias dificuldades durante a pré-transição.

Da sala, Ada olhou para o terreno murado da escola. Costumava ser uma escola particular, localizada ali mesmo, no bairro de Palo Verde. Uma escola para onde pessoas insatisfeitas com o ensino básico público de Forsyth e que podiam pagar pela alternativa mandavam suas crianças. Agora, aquelas pessoas tinham sido persuadidas a mandar seus filhos para estudar em outro lugar.

Naquele outono, havia apenas um mês, iniciou-se o primeiro ano letivo totalmente padronista. Ada recebeu-o aliviada. Vinha trabalhando gradualmente para concretizar a incorporação, procurando com cautela a melhor maneira, havia quase dois anos. Finalmente estava feito. Tinha se familiarizado com as necessidades das crianças e superado sua timidez para conseguir atendê-las. No papel, os silentes ainda eram proprietários da escola. Mas Ada e a equipe de assistentes padronistas eram proprietárias dos silentes. E a própria Ada estava no comando, respondendo diretamente para Mary.

A responsabilidade tinha escolhido Ada mais do que ela a escolhera. Descobrira que tinha facilidade em trabalhar com crianças, que gostava delas, enquanto a maioria dos padronistas definitivamente não conseguia lidar com os mais jovens. Somente alguns de seus familiares podiam auxiliar. Outros padronistas achavam o ruído emocional da mente infantil intolerável. Ele penetrava não apenas na proteção geral do Padrão, mas nas blindagens mentais dos padronistas. Era algo que deixava seus nervos em frangalhos, destroçava sua paciência e deixava as crianças em perigo real. Era algo que fazia dos padronistas pais e mães potencialmente piores do que os latentes.

Assim, por mais que quisessem garantir seu futuro como estirpe (e agora era o que queriam), os padronistas não conseguiam cuidar das crianças que representavam esse futuro. Tinham de atrair silentes para fazer isso por eles. Primeiro Doro e agora Mary estavam criando uma estirpe que não tolerava a própria cria.

Ada se afastou da janela assim que a tutora trouxe a garota. A silente era Helen Dietrich, uma professora do ensino fundamental que, junto com o marido, também cuidava de quatro filhos latentes. Jan havia transferido o casal Dietrich e vários outros professores para o distrito, onde poderiam fazer os dois trabalhos.

Aquela garota, Ada se lembrou, era um caso particularmente infeliz, uma paciente de Rachel. A vida com os pais latentes havia deixado diversas cicatrizes em seu corpo e em sua mente. Rachel dera duro para reverter o dano. Agora, Ada se perguntava quão bom tinha sido o trabalho dela.

— Page — disse Helen Dietrich, nervosa —, esta é Ada Dragan. Ela está aqui para ajudar você.

A garota deu a Ada um olhar sombrio, triste.

— Eu já conversei com o psicólogo da escola — adiantou a menina. — Não adiantou nada.

Ada concordou com a cabeça. O psicólogo escolar era uma espécie de experimento. Ele ignorava completamente o fato de que os padronistas agora o possuíam. Tinha recebido permissão para aprender o máximo que pudesse por conta própria. Nada foi escondido dele. Mas, ao mesmo tempo, nenhuma informação lhe fora dada. Junto com algumas outras pessoas semelhantes, espalhadas pelo distrito, ele estava sendo usado para calcular o volume de informação necessário para que silentes normais compreendessem sua situação.

— Não sou psicóloga — explicou Ada. — Nem psiquiatra.

— Por que não? — perguntou a garota. Ela estendeu os braços, que até então estava segurando atrás das costas. Os dois pulsos estavam enfaixados. — Estou louca, não estou?

Ada apenas olhou para as bandagens. Helen Dietrich lhe havia contado sobre a tentativa de suicídio. Ada falou à silente.

— Helen, pode ser mais fácil para você se sair agora.

A mulher encarou Ada e percebeu que ela realmente estava lhe dando uma escolha.

— Prefiro ficar — disse. — Terei de lidar com isso outra vez.

— Tudo bem. — Ada encarou a garota novamente. Com muito cuidado, leu-a. Era difícil fazer isso na escola, onde tantas outras mentes infantis se intrometiam. Era uma fase em que se tornaram um estorvo. Mas, apesar do incômodo, Ada tinha de tratar a garota com gentileza. Aos quinze anos, Page não era jovem demais para estar se aproximando transição. As crianças que viviam no distrito, rodeadas por padronistas e, portanto, pelo Padrão, não precisavam ter contato direto com Mary para serem estimuladas à transição. O Padrão as impulsionava assim que seu corpo e sua mente pudessem tolerar o choque. E aquela garota parecia pronta, a menos que Rachel tivesse deixado passar algum problema mental e a adolescente estivesse sofrendo desnecessariamente. Era isso que Ada precisava descobrir. Estabeleceu contato com Page enquanto a questionava:

— Por que tentou se matar?

A mente jovem fez um esforço para não expressar emoção, mas falhou. O pensamento emergiu: *para evitar matar outras pessoas*. Em voz alta, a garota falou asperamente:

— Porque eu queria morrer! A vida é minha. Se quiser acabar com ela, é problema meu.

Ela não tinha sido informada sobre o que era. As crianças eram informadas quando chegavam mais ou menos à idade dela. Passavam alguns dias com Ada ou, mais provavelmente, com algum assistente de Ada, descobriam um pouco de sua história e tomavam conhecimento de como seria seu futuro. Ada intitulava aquelas sessões de "aulas de orientação". A de Page estava agendada para o mês seguinte, mas, aparentemente, a natureza decidiu apressar as coisas.

— Você não tem permissão para se matar, Page. Entende isso, não é? — Com habilidade, Ada plantou o comando mental enquanto falava, de modo que, assim que abriu a boca para insistir que tentaria de novo, a garota percebeu que não podia, ou melhor, percebeu que não queria mais aquilo, que tinha mudado de ideia.

Page ficou imóvel por um instante, com a boca aberta. Depois se afastou de Ada, horrorizada.

— Você fez isso! Eu senti. Foi você!

Ada a olhou, surpresa. Nenhum não telepata, nenhum latente deveria ter percebido...

— Você é um deles — acusou a garota, com voz estridente.

A sra. Dietrich franziu as sobrancelhas para ela.

— Não entendo. O que há de errado?

Page a encarou.

— Nada! — Então, com mais brandura. — Ah, meu Deus, tudo. Tudo. — Olhou para baixo, para os braços. — Não estou doente. Nem estou louca. Mas se eu contar o que... o que *ela* é... — Fez um gesto brusco em direção a Ada. — Você ia me trancafiar. Não ia acreditar...

— Diga a ela o que eu sou, Page — pediu Ada, com tranquilidade. Conseguia sentir o terror da garota balindo em sua mente.

— Você lê a mente das pessoas! Você as obriga a fazer coisas que não querem fazer. Não é humana! — Levou a mão à boca, abafando levemente as palavras seguintes. — Oh, meu Deus, você não é humana... E eu também não sou! — Estava chorando, ficando histérica. — Vá em frente, então, me prenda — disse. — Pelo menos assim não serei capaz de machucar ninguém.

Ada olhou para Helen Dietrich.

— É isso mesmo. Ela sabe só o suficiente sobre o que está acontecendo para se apavorar. Acha que está se tornando algo que vai acabar machucando você, ou seu marido, ou uma das outras crianças.

— Oh, Page. — A mulher silente tentou abraçar a garota, mas Page se esquivou.

— Você já sabia! Você me trouxe até ela, mesmo sabendo o que era!

— Fique calma, Page — disse Ada baixinho. E a garota caiu em um silêncio aterrorizado. Para a silente, Ada disse: — Agora, saia, Helen. Ela vai ficar bem. — Desta vez, nenhuma escolha fora dada e Helen Dietrich, obediente, saiu da sala. Ao tentar escapar junto, a garota se viu aparentemente enraizada no chão. Percebendo que estava presa, ela desabou, chorando em pânico, impotente. Ada se aproximou dela e se ajoelhou ao seu lado.

— Page... — Colocou a mão no ombro da garota e sentiu o ombro trêmulo. — Ouça.

A garota continuou chorando.

— Você não vai se machucar. Com certeza não vai ser trancafiada. Agora escute.

Depois de um momento, as palavras pareceram se infiltrar. Page a olhou. Ainda claramente assustada, permitiu que Ada a ajudasse a se sentar em uma das cadeiras. As lágrimas diminuíram, cessaram, e a garota enxugou o rosto com um lenço de papel de uma caixa na mesa da diretora.

— Você deveria fazer perguntas — disse Ada com brandura. — Poderia ter se poupado de muitas preocupações desnecessárias.

Page respirou fundo, tentando conter o tremor.

— Nem sei o que perguntar. A não ser... O que vai acontecer comigo?

— Você vai crescer. Vai se tornar o tipo de adulto que seus pais deveriam ter sido, mas que, sozinhos, não conseguiram.

— Meus pais — falou Page com um ódio contido. — Espero que os tenham prendido. São animais.

— Eles eram. Mas agora não são mais. Nós conseguimos ajudá-los, assim como ajudamos você, como continuaremos ajudando você. — A menina não deveria ter se lembrado o suficiente dos pais para odiá-los. Rachel sempre fora especialmente cuidadosa com aquilo. Mas não havia como se enganar sobre a emoção por trás das palavras da garota.

— Vocês deveriam ter matado os dois — falou. — Deveriam ter cortado a garganta imundas deles! — Calou-se e olhou para o braço esquerdo. Tocou-o com a mão direita, franzindo a testa. Ada soube, então, que o condicionamento que Rachel impusera à garota ainda estava se decompondo. Da mente de Page, Ada extraiu a memória de um braço esquerdo torcido, incapacitado, permanentemente dobrado; a mão pendurada, frouxa, morta. O braço inteiro estava morto, graças a uma surra violenta que Page levara do pai. Uma surra e nenhum atendimento médico. Mas Rachel reparara o dano. O braço da garota tinha voltado ao normal, mas ela estava se lembrando que não deveria ter voltado. E estava se lembrando de mais coisas sobre os pais. Ada tinha que tentar minimizar os danos daquele conhecimento.

— Nossos curandeiros foram capazes de fazer tanto pela mente de seus pais quanto pelo seu corpo — disse. — Seus pais são pessoas diferentes agora, vivendo vidas diferentes. Eles são… pessoas sãs. Não são responsáveis pelo que fizeram quando você os conheceu.

— Você tem medo de que eu tente me vingar.

— Não podemos deixar você fazer isso.

— Também não podem me obrigar a perdoá-los. — Ela parou, assustada, percebendo de repente que Ada talvez pudesse fazer aquilo. — Odeio meus pais! Eu… os mataria se vocês me mandassem de volta para eles. — Mas falou sem convicção.

— Você não será enviada de volta para eles — avisou Ada. — E acho que, uma vez que descubra por si mesma o que os deixou do jeito que eram, saberá por que os ajudamos em vez de puni-los.

— Agora eles são… como você?

— Os dois são telepatas, sim. — Aos trinta e sete anos, tinham sido as pessoas mais velhas a passar pela transição com sucesso. Quase morreram, apesar de tudo que Rachel era capaz de fazer. Eles, além de outros três casos de pessoas que morreram, fizeram Mary perceber que a maioria dos latentes que não tinha sido levado à transição até os trinta e cinco anos nunca deveria passar por ela. Para tornar a vida deles mais confortável, Mary desenvolveu um modo de destruir a habilidade incontrolável que tinham sem prejudicá-los de outras maneiras. Pelo menos assim, poderiam viver o resto de seus anos como silentes normais. Mas os pais de Page conseguiram. Eram padronistas poderosos, como Page seria.

— Então, também vou ser como vocês, não é? — perguntou a garota.

— Vai, sim. Em breve.

— O que serei para os Dietrich?

— A primeira filha adotiva deles a amadurecer. Eles vão se lembrar de você.

— Mas… eles não são como você. Sei dizer isso. Posso sentir a diferença.

— Eles não são telepatas.

— Eles foram escravizados! — Seu tom era acusador.

— Sim.

Page ficou em silêncio por um momento, assustada com a disposição de Ada em admitir uma coisa daquelas.

— Simples assim? Sim, vocês escravizam pessoas? Vou fazer parte de um grupo que escraviza pessoas?

— Page...

— *Por que você acha que tentei morrer?*

— Porque você não sabia. Ainda não sabe.

— Sei o que é ser escravizada! Meus pais me ensinaram. Meu pai costumava me deixar nua, me amarrar à cama, me bater, e depois...

— Sei disso, Page.

— E eu sei o que é ser escravizada. — A voz da garota estava sombria. — Não quero fazer parte de nada que escravize pessoas.

— Você não tem escolha. Nem nós.

— Vocês poderiam parar de fazer isso.

— Você ainda estaria com seus pais se não fizéssemos isso. Não poderíamos ter cuidado de você. — Ela inspirou fundo. — Não prejudicamos pessoas como os Dietrich, de jeito nenhum. Na verdade, estão mais saudáveis e vivem melhor agora do que antes de os encontrarmos. E o trabalho que estão fazendo por nós é o trabalho de que gostam.

— Se não gostassem, mudariam a mente deles.

— Talvez, mas eles não saberiam disso. Ficariam satisfeitos.

A garota olhou para ela.

— Você acha que isso torna as coisas melhores?

— Melhores, não. Mais gentis, de uma forma assustadora, eu sei. Não estou fingindo que o modo de vida deles é o melhor possível, Page, embora eles pensem que sim. Foram escravizados e eu não trocaria de lugar com eles. Mas nós... Nossa espécie não existiria por muito tempo sem a ajuda deles.

— Então, talvez não devêssemos existir! Se a maneira consiste em escravizar pessoas boas como os Dietrich e deixar animais como meus pais ficarem livres, o mundo ficaria melhor sem nós.

Ada desviou o olhar por um instante, depois a encarou com tristeza.

— Você não me entendeu. Talvez não queira. Não a culparia. Os Dietrich, Page, aquelas pessoas bondosas que acolheram você, cuidaram de você, amaram você. Por que pensa que fizeram tudo isso?

E de repente, Page entendeu.

— Não! — gritou. — Não. Eles me queriam. Eles me disseram isso.

Ada não respondeu.

— Iam adotar crianças de qualquer maneira.

— Você sabe muito bem.

— Não. — A garota fuzilou Ada com os olhos, ainda tentando se convencer da mentira. Então, algo em sua expressão se desintegrou. Afinal de contas, qual era a sensação de saber que os adorados pais adotivos, os únicos pais que já tinham lhe demonstrado amor, só a amavam porque foram programados para isso?

Ada a observou, totalmente ciente do que ela estava passando, mas, por um instante, preferiu ignorar.

— Nós nos autodenominamos padronistas — disse ela calmamente. — Esta é a nossa escola. Você e os demais são as nossas crianças. Queremos o melhor para vocês, embora, pessoalmente, não sejamos capazes de oferecê-lo. Para nós, não é possível receber vocês em nossas casas e dar a atenção de que precisam. Simplesmente não é possível. Logo você vai entender o porquê. Por isso, nos organizamos de outra maneira.

A menina chorava baixinho, com a cabeça baixa, o rosto molhado de lágrimas e contorcido de dor. Então, Ada se aproximou e colocou um braço em volta dela. Continuou a falar, agora oferecendo conforto com suas palavras. A garota era forte demais para ser acalmada com mentiras ou amnésia parcial. Já havia provado isso. Nada lhe faria bem a não ser a verdade. Mas a verdade não era uma decepção total.

— Os Dietrich merecem o amor e o respeito que sente, Page, porque você está certa sobre eles. São boas pessoas. Amam crianças. Tudo o que fizemos foi direcionar esse amor para você, para as outras crianças. No seu caso, nem mesmo tivemos que nos esforçar. Não acho que o faríamos. Por isso os escolhi para você, e você para eles.

Page enfim ergueu os olhos.

— Você os escolheu? Você?

— Sim.

Ela refletiu, depois reclinou a cabeça para o lado, apoiando-se no braço de Ada.

— Então, acho que é certo que você seja a pessoa que vai me afastar deles.

Ada não disse nada.

Page ergueu a cabeça e olhou Ada nos olhos.

— Vai me levar embora, não é?

— Sim.

— Não quero ir.

— Eu sei. Mas está na hora.

Page assentiu e abaixou a cabeça para se apoiar outra vez no braço de Ada.

10
MARY

Em nosso primeiro ano, depois de alguns meses, o grupo original de ativos se separou. Rachel e Jesse se mudaram primeiro: foram para uma casa vizinha quase tão grande quanto a nossa. Depois, Jan foi morar sozinha. Tive uma conversa com ela sobre usar sua psicometria como uma espécie de ferramenta educativa, ou até mesmo como uma forma de arte. Na mesma conversa, eu lhe disse para não encostar em Karl. Eu não tinha um controle tão bom sobre ele na época, mas já tinha me decidido que, eu tendo-o ou não, ela não o teria. Ela partiu no dia seguinte.

Nossos novos padronistas estavam nos deixando imediatamente, ocupando casas próximas, com Jesse preparando o terreno para eles junto aos silentes que já moravam ali. Todos tiveram que aprender a lidar com silentes: aprender a não os esmagar nem os transformar em verdadeiros robôs. Algo que Jesse tinha sido capaz de fazer com facilidade desde sua transição.

Seth e Ada se mudaram para uma casa de esquina, do outro lado da rua. De repente, Karl e eu éramos os únicos padronistas da Casa Larkin. Não estávamos de volta ao ponto de partida nem nada assim. Doro finalmente nos deixou, e tínhamos um casal de latentes conosco. Todos, exceto Jan e Rachel, estavam auxiliando alguém nessa época. Novos padronistas também, assim que se pudesse confiar neles para lidar com a situação. Mas, juntos, Karl e eu estávamos mais solitários do que nunca. Nem Vivian importava muito. Ela deveria ter deixado Karl quando ele lhe dera essa oportunidade. Agora, era um animalzinho de estimação plácido e estúpido. Karl a controlava sem sequer pensar nisso.

Eu era uma predadora e, para ser franca, uma não muito boa. Mas tudo bem, porque Karl já não tinha certeza, como tivera antes, de que se incomodava em ser uma presa. Estava meio desconfiado, meio entretido. Mas nunca tinha realmente me odiado. Droga, ele e eu teríamos nos dado bem juntos desde o dia em que ele foi até a minha cama se não fosse pelo Padrão e o que ele representava. Representava poder. Poder que eu tinha e que ele nunca teria. E embora nunca tenha atirado isso na cara dele, também nunca foi algo que neguei.

O Padrão estava crescendo porque eu procurava latentes, fazia com que fossem trazidos para cá e lhes dava o estímulo necessário para a transição. Ele estava crescendo por minha causa. E ninguém estava mais bem preparado para comandá-lo do que eu. Tinha a esperança de que Karl conseguisse aceitar isso e se sentisse à vontade o suficiente para me aceitar. Se ele não conseguisse... Bem, eu o desejava, mas também desejava o que estava construindo. Se não pudesse ter os dois, Karl poderia seguir seu caminho. Eu me mudaria, como todo mundo, e o deixaria ter sua casa de volta. Talvez ele soubesse disso.

— Sabe — disse ele uma noite —, por um tempo achei que você fosse ir embora, como os outros. Na verdade, não tem nada segurando você aqui. — Estávamos no escritório, ouvindo a chuva lá fora, sem ver o programa na televisão. Nenhum de nós gostava de televisão. Nem sei por que nos dávamos ao trabalho de ligá-la à noite.

— Nunca quis ir — afirmei. — E como você não tinha certeza se queria que eu fosse, pensei em ficar mais um tempo, pelo menos.

— Achei que pudesse estar com medo de ir embora, medo de que, quando Doro descobrisse, simplesmente nos obrigasse a voltar a ficar juntos.

— Ele poderia fazer isso. Mas duvido. Já conseguiu mais do que esperava de nós.

— De você.

Ignorei.

— Por que ficou?

— Você sabe por quê. Queria ficar com você.

— O marido que ele escolheu para você.

— Sim. — Eu me virei para encará-lo. — Estupidez minha, me apaixonar pelo meu próprio marido.

Ele não desviou o olhar, nem mesmo mudou de expressão. Depois de um tempo, sorri para ele.

— Não é tanta estupidez. Nós combinamos.

Ele deu um sorriso tímido, quase sério.

— Você está mudando. Tenho observado você mudar, perguntando-me até onde iria.

— Mudando como?

— Amadurecendo, talvez. Eu me lembro de quando era mais fácil intimidar você.

— Ah. — Olhei para a televisão por um momento, ouvi uma mulher assassinar uma música. — É bem mais fácil conviver comigo quando não me sinto intimidada.

— Comigo também.

— É. — Escutei mais alguns compassos gritados pela mulher, depois balancei a cabeça. — Você não está prestando atenção nesse barulho, está?

— Não.

Eu me levantei e desliguei a televisão. Agora havia apenas o ruído suave e farfalhante da chuva lá fora.

— E agora, o que vamos fazer? — perguntei a ele.

— Na verdade, não temos que fazer nada — respondeu. — É só deixar as coisas progredirem.

Fixei os olhos nele, com uma frustração silenciosa. Essa parte do "silenciosa" exigiu esforço. Ele riu e chegou mais perto de mim.

— Você já não me lê muito, não é?

— Não quero ler você o tempo todo — expliquei. — Converse comigo.

Ele estremeceu e recuou, murmurando algo que não entendi direito.

— O quê? — perguntei.

— Eu disse: que generoso da sua parte.

Fiz uma careta.

— Generoso o diabo. Pode me dizer o que tiver para me dizer.

— Imagino que sim. Afinal, se me ler o tempo todo, vai se entediar bem depressa.

Então era isso! Ele tinha medo de receber o troco por algumas das coisas que tinha feito com as outras mulheres dele. Estava com medo de eu tentar transformá-lo em uma versão masculina de Vivian. Pouco provável.

— Continue assim — falei —, e não vou precisar ler você para ficar entediada. Você não é alguém que inspira pena, Karl, então, vinda de você, essa autopiedade é nojenta.

Achei que ele fosse me bater. Tenho certeza de que pensou nisso. Mas, depois de um instante, meio que se deteve. Levantou-se.

— Encontre um lugar para você amanhã e dê o fora daqui.

— Melhor assim — concordei. — Você não é nada entediante quando fica bravo.

Ele começou a se afastar de mim, com repulsa. Levantei-me depressa e o peguei pela mão. Ele poderia se esquivar com facilidade, mas não o fez. Pensei que aquilo queria dizer algo e me aproximei.

— Deveria confiar em mim — falei. — A essa altura, já deveria confiar em mim.

— Não tenho certeza de que o nosso problema é confiança.

— É, sim. — Estendi a mão e toquei o rosto dele. — Um problema muito simples. Você sabe disso.

Ele começou a parecer incomodado, como se eu realmente o estivesse deixando nervoso. Ou, talvez, como se eu realmente o estivesse provocando de outra maneira. Deslizei os braços ao redor dele com esperança. Já fazia muito tempo. Tempo demais.

— Vamos, Karl, faça a minha vontade. O que custa? — Custava muito. E ele sabia disso.

Ficamos juntos por um longo tempo, minha cabeça recostada no peito dele. Por fim, ele suspirou e me levou de volta ao sofá. Ficamos deitados juntos, apenas nos acariciando, abraçados.

— Você abriria a blindagem? — perguntou ele.

Fiquei surpresa, mas não me importei. Abri. E ele reduziu a dele para que não houvesse barreiras mentais entre nós. Parecíamos flutuar juntos. No início, foi assustador. Senti como se estivesse me perdendo de mim mesma, unindo-me tão completamente a ele que não seria capaz de me libertar depois. Se ele não estivesse tão calmo, eu teria tentado fechar a blindagem após alguns segundos. Mas percebi que ele não estava com medo, que queria que eu permanecesse como estava, que nada irreversível estava acontecendo. Notei que ele tinha feito a mesma coisa com Jan. Vi a experiência em sua memória. Parecia-se com a fusão que ele tinha naturalmente, sem blindagem, com as mulheres silentes com quem ficava. Jan não tinha gostado daquilo. Ela não gostava muito de nenhum tipo de contato mente a mente. Mas tinha se sentido tão solitária entre nós, e tão desprovida de propósito, que suportou aquela fusão mental apenas para manter o interesse de Karl. Mas aquilo não era um ato de que se podia desfrutar caso a outra pessoa apenas a suportasse com seriedade.

Fechei os olhos e explorei o que Karl e eu nos tornamos. Uma unidade. Estava ciente das sensações do corpo dele e do meu. Podia sentir meu próprio desejo por ele excitando-o e a excitação dele retornando para mim.

Perdemos o controle. A espiral de nossas próprias emoções ganhou vida própria. Nós nos machucamos um pouco. Fiquei com hematomas e ele com marcas de unhas e mordidas. Mais tarde, dei uma olhada no que havia sobrado do vestido que estava usando e o joguei fora.

Mas, meu Deus, como tinha valido a pena.

— Teremos que ser mais cuidadosos ao fazer isso de novo — comentou ele, examinando alguns dos arranhões.

Eu ri e afastei as mãos dele. As feridas eram pequenas. Curei-as depressa. Encontrei outras, que também curei. Ele me observou com interesse.

— Muito eficiente — disse. E me olhou nos olhos. — Parece que você venceu.

— Sozinha?

Ele sorriu.

— Senão o quê? Nós vencemos?

— Com certeza. Quer ir tomar banho comigo?

***

No final do primeiro ano de existência do Padrão, todos sabíamos que tínhamos algo que estava dando certo. Algo novo. Estávamos aprendendo a fazer tudo à medida que íamos fazendo. Logo depois que Karl e eu ficamos juntos, encontramos latentes com filhos e filhas latentes. Aquilo poderia ter acabado muito mal. Descobrimos que éramos "alérgicos" a crianças de nossa própria espécie. Éramos mais perigosos para elas do que pais latentes. Foi quando Ada descobriu sua especialidade. Era a única entre nós que conseguia tolerar crianças e cuidar delas. Começou a usar silentes como pais adotivos e passou a gerenciar uma pequena escola particular que não ficava muito longe. E ela e Seth voltaram para a Casa Larkin.

Tinham sido os últimos a partir e agora eram os primeiros a voltar. Só tinham ido, disseram, porque os outros estavam indo embora. Não porque desejavam sair da Casa Larkin. Não queriam. Ficavam tão à vontade conosco quanto nossos novos padronistas se sentiam em relação aos membros de seus grupos, suas "famílias" de adultos não aparentados. Nós, padronistas, parecíamos criaturas mais sociáveis do que os silentes. Nenhum dos novos padronistas preferiu morar sozinho. Mesmo os que queriam traçar o próprio caminho esperavam até encontrar pelo menos uma outra pessoa para se juntar a eles. Então, aos poucos, o casal agregava outras pessoas. A casa deles crescia.

Rachel e Jesse voltaram alguns dias depois de Seth e Ada. Ficaram um pouco envergonhados, prontos a admitir que queriam voltar para o conforto que não tinha percebido ter encontrado até que o abandonaram.

Jan simplesmente reapareceu. Eu a li. Tinha se sentido sozinha como o diabo na casa que escolhera, mas não falou nada. Queria morar conosco e usar sua habilidade. Achava que ficaria satisfeita caso pudesse fazer essas duas coisas. Estava aprendendo a pintar, e até suas piores pinturas tinham vida. Era só tocá-las e elas o catapultavam para outro mundo. O mundo da imaginação dela. Alguns dos novos padronistas, seus parentes, começaram a procurá-la para aprender a usar a pouca habilidade psicométrica que tinham. Ela os ensinou, escolheu alguns amantes entre eles e se dedicou a aprimorar a própria arte. E estava mais feliz do que nunca.

Nós sete nos tornamos a Primeira Família. No início, era uma piada. Karl fez algumas comparações entre nossa posição em relação ao distrito e a da família do presidente em relação ao país. O nome pegou. Acho que, no começo, todos nós achamos que era uma bobagem, mas nos acostumamos. Karl fez a parte dele para que eu me acostumasse:

— Poderíamos fazer algo para que fosse uma família de verdade — falou. — Também seríamos os primeiros a tentar, o que daria alguma força ao nosso título.

O Padrão tinha pouco mais de um ano na época. Olhei para ele confusa, sem ter certeza de que ele estava dizendo o que achava que tinha entendido.

— Tente de outro jeito…

— Nós poderíamos ter um bebê.

— *Nós* poderíamos?

— Sério, Mary. Queria que tivéssemos um filho.

— Por quê?

Ele me lançou um olhar de aversão.

— Quero dizer… não conseguiríamos ficar com ele.

— Sei disso.

Refleti, surpresa por nunca ter pensado naquilo antes. Mas, por outro lado, nunca quis ter filhos. Com Doro por perto, porém, presumi que mais cedo ou mais tarde receberia ordens para gerar alguma criança. Receberia ordens. De certo modo, era melhor receber um pedido.

— Podemos ter um bebê, se você quiser — respondi.

Ele pensou por um momento.

— Imagino que não, mas poderia fazer que seja um menino?

Fiz com que fosse um menino. A essa altura, eu já era uma curandeira. Podia não só escolher o sexo da criança, mas também garantir uma boa saúde para ela e para mim enquanto estivesse grávida. Então, estar grávida não era desculpa para desacelerar nossa expansão.

Eu estava atraindo pessoas latentes de todo o país. Podia identificá-las sem problemas em meio à população silente. Já não importava que nunca as tivesse encontrado pessoalmente ou que estivessem a cinco mil quilômetros de distância quando dirigisse lhes minha atenção. Meu raio de ação, assim como a distância que os padronistas podiam se afastar de mim, aumentava à medida que o Padrão se expandia. Agora eu localizava latentes por meio de seus surtos de atividades telepáticas e dava uma visão geral de sua localização a um de meus padronistas, que poderia identificá-los com mais atenção quando estivesse a poucos quilômetros de distância deles.

Assim, o Padrão crescia. Karl e eu tivemos um filho: Karl August Larkin. O nome do homem que Doro usou para ser meu pai era Gerold August. Nunca tinha feito nada em sua memória antes, e provavelmente nunca mais faria. Mas ter o bebê me deixou sentimental.

Doro não estava sempre por perto para nos observar enquanto crescíamos. Verificava como estávamos a cada poucos meses, provavelmente para nos lembrar (para me lembrar) onde ainda se assentava a autoridade. Apareceu duas vezes durante minha gravidez. Depois, não o vimos mais até August estar com dois meses. Ele apareceu em um momento em que estávamos sem grandes problemas. Fiquei feliz em vê-lo. Estava meio orgulhosa por estar administrando as coisas com tranquilidade. Não sabia que ele tinha vindo para dar fim às coisas.

Entrou, olhou para minha barriga lisa e perguntou:

— Menino ou menina? — Não me preocupei em lhe dizer que tinha deliberadamente concebido um menino.

Então, Karl e eu nos sentamos com ele e provavelmente o entediamos com nosso papo sobre o bebê. Fiquei surpresa quando ele disse que queria vê-lo.

— Por quê? — perguntei. — Todos os bebês da idade dele são muito parecidos. Ver o quê?

Os dois homens franziram a testa para mim.

— Tudo bem, tudo bem — concordei. — Vamos ver o bebê. Venham.

Doro se levantou, mas Karl permaneceu onde estava.

— Vão na frente, vocês dois — disse. — Já o vi hoje de manhã. Minha cabeça não vai aguentar isso de novo por um tempo.

Não me admirei que tivesse ficado indignado com minha atitude! Ele estava armando para mim. Eu queria que Ada estivesse por perto para levar Doro. August não estava propriamente na escola, mas em uma das casas de acolhida em torno da escola. Era igualmente ruim. A estática da escola e das crianças em geral não me atingia com tanta força como à maioria; ainda assim, não era muito agradável.

Entramos. Doro fitou os olhos em August, que retribuiu o olhar nos braços de Evelyn Winthrop, a silente que cuidava dele. Então, saímos.

— Dirija até algum lugar longe o suficiente da escola para se sentir confortável e estacione — disse Doro quando voltamos para o carro. — Quero falar com você.

— Sobre o bebê?

— Não. Sobre outra coisa. Embora deva parabenizá-la por seu filho.

Ignorei.

— Você não dá a mínima para ele, não é?

Virei em uma rua tranquila e arborizada e estacionei.

— Ele é perfeito — falei. — Mente e corpo saudáveis. Garanti isso. Observei-o com muita atenção antes do nascimento. Agora, fico de olho em Evelyn e no marido para ter certeza de que estão lhe dando todos os cuidados de que ele precisa. Fora isso, você está certo.

— Igualzinha à Jan.

— Obrigada.

— Não estou criticando você. Telepatas são sempre os piores pais possíveis. Pensei que o Padrão poderia mudar isso, mas não mudou. A maioria dos ativos tem que ser forçada a ter filhos. Você e Karl me surpreenderam.

— Karl queria um.

— E você queria Karl.

— Na época, eu já o tinha. Mas a ideia de gerar uma criança não foi tão repulsiva. Ainda não é. Faria isso de novo. Mas sobre o que quer falar comigo?

— Sobre fazer isso de novo.

— O quê?

— Ou, pelo menos, fazer com que seu povo o faça. Porque, por algum tempo, é a única maneira que permitirei para que o Padrão cresça.

Eu me virei para o encarar.

— Do que está falando?

— Estou suspendendo a captação de latentes a partir de hoje. Você deve chamar seu pessoal que está realizando buscas, e não recrute mais novos padronistas.

— Mas… Mas por quê? O que fizemos, Doro?

— Nada. Nada além de crescer. E esse é o problema. Não estou punindo vocês, estou refreando-os um pouco. Sendo cauteloso.

— Para quê? Por que precisa ser cauteloso em relação ao nosso crescimento? Os silentes não sabem nada sobre nós, e teriam muita dificuldade em nos agredir se descobrissem. Não estamos nos machucando. Estou no controle. Não houve nenhum problema fora do comum.

— Mary... Mil e quinhentos adultos e quinhentas crianças em apenas dois anos! É hora de parar de dedicar toda a sua energia ao crescimento e começar a descobrir o que está criando. Você é uma só mulher mantendo todo mundo junto. Seu único sucessor possível neste momento tem dois meses. Haveria um banho de sangue se algo acontecesse com você. Se fosse atropelada por um carro amanhã, seu povo iria se desintegrar, acabar uns por cima dos outros.

— Se eu fosse atropelada por um carro e restasse alguma coisinha viva de mim, eu sobreviveria. Se eu mesma não pudesse juntar meus pedaços, Rachel faria isso.

— Mary, o que estou dizendo é que você é insubstituível. Você é tudo que seu povo tem. Agora: pode continuar a desempenhar seu papel de salvadora, se fizer o que mandei, ou pode destruí-los mergulhando de cabeça, como está fazendo.

— Está me dizendo que tenho que parar de recrutar até que August tenha idade suficiente para me substituir se algo acontecer comigo?

— Sim. E por segurança, sugiro que não faça de August um filho único.

— Esperar vinte anos?

— Parece muito tempo, mas só parece, Mary, acredite em mim. — Deu um sorriso breve. — Além disso, você não é apenas uma imortal em potencial, como uma descendente de Emma, mas tem a sua própria capacidade de cura e a de Rachel para se manter jovem, se seu potencial para longevidade não se desenvolver.

— Vinte malditos anos!

— Você teria algo sólido e bem estabelecido em que integrar seu povo a essa altura. Não estaria apenas se espalhando ao acaso pela cidade.

— Não é o que estamos fazendo! Você sabe que não é. Estamos avançando de propósito até Santa Elena porque é lá que está o espaço vital de que precisamos. Jesse já está preparando um novo distrito em Santa Elena para nós. Temos a escola na parte mais protegida de nosso distrito de Palo Alto. Não conquistamos isso por acaso! As pessoas não se mudam apenas para onde querem. Procuram Jesse e ele lhes mostra o que está disponível.

— E o que está disponível é o que você tira dos silentes. Você não constrói nada próprio.

— Nós construímos a nós mesmos!

— Agora, vão construir a vocês mesmos mais devagar.

Conhecia aquele tom de voz. Eu mesma o usava às vezes. Sabia que ele estava me deixando argumentar para que eu tivesse tempo de me acostumar com a ideia, não porque houvesse alguma chance de fazer com que mudasse de ideia. Mas vinte anos!

— Doro, você sabe que tipo de trabalho Rachel fez nos últimos dois anos?

— Sei.

— Já viu as pessoas que ela traz? A maioria são cadáveres ambulantes! Isso se conseguem andar.

— Sim.

— Meu povo, pessoas tão acabadas que parecem ter passado por Dachau!

— Mary...

— Essas pessoas acabam sendo meus melhores telepatas, sabe? É por isso que ficam tão mal como latentes. São muito sensíveis, captam tudo.

— Mary, ouça.

— Quantas dessas pessoas você imagina que morrerão, provavelmente agonizando, em vinte anos?

— Não importa, Mary. Não importa absolutamente nada.

Fim da conversa. Pelo menos para ele. Mas eu simplesmente não conseguia parar.

— Você tem visto essas pessoas morrerem há milhares de anos — falei. — Aprendeu a não se importar. Eu as tenho salvado há dois anos, mas já aprendi a lição oposta. Eu me importo.

— Eu temia que se importasse.

— É uma coisa tão ruim?

— É o que vai prejudicar você. Já começou a prejudicar.

— Você poderia me deixar ir atrás apenas dos que estão em pior condição. Apenas daqueles que morreriam sem mim.

— Não.

— Que diabos, Doro, eles morreriam de qualquer maneira. O que você poderia perder?

Ele me olhou, calado, por um longo tempo.

— Lembra-se do que eu disse naquele dia, dois anos atrás, quando você descobriu o potencial de Clay Dana?

A merda sobre obedecer. Eu me lembrava, muito bem.

— Estava me perguntando quando você chegaria a isso.

— Sabe que falei sério.

Afundei no assento, pensando no que faria. Peguei a mão dele de um jeito quase distraído.

— Que pena que tivemos que nos tornar concorrentes!

— Não tivemos. Há o suficiente para nós dois.

Olhei para a mão calejada dele, com seus dedos muito longos. Ocorreu-me como eram parecidas com as minhas, mãos grandes, feias, e olhei novamente para o corpo que ele estava usando: olhos verdes, cabelos pretos...

— Quem é este que está usando? — perguntei.

Ele ergueu a sobrancelha.

—Um parente de seu pai, como provavelmente já adivinhou.

— Qual o parentesco?

Seu rosto endureceu.

—Um filho dele. Seu meio-irmão, mais velho. — Ele não estava apenas me dando informações. Estava me desafiando.

— Certo — falei. — Exatamente o tipo de pessoa que eu estaria procurando. Um parente próximo, potencialmente bom padronista e uma provável vítima para aliviar sua fome. Você sabe muito bem que somos concorrentes, Doro.

Nunca tinha falado tão abertamente com ele antes. Ele me olhou fixamente, como se eu o tivesse surpreendido, e era o que eu tinha planejado fazer.

— Ei — falei docemente. — Você sabe o que eu sou. Você me fez o que sou. Não me afaste daquilo que nasci para fazer. Deixe-me ficar com o pior tipo de latentes. Rachel é gentil. Aceito isso e eu não vou tocar em nenhum dos outros tipos.

Ele balançou a cabeça devagar.

— Sinto muito, Mary.

— Mas por quê? — gritei. — Por quê?

—Vamos voltar para casa. Pode começar a chamar seu pessoal.

Saí do carro, bati a porta e dei a volta até a calçada. Não conseguiria ficar sentada ali do lado dele por nem mais um minuto. Teria feito algo estúpido, inútil… e provavelmente suicida. Ele me chamou algumas vezes, mas, graças a Deus, teve o bom senso de não vir atrás de mim.

Voltei para casa andando. Palo Alto não ficava longe. Precisava mesmo consumir um pouco da minha raiva antes de chegar.

11
MARY

K arl estava resolvendo algum tipo de briga quando cheguei em casa. Estava parado entre dois padronistas homens que tentavam se fuzilar até a morte com os olhos. A comunicação entre eles era mental e, para mim, foi fácil ignorá-la enquanto caminhava pela sala de estar. Fui à biblioteca e comecei a chamar meus recrutadores. Como de costume, eles estavam espalhados por todo o país, por todo o continente. Doro começara a assentar suas melhores famílias da África, Europa e Ásia em várias partes da América do Norte centenas de anos antes. Ele decidira, na época, que a América do Norte era grande o suficiente para evitassem umas às outras e racialmente diverso o suficiente para absorver todas. Agora, eu tinha pessoas em três países querendo saber por que deveriam interromper suas buscas antes de encontrarem todos os latentes cuja presença sentiam, querendo saber por que deveriam abandonar potenciais padronistas. Não os culpei por estarem bravos, mas não estava disposta a lhes explicar, um por um, qual era o problema. Lançava um "porque eu mandei" para cima deles e interrompia o contato antes que pudessem seguir argumentando.

Karl entrou na biblioteca quando estava quase acabando e disse:

— O que está fazendo sentada aqui no escuro?

Eu estava em contato com uma padronista de Chicago que chorava de raiva e frustração com minhas "ordens estúpidas, arbitrárias e ditatoriais…" Sem parar.

Apenas sente essa bunda no próximo avião para Los Angeles, lhe avisei. Interrompi o contato e pisquei quando Karl acendeu a luz. Não tinha percebido que era tão tarde.

— Eh... uh... — disse ele, olhando para mim. — Posso escutar se quiser falar sobre isso.

Apenas abri a blindagem e entreguei tudo a ele.

— Vinte anos — falou, franzindo a testa. — Mas por quê? Não faz sentido.

— Doro não precisa fazer sentido — respondi. — Embora neste caso eu ache que tem seus motivos. Acho interessante que ele primeiro disse que não éramos concorrentes.

Karl olhou fixamente para mim.

— Não acho que seja um ponto que você deve enfatizar para ele.

— Não estava enfatizando. Só fazendo com que soubesse que compreendo e que, por compreender, estava disposta a aceitar uma limitação razoável, disposta a me contentar apenas com os piores latentes.

— Mas não adiantou.

— Não.

— Por que será? Parece bastante inofensivo, e ele seria capaz de sondar simplesmente perguntando de vez em quando.

— Talvez tenha sido algo que eu disse, embora ele já soubesse disso.

— O quê?

— Que os latentes realmente ruins acabam sendo meus melhores padronistas. Eles provavelmente também são as vítimas que lhe dão mais prazer, quando consegue se apoderar antes que se matem ou acabem na cadeia. Aposto que meu meio-irmão estava um caos antes de Doro se apossar dele.

— Mais competição — disse Karl. — É possível. — Ele me olhou com curiosidade. — Incomoda você que o corpo que ele está usando era do seu irmão?

— Não. Nunca conheci o cara. O apetite de Doro em geral me incomoda. Ele me avisou que incomodaria. Mas posso me manter calada quanto a isso, contanto que não se apodere dos meus padronistas.

— Até onde sabemos, esse pode ser o próximo passo dele.

— Meu Deus! Não, ele não faria isso enquanto eu estiver viva. A única padronista de quem provavelmente vai se apossar agora sou eu. — De repente, algo me ocorreu. — Espere! Ele pode ter deixado mais pistas do que imagina sobre o inferno que está preparando.

— O quê?

— Volto a falar com você em um minuto. — Busquei o meu antigo bairro, procurando Emma. Conseguia alcançá-la depressa agora, porque ela me pertencia. Tínhamos uma espécie de vínculo que me informava na hora se algum outro padronista tocasse nela e, ao mesmo tempo, informava ao padronista que ela era minha. Tinha esse tipo de conexão com Rina também, já que ela estava muito velha para eu colocar sua vida em risco tentando impeli-la à transição.

Li Emma, vi que Doro tinha ido vê-la poucas horas antes. E ele falou muito. Como ele já sabia que Emma era minha, sabia que eu acabaria captando qualquer coisa que dissesse a ela, concluí que, pelo menos em parte, estivera falando também para mim. Talvez mais para mim do que sobre mim. Olhei para Karl.

— Hoje de manhã, Doro disse a Emma que estava com medo de que eu o desobedecesse e o obrigasse a me matar.

— Obviamente, estava errado — disse Karl.

— Mas ele parecia ter tanta certeza disso, e Emma também. Posso desconsiderar Emma, acho. Ela tem bastante medo de mim, e ciúme, por isso me quer morta. Mas Doro...

— Tem alguma intenção de desafiá-lo?

— Nenhuma... por enquanto. — Olhei fixamente para a mesa. — Não colocaria as pessoas ou o Padrão em risco, mesmo se estivesse disposta a arriscar a minha pele. Mas estou me perguntando...

— Está se perguntando o quê?

— Bem, você se lembra de quando começamos tudo isso, quando atraí Christine e Jamie Hanson?

— Sim.

— Você, Doro e eu tentamos descobrir por que eu estava tão ansiosa para incorporar mais pessoas. Doro finalmente decidiu que eu precisava delas pelos mesmos motivos de que ele precisava. Para me nutrir.

Karl deu um sorriso fraco, o que devia ser um sinal de quanto ele se acostumara e aceitara seu lugar no Padrão.

— Não acha que mil e quinhentas pessoas possam ser suficientes para sustentar você?

Olhei para ele.

— Você não sabe quanto eu gostaria de dizer que sim.

O sorriso desapareceu do rosto dele.

— Pelas mil e quinhentas pessoas, é melhor você dizer que sim.

— É. Eu só queria ter certeza de que *dizer* sim é suficiente.

— Por que não seria?

— Posso ser parecida demais com Doro. — Suspirei. — Deveria ser como ele. Enfim ele admitiu isso para Emma hoje de manhã. Você já o viu quando ele realmente precisa fazer uma mudança?

— Não. Mas sei que não é um momento muito seguro para estar perto dele.

— Exato. Se ele estiver mesmo em apuros, pode perder o controle, simplesmente se apoderar de quem estiver mais próximo dele. Mas em geral ele evita se colocar nessa situação mudando constantemente e ficando com corpos jovens e saudáveis. Parece que eu prefiro as mentes jovens, não necessariamente saudáveis.

— Mas, com tantas mentes jovens que já temos aqui, não há razão para você desafiar Doro e ir atrás de mais.

— Há mais delas por aí, Karl. Receio que isso seja motivo suficiente. Agora que estou pensando nisso... — Lancei um olhar rápido para ele. — Já percebeu como fico ansiosa quando vou atrás de novas pessoas, as primeiras, uns dois anos atrás, e as últimas, hoje de manhã. Não gosto de pensar como será minha vida agora que não posso ir atrás de mais nenhuma.

Ele pôs um cotovelo na mesa e apoiou o queixo na mão.

— Sabe, acho que, do jeito dele, Doro ama você.

Eu o encarei com surpresa.

— O que isso tem a ver?

— Estou certo?

— Ele me ama. O que ele entende por amar.

— Não menospreze isso. Acho que é a única alavanca que você tem que pode mexer com ele, que pode fazê-lo mudar de ideia.

— Nunca na vida fui capaz de fazer com que ele mudasse de ideia depois de tomar uma decisão. O amor dele... dura enquanto eu fizer o que ele quer.

— Tudo bem, então. Pode ser que você não tenha nenhuma influência. Mas, com certeza, vai descobrir, não vai? Vai tentar.

Respirei fundo e concordei com a cabeça.

— Vou tentar qualquer coisa dentro do razoável. Mas acho que apenas minha obediência completa vai deixá-lo satisfeito.

Eu o deixei desconfiado e desconfortável. Tenho avançado depressa demais e permitido que ele me veja com muita clareza

— Parece que está dizendo que ele tem medo de você. E se você acredita nisso, está se iludindo. Perigosamente.

— Não, medo, não. Cautela. Ele está vivo porque é cauteloso. E eu sou muito poderosa. Mil e quinhentas pessoas não estão me causando problemas. Seja lá o que Padrão for, não é provável que eu o sobrecarregue tão cedo. Doro não está preocupado que eu não consiga lidar com o que estou construindo. Está preocupado que eu consiga.

Karl refletiu por bastante tempo.

— Se estiver certa, se ele estiver preocupado, pode não ser só por você estar competindo com ele e tomando o povo dele.

Lancei-lhe um olhar interrogativo.

— Talvez porque poderia usar essas pessoas contra ele. Não pode ferir Doro sozinha, mas se tirar a força de alguns de nós, ou de todos nós...

— Ele fez questão de dizer a Emma que isso não daria certo.

— Ele te convenceu?

— Não precisou. Já sabia que não devia tentar algo assim contra ele.

— Você não tinha nenhum motivo para arriscar tentar antes. Agora... Talvez precise tentar. Ou nos deixar tentar. Já devemos ter padronistas suficientes para podermos dominá-lo sem a sua ajuda.

— De jeito nenhum.

— Ninguém nunca se tentou. Você não sabe...

— Eu sei sim. Vocês não conseguiriam fazer isso. Nem mesmo todos os mil e quinhentos juntos, porque, no que diz respeito a ele, vocês não estariam juntos de verdade. Ele se apoderaria de um por vez, mas tão depressa que cairiam como peças de dominó. Eu sei. Porque é algo que eu mesma poderia fazer.

Ele franziu a testa.

— Fora de cogitação, então. Mas não entendo por que ele está tão convencido de que você não poderia derrotá-lo usando a nossa força.

— Ele disse: "A força, por si só, não é suficiente para me derrotar". E parte da justificativa que deu é que não posso mudar de corpo. Mas isso não se sustenta. Posso matar o corpo dele com um pensamento, e com esse mesmo pensamento forçá-lo a me atacar no nível mental. No meu território.

— Isso soa promissor.

— Sim, mas ele sabe disso tão bem quanto eu. Significa que ele tem algum outro motivo para estar confiante. A única coisa em que consigo pensar é na minha própria ignorância. Simplesmente não sei como lidar com ele, que não é um padronista, não é um silente, deve ter algumas surpresas para mim. Se eu for atrás dele, é provável que acabe morta antes de conseguir descobrir como matá-lo. Ele sabe muito mais do que eu.

— Mas ele nunca enfrentou ninguém como você antes. Seria uma novidade, tanto quanto ele é para você.

— Mas, para ele, matar é um estilo de vida, Karl. Ele é muito bom nisso. E já matou pessoas que considerava ameaças antes. Diz ele que eu nem sequer tenho potencial de lhe apresentar uma ameaça, pessoalmente.

— Você acha que ele nunca cometeu um erro?

— Ele ainda está vivo.

— Não é de se admirar. Olha só como Doro é bom em assustar oponentes antes de enfrentá-los. Se você o aceitar como onisciente e invulnerável, é melhor ser capaz de viver sem recrutar ninguém pelo tempo que ele mandar. Porque não estará em condições de enfrentá-lo. Você mesma já vai impor sua derrota!

Nós nos encaramos por um longo instante, e percebi que ele estava tão preocupado quanto parecia.

— Sabe que não vou entregar minha vida para ele — falei baixinho. — Ou a vida dos meus padronistas. Se eu tiver que lutar contra ele, será uma batalha, não uma renúncia.

— Você vai tirar sua força de nós.

Estremeci e desviei o olhar.

— De alguns de vocês, pelo menos.

— Dos mais fortes. Começando por mim.

Assenti. Para protegê-los, tinha de colocá-los em risco. Poderiam acabar mortos mesmo se eu não fosse. Se estivesse desesperada e com pressa, como provavelmente ficaria, talvez sugasse muito da força deles e os mataria, mas não Doro. Eles eram o meu povo, e eu os mataria.

Doro ficou na Casa Larkin naquela noite. Ainda lhe mantínhamos o quarto pronto, embora ele não o tivesse mais usado. E não pretendia usá-lo naquela noite. Em vez disso, atravessou o corredor até o meu quarto. Eu estava sentada na cama, no escuro, pensando. Ele entrou sem bater.

Nós não fazíamos amor havia mais de um ano, mas ele entrou como se não tivesse havido nenhum intervalo. Conhecendo-o, não me surpreendi. Ele se sentou na lateral da cama, tirou os sapatos e se deitou ao meu lado, totalmente vestido. Eu estava completamente nua.

— Examinei alguns de seus recrutadores — disse ele. — Vi que estão voltando para casa.

Eu não disse nada. Tinha emoções conflitantes quanto a sua presença. Tinha prometido a Karl que usaria minha "alavanca", tentaria fazer Doro mudar de ideia. Aquele parecia um bom momento para isso. Mas, como se tratava de Doro, eu não o convenceria de nada que eu não quisesse de fato. Se eu fosse ser capaz de estabelecer contato com ele, teria de ser de forma verdadeira.

— Estou feliz que esteja cooperando — disse ele. — Estava com medo de que não conseguisse.

— Recebi a mensagem que deixou com Emma — falei.

— Embora ache que você exagerou.

— Não era uma atuação. Também não estava tentando assustar você. Estava sinceramente preocupado.

— Por que me fazer exigências impossíveis e depois se preocupar comigo?

— Impossíveis?

— Difíceis, que seja. Muito difíceis.

Ele apenas olhou para mim, para o que podia ver de mim com a luz que entrava pela janela.

— Difíceis para os outros também.

Ele encolheu os ombros.

— Você ficou longe de nós por muito tempo — falei. — Para você, é fácil nos machucar, porque já não nos conhece de verdade.

— Ah, eu conheço você, garota.

Aquilo não soou muito bom.

— Quero dizer que era um de nós. Poderia ser de novo, você sabe.

— Seu povo não precisa de mim. Nem você.

— Você é o nosso fundador — expliquei. — Nosso pai. Ensinamos os novos padronistas sobre você, mas isso não é o bastante. Eles deveriam começar a conhecê-lo.

— E eu a eles.

— Sim.

— Não vai funcionar, Mary.

Franzi o rosto. Ele estava deitado de costas agora, olhando para o teto.

— Se chegasse a nos conhecer como somos agora... Doro, pode descobrir que nós realmente somos o povo, a estirpe que trabalha há tanto tempo para construir. Já lhe pertencemos, e você pode ser um de nós. Não o deixamos de fora.

— É surpreendente como consegue se tornar eloquente quando quer alguma coisa.

Mantive a calma.

— Sabe que não estou falando à toa. Estou falando sério.

— Não importa. Porque não vai mudar nada. A ordem que lhe dei é a definitiva. Não vou ser convencido do contrário. Não vou conhecer melhor o seu povo. Não retomando o meu relacionamento com vocês.

— O que está fazendo aqui, então?

— Ah, pretendo retomar o nosso relacionamento. Só não pretendo deixar você me cobrar por isso.

Eu o chutei para fora da cama. Estávamos perfeitamente posicionados para isso. Empurrei-o para a beirada com os dois pés. Ele caiu, xingando, e se levantou com a mão na lateral do corpo.

— Que diabos isso deveria provar? — quis saber ele. — Pensei que tinha superado esse tipo de comportamento.

— Superei. Só usei com você porque é o que deseja.

Ele ignorou aquilo e se sentou na cama.

— Foi uma coisa estúpida e perigosa de se fazer.

— Não, não foi. Você tem um pouco de autocontrole. Também pode controlar sua boca quando quiser.

Ele suspirou.

— Bem, pelo menos você voltou ao normal.

— Merda! — resmunguei e me afastei dele. — Suplicar pelo meu povo não é normal. Agir como latente é normal. Fique conosco, Doro. Comece a nos conhecer de novo, achando que vai mudar de ideia ou não.

— O que espera que eu veja e o que acha que perdi?

— O fato de que sua prole agora amadureceu de verdade, cara. Sei que ativos e latentes não costumavam ser capazes de fazer isso. Tinham problemas demais só para sobreviver. Sobreviver sozinhos. Não fomos feitos para a solidão. Mas o Padrão nos levou a amadurecer.

— O que faz você pensar que não percebi isso?

Olhei para ele com severidade. Algo muito feio havia ressoado em sua voz naquele instante. Algo que eu esperaria ouvir na voz de Emma, mas não na dele.

— É — falei com brandura. — É claro que sabe. Você mesmo disse isso uns minutos atrás. Deve ter sido um choque o fato de, depois de quatro mil anos, seu trabalho, seus filhos e filhas, de repente estarem tão bem-acabados quanto o melhor que você conseguiria fazer. A ponto de... não precisarem mais de você.

Ele me lançou um olhar de puro ódio. Acho que estava mais perto de se apoderar de mim naquele instante do que jamais estivera. Toquei a mão dele.

— Junte-se a nós, Doro. Se nos destruir, estará destruindo parte de si mesmo. Todo o tempo que você gastou para nos criar será desperdiçado. Sua longa vida desperdiçada. Junte-se a nós.

O ódio que flamejava em seus olhos foi ocultado outra vez. Suspeitei que se tratasse mais de inveja do que ódio. Se ele me odiasse, eu já estaria morta. A inveja já era ruim o suficiente. Ele me invejava por realizar o que ele me criou para fazer: porque era incompleto e nunca teria sido capaz de constituir aquilo sozinho. Levantou-se e saiu do meu quarto.

KARL

Em apenas dez dias, Karl teve certeza de que as suspeitas de Mary eram justificadas. Ela não seria capaz de obedecer a Doro. Tinha começado a sentir latentes de novo, sem intenção, sem procurar por eles. Mais cedo ou mais tarde, teria que voltar a atraí-los. E o dia em que fizesse isso seria, muito provavelmente, o dia em que morreria.

Ela e mais quantas pessoas?

Karl a observava com preocupação crescente. Ela estava agora se comportando como uma latente, tentando se controlar, e ninguém sabia disso além dos dois. Ela manteve a blindagem e sabia interpretar o suficiente para esconder aquilo de todos os outros, exceto, provavelmente, de Doro, que não se importava.

Mary já havia falado com ele e fora rechaçada. Naquela décima noite, Karl foi falar com ele. Implorou. Mary estava com problemas. Se pudesse receber uma pequena cota de latentes que Doro não valorizasse...

— Sinto muito — disse Doro. — Não posso mantê-la a menos que consiga me obedecer.

Era uma dispensa. Assunto encerrado. Karl se levantou, cansado, e foi para o quarto de Mary.

Ela estava deitada de costas, fitando o teto. Apenas fitando-o. Não se mexeu quando Karl foi se sentar ao lado dela, exceto para pegar a mão dele e segurá-la.

— O que ele disse? — perguntou.

— Você andou me lendo — respondeu, em tom suave.

— Se tivesse, saberia o que ele disse. Vi você subindo há alguns minutos. Vi entrar no quarto dele. — Ela se sentou e o fitou, séria. — O que ele disse, Karl?

— Ele disse não.

— Ah. — Ela voltou a deitar-se. — Eu sabia muito bem que diria. Mas continuo tendo esperança.

— Você vai ter que lutar.

— Eu sei.

— E vai vencer. Vai matá-lo. Vai fazer o que for preciso para matá-lo!

Como uma latente, ela se virou de lado, agarrou a cabeça entre as mãos e enrolou o corpo em um nó apertado.

No dia seguinte, Karl reuniu a família. Mary tinha ido ver August, e Karl queria conversar com outros antes que ela retornasse. Ela descobriria o que fora dito. Na verdade, ele mesmo planejava contar. Mas, antes, queria falar com os outros.

Todos já sabiam por que Mary havia chamado os recrutadores. Não gostaram. O entusiasmo de Mary com o crescimento do Padrão os contagiara havia muito tempo. Agora, Karl lhes explicava que a submissão da mulher poderia não perdurar, que as necessidades dela a forçariam a desobedecer, e que, quando desobedecesse, Doro iria matá-la. Ou tentar matá-la.

— É possível que, sendo tão numerosos, possamos ajudar a derrotá-lo — disse Karl. — Não sei como ela vai lidar com tudo isso quando chegar a hora, mas tenho a sensação de que vai querer ter o máximo de pessoas longe do distrito quanto possível. Doro nos disse que, antes do Padrão, os ativos não conseguiam se controlar quando viviam em grupo. Sei que Mary tem medo do caos que pode se desenrolar se for morta enquanto estivermos todos juntos. Então, acho que tentará avisar as pessoas para que saiam de Forsyth e se dispersem. Se algum de vocês quiser ir, é quase certo que ela o libere. A ideia de outros padronistas morrerem porque ela morreu ou porque tirou muito de sua força a está incomodando mais do pensar na própria morte.

— Parece que está nos dizendo para cair fora — afirmou Jesse.

— Estou lhes oferecendo uma escolha — respondeu Karl.

— Só porque sabe que não vamos aceitar — disse Jesse.

Karl desviou os olhos dele para os demais, fitando todos lentamente.

— Ele está falando por todos nós — garantiu Seth. — Não sabia que Mary estava com problemas. Ela esconde as coisas muito bem, às vezes. Mas agora que sei, não vou a abandonar.

— E eu, como poderia deixar a escola? — disse Ada. — Todas as crianças...

— Acho que Doro cometeu um erro — comentou Rachel. — Acho que esperou muito para fazer isso. Não entendo como alguém poderia resistir a tantos de nós. Nem entendo por que temos que deixar Mary se arriscar, já que ela é a única de nós que é insubstituível. Se não ficarmos juntos...

— Mary diz que isso não funcionaria — explicou Karl. — Diz que não funcionaria nem mesmo contra ela.

— Então, teremos que dar-lhe nossa força.

— Sinceramente, ela também não tem certeza de que daria certo. Doro diz que a força, por si só, não é suficiente para derrotá-lo. Desconfio que esteja mentindo. Mas a única maneira de saber com certeza é se ela o enfrentar. Então, ela vai pegar a força de alguns ou de todos nós quando chegar a hora. Somos as únicas armas que ela tem.

— Se ela não tomar cuidado — lembrou Jesse —, não terá tempo o suficiente para tentar, ou para alertar as pessoas para fugirem. Doro sabe que ela está com problemas, não é?

— Sim.

— Ele pode decidir que não adianta esperar que ela desista.

— Já pensei nisso — afirmou Karl. — Acho que ela não vai se deixar ser surpreendida. Mas, com certeza, vou começar a convencê-la hoje à noite... convencê-la a ir atrás dele. Prepará-la para ir atrás.

— Tem certeza de que pode convencê-la a fazer isso? — perguntou Jan.

— Sim. — Karl olhou para ela. — Você não disse nada. Está do nosso lado?

Jan pareceu ofendida.

— Sou parte desta família, não sou?

Karl sorriu. Jan havia mudado. Sua arte lhe dera a força que sempre lhe faltara. E lhe dera certa satisfação com a própria vida. Agora, na cama, ela conseguia ser uma mulher viva, não só um corpo, Karl pensou consigo mesmo, brevemente, sem muita seriedade. Mary era mulher o bastante para ele, se conseguisse encontrar uma maneira de mantê-la viva.

— Acho que Doro cometeu mais de um erro — falou Jan. — Está equivocado em acreditar que Mary ainda pertence a ele. Com a responsabilidade que ela assumiu por tudo o que construiu aqui, ela pertence a nós, seu povo. Todos nós.

— Imagino que ela pense o contrário — disse Rachel. — Mas não faria mal se procurássemos os chefes das casas e repetíssemos o que Jan diz. Eles são os melhores, os mais fortes que temos. Mary vai precisar disso.

— Não sei se vou conseguir fazer com que ela os pegue — reconheceu Karl. — Mas pretendo tentar.

— Quando Doro começar a devorá-la, ela vai se apossar de qualquer um que conseguir — disse Jesse.

— Se ela tiver tempo, como você disse — respondeu Karl. — Não quero chegar a esse ponto. É por isso que vou prepará-la. E, olhem só, não contem nada aos chefes das casas. A notícia se espalhará muito rápido. Pode chegar até Doro. Só Deus sabe o que ele faria se percebesse que seu rebanho finalmente teve coragem de conspirar contra ele.

12
MARY

Quando acordei na manhã seguinte à conversa de Karl com Doro, descobri que minhas mãos não paravam de tremer. Eu me sentia da mesma forma que havia me sentido alguns dias antes da minha transição. Com Karl, nem me preocupava em disfarçar.

Ele disse:

— Abra-se para mim. Talvez eu possa ajudar.

— Você não me pode ajudar — murmurei. — Não dessa vez.

— Só me deixe tentar.

Olhei para ele, vi a preocupação em seus olhos e me senti quase culpada por fazer o que ele pediu. Eu me abri não porque achasse que ele era capaz de me ajudar, mas porque queria que percebesse que não era.

Ele ficou comigo por vários segundos, compartilhando da minha necessidade, da minha fome, da minha avidez. Compartilhando, mas sem diminuí-las de modo algum. Por fim, se retirou e ficou me olhando com tristeza. Aproximei-me em busca do tipo de conforto que ele poderia me dar, e ele me abraçou.

— Você poderia tirar forças de mim — disse. — Isso pode facilitar o seu…

— Não! — Descansei minha cabeça em seu peito. — Não, não e não. Acha que já não pensei nisso?

— Mas você não teria que tirar muito. Poderia…

— Eu disse não, Karl. É como você disse ontem à noite. Vou ter de lutar com ele. Nessa hora, vou tirá-la de você, e dos outros. Não antes disso. Não sou o vampiro que ele é. Retribuo o que recebo. — Afastei-me e o olhei. — Meu Deus, de repente, tenho ética.

— Você já a tem por um bom tempo, estando disposta a admitir isso ou não.

Sorri.

— Eu me lembro de Doro se perguntando, antes da minha transição, se algum dia eu desenvolveria uma consciência.

Karl fez um som de repulsa.

— Queria que Doro tivesse desenvolvido uma. Vai sair?

— Sim. Para ver August.

Ele não fez nenhum comentário e me perguntei se pensou que esta poderia ser minha última visita ao nosso filho. Terminei de me vestir e saí.

Vi August e passei algum tempo fortalecendo a programação de Evelyn, garantindo que ela fosse uma boa mãe para ele, mesmo que Karl e eu não estivéssemos por perto. E plantei algumas instruções das quais ela não precisaria ou não se lembraria até que August manifestasse sinais de que sua transição se aproximava. Não queria que ela entrasse em pânico e o levasse ao médico ou a algum hospital. Talvez não precisasse ter me preocupado. Talvez Doro cuidasse para que ele fosse bem cuidado. E talvez não.

Fui para casa e consegui ter um dia bastante normal. Passei por um homem e uma mulher que seriam chefes de casas. Eram padronistas havia mais de um ano e li quase tudo que tinham feito durante aquele tempo. Karl e eu examinávamos todos os possíveis chefes de casas. Quando ainda não fazíamos isso, escolhemos alguns bem ruins. Alguns que tinham sido muito desvirtuados pelos anos de latência para serem convertidos em humanos outra vez. Ainda tínhamos pessoas desse tipo, mas elas não se tornavam mais chefes. Se não pudéssemos endireitá-las ou curá-las (se é que precisavam de cura), as matávamos. Não havia prisão, não precisávamos de uma. Um padronista desonesto era muito perigoso para ser deixado vivo.

Era provavelmente assim que Doro se sentia a meu respeito. Condizia com o que ele contara a Karl. "Não posso mantê-la a menos que consiga me obedecer". Éramos muito parecidos, Doro e eu. De onde ele tirou a ideia de que alguém que tinha sido gerada para ser tão semelhante a ele consentiria, poderia consentir, em ser controlada por ele pela vida toda?

Passei pelos meus dois novos chefes de casas, mas lhes disse para não se prepararem para começarem suas casas naquela semana. Não gostaram muito, mas ficaram tão felizes por não terem sido rejeitados que nem discutiram. Ambos eram brilhantes e capazes. Se, por algum milagre, o Padrão ainda existisse em uma semana, seriam uma ótima adição em seus novos cargos.

Fui com Jesse ver as casas que ele estava abrindo em Santa Elena. Ele me pediu para ir. Eu não precisava vê-las. Só examinava a família de vez em quando. E, quando o fazia, nunca conseguia encontrar muito do que reclamar. Eles se importavam com o que estávamos construindo. Sempre faziam um bom trabalho.

No carro, Jesse disse:

— Escute, você sabe que estamos todos do seu lado, não é?

Olhei para ele, não muito surpresa. Karl havia lhe contado. Não poderia ter sido mais ninguém.

— Só queria que pudéssemos enfrentá-lo por você — disse Jesse.

— Obrigado, Jess.

Ele olhou para mim e balançou a cabeça.

— Você não parece mais nervosa em enfrentá-lo do que estava quando me enfrentou, há alguns anos.

Dei de ombros.

— Acho que não posso me dar ao luxo de revelar meus sentimentos.

— Com todos nós do seu lado, acho que pode vencê-lo.

— Pretendo.

Grande conversa. Eu me perguntava por que me dava ao trabalho.

Havia alguns outros deveres de rotina. Eu os fazia de bom grado, porque mantinham minha mente longe dos sentimentos ruins. Naquela noite, não tive vontade de comer. Fui para o quarto enquanto todos jantavam. Eles que comessem. Poderia ser a última refeição de todos.

Karl apareceu cerca de duas horas depois e me encontrou olhando pela janela, para o nada, lhe esperando.

— Preciso falar com você — avisou antes que eu pudesse dizer a mesma coisa.

— Tudo bem. — Sentei-me na cadeira perto da janela. Ele se esparramou na cama.

— Tivemos uma reunião hoje, só a família. Expliquei-lhes o seu problema, disse que você iria lutar. Disse que poderiam fugir, se quisessem.

— Eles não vão fugir.

— Eu sei. Só queria que falassem isso em voz alta. Queria que se ouvissem dizendo isso e soubessem que estavam comprometidos.

— Todo mundo está comprometido. Cada padronista do distrito. E todos que ainda não sabem disso vão descobrir.

Ele se aprumou na cama.

— O que vai fazer?

— Primeiro, vou limpar o distrito.

— Limpar? Mandar todo mundo embora?

— Sim. Incluindo os membros família, se quiserem ir. Eles não vão me abandonar. Posso usá-los com a mesma eficácia ainda que estiverem a dois estados daqui.

— Eles não vão partir.

Dei de ombros.

— Espero que não acabem se arrependendo.

— Suponho que vai atrás de Doro pela manhã.

— Depois que todos tiveram tempo de sair, sim. Quero que se dispersem tanto quanto possível, só por precaução.

— Eu sei. Só espero que Doro lhes dê tempo para irem. Se ele perceber que as pessoas estão indo embora, se pensar em alguém e aquele senso de rastreamento revelar que essa pessoa está se dirigindo para o Oregon, ele vai começar a esquadrinhar tudo ao redor. Vai achar que você está enviando recrutadores de novo. Depois, quando perceber que todo mundo está indo embora, vai entender de imediato.

— Podemos garantir que ele esteja distraído durante a noite.

Ele olhou para mim. Eu não disse nada. Obviamente, aquela não era uma noite para distrair Doro com uma padronista. Karl baixou os olhos para as próprias mãos por um instante, depois os ergueu.

— Tudo bem; considere feito. Vivian vai distraí-lo. E vai pensar que foi ideia dela.

Esperamos, com nossa percepção concentrada no quarto de Doro. Vivian bateu à porta e entrou. A mente dela nos transmitia as palavras de Doro, e sabíamos que estávamos seguros. Ele estava feliz em vê-la. Não ficavam juntos havia muito tempo.

— Agora — disse Karl.

— Agora — concordei. Fui para a cama e me deitei. Para mim, era melhor estar completamente relaxada quando usava o

Padrão daquela maneira. Fechei os olhos e focalizei o Padrão. Agora estava ciente do zumbido satisfeito de meu povo. Estavam terminando o dia, descansando ou se preparando para ir descansar, e inconscientemente acalmando uns aos outros.

Puxei o Padrão bruscamente, rompendo a calma. Não os machuquei, nem a mim mesma, mas aquilo atraiu a atenção das pessoas. Senti Karl pular ao meu lado, e ele já estava esperando por isso.

Pude sentir a atenção delas em mim como se eu tivesse acabado de subir no palco de um auditório lotado. Foi tão fácil estabelecer contato com todas as 1538 pessoas como tinha sido fazê-lo apenas com a família dois anos antes. E não havia necessidade de me identificar. Ninguém mais poderia contatá-las por meio do Padrão como eu.

O Padrão está em perigo, transmiti, sem rodeios. *Pode ser destruído.*

Pude sentir o susto. Nos dois curtos anos de sua existência, o Padrão dera um novo estilo de vida àquelas pessoas. Um estilo de vida que elas valorizavam.

O Padrão pode ser destruído, repeti. *Se for, e se vocês estiverem juntos quando acontecer, ficarão em perigo.* Dei a eles uma breve aula de história. Uma a que já tinham sido expostos uma vez nas aulas de orientação ou por meio de blocos de aprendizagem. Antes do Padrão, os telepatas ativos não eram capazes de sobreviver juntos, em grupos. Não conseguiam tolerar uns ao outros, não conseguiam aceitar a fusão mental que ocorria automaticamente sem aquele controle.

Isso pode não ser mais verdade, expliquei-lhes. *Mas foi assim por milhares de anos. Por uma questão de segurança, temos de partir do princípio de que ainda é verdade. Então, todos vocês devem se levantar, agora, e deixar o distrito esta noite. Separem-se. Dispersem-se.*

Senti o desânimo geral quase como uma força física: tantas pessoas assustadas, concordando umas com as outras e discordando de mim. Coloquei minha própria força no próximo pensamento, amplificando-o em um grito mental.

Fiquem quietos!

Muitos estremeceram como se eu os tivesse atingido.

Estou mandando vocês embora para salvar cada vida, e irão me obedecer.

Alguns ficaram magoados o suficiente para tentar me fechar. Mas, é claro, não conseguiram. Não enquanto eu falasse através do Padrão.

Vocês são todos poderosos e poderosas, transmiti. *Não terão problemas em seguir seus caminhos sozinhos. E, se o Padrão sobreviver, sabem que vou chamar todos de volta. Quero que fiquem aqui tanto quanto querem estar aqui. Somos um só povo. Mas, agora, para o bem de vocês, precisam ir. Fujam esta noite para que eu possa ter certeza de que estão em segurança.*

Permiti que sentissem a mesma emoção que eu sentia. Chegara a hora. Eu queria que vissem como a segurança deles era importante para mim. Queria que soubessem que eu levava a sério cada palavra que lhes transmiti. Mas eram as palavras que não lhes transmiti que os preocupava. A maioria das perguntas que me lançaram foram submersas na confusão de suas vozes mentais. Eu poderia tê-las esmiuçado e tentado compreendê-las, mas não me dei ao trabalho. A que não precisei esmiuçar, no entanto, era a que estava na mente de todos. *Qual é o risco?* Eu não conseguia deixar de ler, mas poderia ignorar. Meu povo conhecia Doro das aulas e dos blocos. A maioria nunca tivera nenhum contato. Poderiam ignorar o que aprenderam, todo o seu conhecimento teórico, e ir atrás dele por mim. E terminarem sendo massacrados. O que não sabiam, neste caso, poderia salvá-los de cometer suicídio. Eu me dirigi novamente a todos.

Os que são chefes de casas conhecem sua responsabilidade para com sua família. Garantam que todos os membros partam, e partam esta noite. Ajudem todos a sair. Cuidem deles.

Pronto. Interrompi o contato. Agora, as pessoas mais fortes do distrito, as pessoas mais responsáveis, tinham recebido a tarefa de garantir que minhas ordens fossem obedecidas. Eu confiava nos chefes de casas.

Abri os olhos e soube no mesmo instante que havia algo errado. Virei-me e vi Karl em pé ao lado da cama, de costas para mim, seu corpo tenso. Diante dele, na porta, estava Doro. Foi a expressão em seu rosto que me fez restabelecer imediatamente o contato com meus padronistas. Sacudi novamente o Padrão, para chamar-lhes a atenção. Senti a confusão, o medo. E depois, a surpresa de todos ao me sentirem outra vez. Transmiti-lhes meus pensamentos de forma muito clara, mas depressa.

Pessoal, parem o que estão fazendo. Fiquem quietos.

Conseguiam ver o que eu via. Agora meus olhos estavam abertos, assim como minha mente, e eles podiam ver Doro me observando um pouco à frente de Karl. Sabiam que ele era o perigo. Era tarde demais para cometerem erros suicidas.

Não vão ter tempo para sair. Terão de me ajudar a lutar: me obedeçam, e podemos matá-lo.

Esse pensamento pôs fim à confusão, como eu esperava que acontecesse. Havia uma maneira de destruir o que os ameaçava. Ali estava Doro, contra quem tinham sido advertidos, mas a quem a maioria não temia de fato.

Sentem-se ou deitem-se. Esperem. Não façam nada. Vou precisar de vocês.

Doro avançou na direção de Karl. Endireitei-me, posicionando-me mais perto de Karl, e coloquei a mão em seu ombro. Ele olhou para mim.

— Está tudo bem — falei. — Tudo bem como sempre vai estar. Saia daqui.

Ele relaxou um pouco, mas, em vez de sair, sentou-se na beirada da cama. Não tive tempo de discutir. Comecei a absorver a força do meu povo, menos a de Karl, que teria desmaiado e me denunciado. Mas havia os outros. Tive que recolher o máximo possível deles antes que Doro atacasse. Porque não tinha dúvidas de que ele iria atacar.

DORO

Doro ficou imóvel, contemplando a garota, perguntando-se por que estava esperando.

— Você tem tempo para tentar se livrar de Karl mais uma vez, se quiser — disse ele.

— Karl já se decidiu. — Não havia medo na voz dela. Isso, de algum modo, agradou a Doro.

— Aparentemente, você também.

— Não tive que decidir nada. Tenho que fazer o que nasci para fazer.

Ele deu de ombros.

— O que fez com Vivian?

— Absolutamente nada, depois de pensar a respeito — respondeu. — Para o bichinho fiel que ela é agora, Vivian nem olha para mim há mais de um ano. As mulheres de Karl ficam assim quando ele para de tentar preservar a individualidade delas, quando as domina completamente. — Ele sorriu. — As mulheres silentes de Karl, quero dizer. Então, quando Vivian, que não tinha mais iniciativa própria para procurar outros amantes além de Karl, de repente veio até mim, percebi que era quase certo que tinha sido enviada. Por que ela foi enviada?

— Isso importa?

Doro deu um sorriso triste.

— Não. Na verdade, não. — À sua maneira sombria, estava ciente de uma grande quantidade de atividade psiônica acontecendo ao redor. Sentiu-se sendo atraído por ela como fora dois anos antes, quando Mary se apoderara de Jesse e Rachel. Agora, adivinhou, ela se apoderaria de muitos do próprio povo. Tantas pessoas quanto ele lhe desse tempo para se apoderar. Ela permaneceu imóvel quando Doro se sentou perto dela. Olhou para Karl, do outro lado.

— Afaste-se de nós — falou calmamente.

Sem dizer uma palavra, Karl se levantou e foi se sentar na poltrona perto da janela. No instante em que se aproximou, ele desabou, pareceu desmaiar. Mary finalmente se apossara dele. Um instante depois, Doro se apoderou dela.

Imediatamente, Doro se alojou de seu corpo, mas ela não era uma presa fácil, rápida de ser abatida. Exigiria algum tempo.

Ela tinha poder, uma concentração de força como Doro nunca tinha sentido antes: a força de dezenas, talvez de centenas de padronistas. Por um momento, Doro ficou embriagado. Aquilo o satisfez, anulou todos os seus pensamentos. Os fios de fogo do Padrão dela o cercaram... Diante dele, estava uma réplica em miniatura de si mesmo, de acordo com a percepção que tinha de si mesmo através dos sentidos debilitados das milhares de vítimas que fizera ao longo dos anos. Diante dele, no ponto onde todos os fios de fogo se encontravam, em um emaranhado frenético de brilho selvagem, havia um pequeno sol.

Mary.

Ela era como uma criatura de fogo, viva. Não era humana. Não mais humana do que ele. Ele mentira sobre isso uma vez, para apaziguá-la, quando ela era criança. E seu ponto mais fraco, seu corpo humano vulnerável, insubstituível, fez a mentira parecer verdade. Mas aquele corpo, como a própria série de corpos dele, era apenas uma máscara, uma concha. Agora, ele a via realmente como era, e ela poderia ser sua irmã-gêmea.

Mas, não, não era sua irmã-gêmea. Era um ser menor e muito mais jovem. Uma versão completa dele. Um erro que ele não cometeria mais. Mas, curiosamente, a própria completude dela o ajudaria a destruí-la. Mary era simbionte, um ser que vivia do vínculo com seu povo. Ela dava-lhes unidade, eles a alimentavam e ambos prosperavam. Não era uma parasita, embora ele a tivesse encorajado a ver a si mesma como uma. Embora tivesse grande poder, não era, natural e instintivamente, uma assassina. Doro era.

Depois de a olhar com cuidado, abraçou-a, envolveu-a. No nível físico, o gesto teria parecido afetuoso, mas então se revelou como estrangulamento.

Enquanto Mary lutava para se libertar, ele sorveu a força que ela dispendia, consumindo-a, extasiado. Nunca uma pessoa lhe dera tanto.

Assustada, Mary o golpeou, lutou com mais força, alimentou-o com mais de si mesma. Alimentou-o até que sua própria força e a que ela tomara se esvaíram. Por fim, ele sentiu o sabor familiar do medo na mente dela.

Mary sabia que estava prestes a morrer. Não lhe havia sobrado nada, nem tempo algum para extrair energia de mais pessoas do próprio povo. Sentia que estava morrendo. Doro sentia a morte dela.

Então, ele ouviu a voz dela.

Não, ele a sentiu, desencarnada, praguejando. Ela já fazia tanto parte dele que seus pensamentos o atingiam. Doro se mexeu para acabar com ela, consumir seus últimos fragmentos. Mas os últimos fragmentos eram o Padrão.

Mary ainda estava viva porque ainda estava conectada a todas aquelas pessoas. A força que Doro absorvia agora, as pequenas quantidades de força que restavam a ela, foram substituídas instantaneamente. Não podia morrer. Mais vida fluía para ela continuamente.

Furioso, Doro a incorporou, o que devia ter acabado com Mary. Ainda assim, ela não morreu. Parecia resvalar para longe, recobrando uma materialidade separada da dele como nenhuma de suas vítimas deveria ser capaz de fazer.

Ela já não estava fazendo nada sozinha. Estava fraca e exausta. O Padrão trabalhava de forma automática. Aparentemente, continuaria a trabalhar enquanto houvesse padronistas vivos para sustentá-lo.

Então Mary começou a perceber que Doro estava com problemas. Começou a se perguntar por que ainda estava viva. Seus pensamentos evidentemente chegavam até ele. E os pensamentos dele, ao que parecia, chegavam até ela.

Você não pode me matar, comunicou ela. *Depois de tudo isso, você não pode me matar. Poderia muito bem me libertar!*

A princípio, ele ficou surpreso por ela ainda estar consciente o bastante para se comunicar com ele. Depois, irritou-se. Ela estava indefesa. Deveria ser dele havia muito tempo, mas não morreria.

Se conseguisse abandonar o corpo dela, algo que nunca tinha feito sem terminar de matar, teria que tentar de novo. Não poderia deixá-la viver para seguir reunindo mais latentes, para continuar buscando, até encontrar um jeito de matá-lo.

Ele se lançaria sobre Karl, e talvez, dali para outra pessoa. Karl já estava mais morto do que vivo depois que ela lhe roubara sua força. Doro seguiria em frente, encontraria um corpo saudável e, usando-o, voltaria para pegá-la. Então, simplesmente cortaria o pescoço de Mary, iria decapitá-la, se necessário. Nem mesmo uma curandeira poderia sobreviver a isso. Ela podia ser mentalmente forte, mas fisicamente ainda era apenas uma mulher pequena.

Seria uma presa fácil.

Mary pareceu agarrar-se a ele. Estava tentando segurá-lo como a segurara, mas não tinha técnica nem força. Aprendera um pouco, mas era tarde demais. Era um mero incômodo. Doro se concentrou em Karl.

De repente, Mary se tornou mais do que um incômodo.

Ela arrancou forças do restante de seu povo. Não mais de um por vez. Então, apoderou-se de todos ao mesmo tempo, como Rachel costumava se apoderar de suas congregações. Mas Mary despojou os padronistas de uma maneira que Rachel nunca despojara os silentes. Então, desesperada, tentou agarrar Doro novamente.

Por um momento, ela pareceu não perceber que já estava forte o bastante, que seu ato de desespero tinha lhe dado uma segunda chance. Então, sua nova força a trouxe à vida. Tornou-se impossível, para Doro, concentrar-se em qualquer outra pessoa além de Mary. O poder dela o atraía.

De repente, ela parou de se segurá-lo e se atirou, o abraçando.

Surpreso, Doro tentou se desvencilhar dela. Por um momento, os esforços a alimentaram assim como os dela o haviam sustentado antes. Ela era uma sanguessuga, empoleirada nele, alimentando-se extensivamente.

Doro se controlou, parou de lutar. Sorriu para si mesmo, desanimado. Mary estava aprendendo, mas ainda havia muito que desconhecia. Nessa hora, ele lhe ensinou como era difícil obter força de um oponente que se recusava a entregá-la lutando, que resistia aos esforços de ser dominado. E só havia uma maneira de resistir. Enquanto ela tentava consumi-lo, ele rebatia tentando consumi-la de volta.

Eles lutaram por um longo tempo, nenhum dos dois ganhando ou perdendo poder. Ambos se neutralizavam.

Enojado, Doro tentou voltar a se concentrar em Karl. Era melhor ficar mentalmente longe de Mary e voltar-se contra ela fisicamente.

Mary o libertou.

Doro se surpreendeu e voltou-lhe sua atenção. Mas, por um instante, não conseguiu se concentrar em Mary. Houve um grunhido, algo como a estática de um rádio em sua mente, um "ruído" tão intenso que ele tentou desviar. E aquilo foi parando aos poucos.

Então percebeu que não havia se afastado completamente de Mary. Ainda estavam unidos. Unidos por um único filamento de fogo. Ela usara a proximidade mental a fim de atraí-lo para sua teia.

Seu Padrão.

Ele entrou em pânico.

Agora Doro era um membro do Padrão. Um padronista. Uma propriedade. Propriedade de Mary.

Ele tentou se livrar do fio aparentemente frágil, que se esticou facilmente. Então, percebeu que estava esticando a si mesmo. O fio fazia parte dele. Uma ramificação mental. Um elo que não conseguiria encontrar maneira de romper.

No início, os padronistas haviam lhe contado como se sentiam: aquela sensação de estarem presos, de estarem em uma coleira. Viveram o suficiente para superar essa sensação. Viveram porque Mary queria que vivessem. O próprio Doro a ajudara a compreender como aquelas vidas estavam inteiramente nas mãos dela.

Doro lutou desesperadamente, em vão. Podia sentir Mary se divertindo agora. Ele quase a matara, estivera prestes a matar o homem a quem ela se apegara com tanta firmeza. Agora, ela estava se vingando. Mary o consumia lentamente, sorvendo-se do pavor e da vida dele, prolongando o próprio prazer e rindo em meio a seus gritos silenciosos.

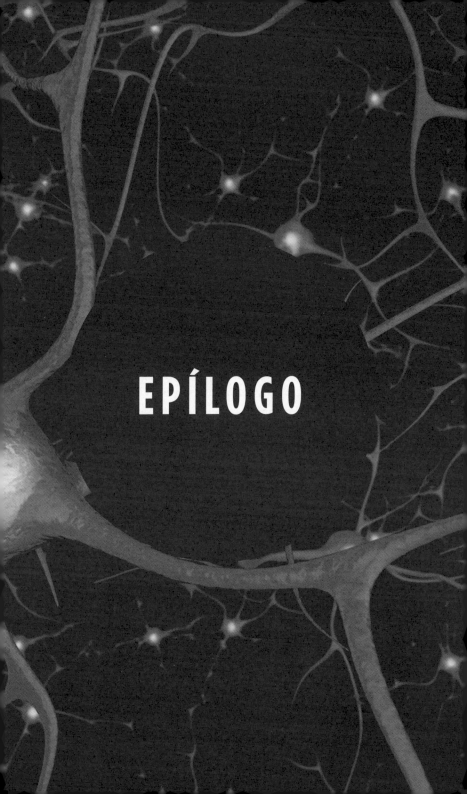

MARY

O último corpo de Doro foi cremado antes que eu conseguisse levantar. Fiquei de cama por dois dias. Muitas outras pessoas ficaram debilitadas por mais tempo ainda. As poucas que estavam fortes o suficiente para permaneceram de pé conduziram tudo com a ajuda de serviçais silentes. Cento e cinquenta e quatro padronistas nunca mais se levantaram. Eram os mais fracos que tinha, os menos capazes de suportar o esforço que lhes impus. Morreram porque demorei muito para entender como matar o Doro. Quando ele morreu e comecei a tentar devolver a força que havia tirado do meu povo, os 154 já estavam mortos. Nunca tinha tentado devolver a força a ninguém antes, mas também nunca tinha me apoderado de tantos. Consegui, e provavelmente salvei a vida de outras que teriam morrido. Portanto eu só precisava me acostumar com a ideia de que havia matado 154 pessoas...

Emma morreu. No dia em que Rachel lhe contou sobre Doro, ela decidiu morrer. Foi melhor assim.

Karl sobreviveu. A família sobreviveu. Se eu os tivesse matado, a ideia de Emma poderia ter começado a parecer uma boa escapatória também para mim. Não que teria a adotado. Não teria a liberdade de considerar uma coisa dessas por cerca de vinte anos, independentemente do que acontecesse. Mas estava tudo bem. Não era liberdade que eu queria. Já tinha conquistado a única liberdade que me interessava. Doro estava morto. Enfim. Completamente morto. Agora estávamos livres para crescermos de novo: nós, seus filhos e filhas.

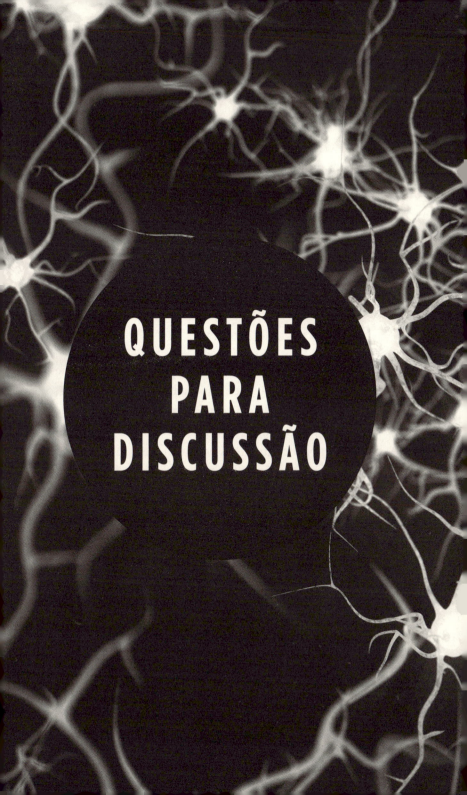
QUESTÕES PARA DISCUSSÃO

1. *Elos da mente* se passa cerca de cem anos após os acontecimentos de *Semente originária*. Doro continua a cultivar um extenso número de telepatas e Anyanwu, que agora atende por Emma, fica responsável pela criação e educação de Mary, uma telepata latente que logo passará pela transição. Doro reconhece grande potencial na jovem, mas passa a questionar se as consequências desse poder ilimitado podem transformar Mary em uma ameaça.

   Percorremos a evolução da jovem protagonista que questiona o poder absoluto de seu criador. Sua luta, além disso, é consigo mesma, já que ela constrói o próprio império e usa seus poderes não só para se conectar às pessoas, mas também para controlá-las de maneira tão intensa e inteligente quanto Doro. Em razão desses desdobramentos, é possível afirmar que Mary e Doro são semelhantes? Embora as motivações de cada um sejam díspares, o ato de subjugar a outros os transforma em iguais?

2. A transformação de latentes em ativos é mostrada como um processo doloroso, que normalmente resulta em violência e morte. Butler nos apresenta indivíduos dotados de grandes poderes, mas não por isso possibilitados de agirem a seu bel-prazer. Em constante luta interna, os latentes buscam controlar os próprios poderes a fim de se encaixarem no mundo. Em vista disso, é possível enxergar

na obra de Butler paralelos com as questões psíquicas e comportamentais do ser humano?

3. O controle e a relação de poder entre gêneros são temas recorrentes na série O Padronista, e diversas situações são apresentadas a fim de explicitar isso. Por exemplo, quando Mary recusa a ajuda de Karl durante a sua transição, pois deseja passar por isso sozinha, assim como ele passou; ou quando Karl agride Vivian após uma discussão, mesmo podendo resolver a situação usando o controle mental.

   Tendo em vista tais ocorrências e outras que aparecem no enredo, é possível identificar uma escala de demonstrações de poder? E a opressão entre os personagens, aparece sempre de maneira explícita?

4. A relação entre Mary e Karl começa de maneira imposta por Doro. Ele obriga os dois a se casarem, pois Karl deveria auxiliar a jovem durante a transição. Inicialmente, Mary encontra-se em desvantagem em relação a marido, já que ele possui muito mais poder e conhecimento. Porém, conforme ela começa a desenvolver suas habilidades, a relação do casal também começa a mudar. O que motivou a transformação na dinâmica deles? É possível afirmar que o casamento é uma relação de poder? Houve disputas pela posição de poder? E quais foram as atitudes de Mary que fizeram com que Karl se tornasse leal a ela?

5. Mary questiona Doro se o seu projeto de criar uma raça tem como intuito possuí-la ou fazer parte dela. Ele responde que talvez seja um pouco dos dois.

Com o desenvolvimento das habilidades de Mary, ela reúne milhares de telepatas e Doro decide agir, colocando um limite para a expansão dela.

Em vista disso, qual é a verdadeira motivação de Doro para interromper o avanço de Mary? É possível argumentar que Doro teve seus planos frustrados?

6. A terceira parte do livro é iniciada com um diálogo entre Doro e Emma, no qual os dois discutem os avanços de Mary com a sua sociedade de padronistas. Emma expressa preocupação em relação à Mary, que demonstra empatia e acolhimento apenas aos telepatas, tratando de maneira cruel aqueles sem poderes psíquicos.

   Por que Mary trata de forma diferente os humanos que não são telepatas? E quais as possíveis consequências à humanidade se Mary continuar com o seu avanço?

7. No mesmo diálogo com Emma, Doro fala sobre suas verdadeiras motivações em relação à Mary. Ele se considera incompleto e acredita que também seria um ativo com os mesmos poderes mentais que a jovem se não tivesse morrido prematuramente. É possível afirmar que Doro passou quatro mil anos procurando gerar uma pessoa igual à Mary em uma tentativa de compreender a si mesmo? E se Doro desejava criar alguém igual a ele, o que o levava a crer que teria controle sobre essa pessoa?

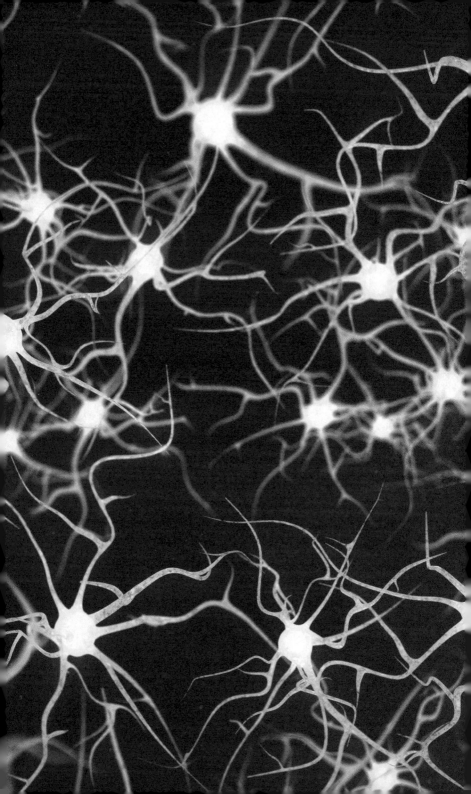

Esta obra foi composta em Caslon Pro e
impressa em papel Pólen Natural 70g com
capa em Cartão 250g pela Gráfica Corprint
para Editora Morro Branco
em maio de 2022.